Helia James

The Act of Submission

A Mafia Romance

FSC
www.fsc.org
MIX
Papier aus ver-
antwortungsvollen
Quellen
Paper from
responsible sources
FSC® C105338

Helia James

The Act of Submission

Textgestaltung: Helia James

Lektorat und Korrektorat: bittersüß – Buchdesign

Covergestaltung: Helia James

ISBN-13: 978-3-7693-2536-2

Verlag: BoD · Books on Demand GmbH, Überseering 33,
22297 Hamburg, bod@bod.de

Druck: Libri Plureos GmbH, Friedensallee 273, 22763 Hamburg

The ACT

of SUBMISSION

Helia James

Spotify
Playlist

Vorwort

Die Charaktere sind frei erfunden und jegliche Ähnlichkeiten zu existierenden Personen sind reiner Zufall.

Alle Beschreibungen und Erlebnisse betreffend BDSM und/oder Sub-Gruppen sollen nicht als Vorbild gesehen werden oder zum Nachahmen anregen.
Bei Interesse, bitte wendet euch an einen Profi!

Recherche zum amerikanischen und japanischen Untergrund könnten Fehler beinhalten. Dieser Roman ist reine Fiktion und kein wissenschaftliches oder wirtschaftliches Werk.

Ansonsten kann ich nur noch eines sagen:

Für jede Prinzessin, die es satt hat, Prinzen zu begegnen, die allesamt Frösche sind – sucht euch einen Drachen.

Loyal und treu weichen sie euch nicht von der Seite und wenn ihr Glück habt, gehen sie auch für euch auf die Knie und zeigen, woraus wahre Märchen sind.

ZARA

»Sehr gut und jetzt heben Sie das Kinn an, Miss Fletcher!«
Wie befohlen drücke ich mein Kinn etwas höher und kämpfe
dagegen an, direkt in die grellen Blitze der Kamera zu sehen.

Die Fotosession dauert nun schon drei Stunden, eigentlich
sollten sie schon längst fertig sein. Das Licht der Kcamerablitze
treibt mir die Tränen in die Augen. Ich habe Mühe sie wegzublinzeln, ohne die Fotos dadurch zu ruinieren.

Ich wünsche mir für einen Augenblick meine Brille auf die
Nase, doch am Set und bei öffentlichen Auftritten muss ich
leider mit den Kontaktlinsen vorliebnehmen.

»Wir machen noch ein paar Aufnahmen der beiden Hauptdarsteller zusammen, dann sollten wir genügend Filmmaterial
zusammen haben,« meint der Fotograf und entlässt mich endlich
aus meiner angespannten Haltung. Mit einem Seufzen rolle
ich mit der Schulter und sehe zu meinem Schauspielkollegen
hinüber. Michael und ich spielen die beiden Hauptcharaktere
in einem Liebesdrama, das nächstes Jahr auf der großen Leinwand erscheinen soll. Der brünette Brite kommt auf mich zu
geschlendert, eine Hand in seiner Hosentasche vergraben.

»Na, bereit für ein paar Pärchen Fotos?« Sein Lächeln ist
strahlend weiß und zeigt deutlich wie gut sein Zahnarzt ist.

Am liebsten hätte ich mit den Augen gerollt.

Bereits bei unserem ersten Treffen war klar, dass Michael versuchte bei mir zu landen.

Er ist nicht unattraktiv, doch wenn ich eine Sache aus meiner bisherigen Karriere gelernt habe, dann dass ich niemals einen anderen Schauspieler daten würde. Für mich kommt immer zuerst die Arbeit, dann das Vergnügen und die beiden Bereiche mischen sich nicht besonders.

Außerdem birgt ein Date mit einem anderen Schauspieler immer ein gewisses Risiko die Gerüchteküche zum Kochen zu bringen.

»Gern, je schneller wir die Fotos hinter uns bringen, desto schneller kann ich zu Mittag essen«, sage ich lächelnd und folge Michael zu dem für uns aufgebauten Set. Ich weiß, dass ich gemein klinge.

Doch es ist besser solchen Männern von Anfang an klarzumachen, dass außerhalb der Sets nicht mehr passieren wird. Für die kommenden vier Monate würden wir ein Paar spielen und daraus würde nie mehr werden. Besser ich lege die Grenzen jetzt schon fest.

Die Fotos dienen als Promotion bevor der richtige Filmdreh beginnt, und fallen für das Thema des Films recht zahm aus. Beim Durchblättern des Drehbuchs ist mir aufgefallen, dass es einige Sexszenen geben wird.

Angeblich beruht der Film auf einem Buch, in dem einige schwierige Themen behandelt werden.

Den Titel des Buches habe ich mir natürlich nicht gemerkt, aber als Vorbereitung für den eigentlichen Dreh werde ich es mir vom Regisseur borgen und einen Blick hineinwerfen.

Als Schauspielerin gehören solche Szenen dazu, doch allein der Gedanke daran mit Michael eine dieser Szenen zu drehen, lässt meinen Magen sich zusammenziehen.

Oder vielleicht grummelt er auch, weil ich am Morgen vergessen habe zu frühstücken.

Als der Fotograf uns endlich entlässt, versucht Michael mich noch an der Tür abzufangen.

»Hey, ich dachte wir könnten vielleicht gemeinsam Mittagessen gehen?« Charmant wie er ist, hält er mir die Tür auf. Freundlich lächelnd schultere ich meine Tasche neu.

Wie kann man nur so blind sein? Jeder Idiot hätte schon längst bemerkt, dass ich kein Interesse habe, aber der Brite vor mir lässt nicht locker.

Leider kann ich ihm keinen direkten Korb geben. Ich kann unsere Zusammenarbeit nicht sabotieren, nur weil ich Michael auf den Schlips trete und die kommenden Monate unangenehm werden lasse.

»Danke für das Angebot, aber da wir nächste Woche zu unserem Drehort fahren, möchte ich heute gerne noch mit meinen Freunden etwas Zeit verbringen.«

Ich hoffe, dass meine Ausrede plausibel klingt.

Eigentlich habe ich nur eine Freundin, eine beste Freundin, aber die lebt leider nicht in New York.

Anna ist eine alte Freundin aus meiner Zeit bevor ich nach New York gekommen bin. Sie, mein Manager Bill und dessen Frau sind die einzigen, die wissen woher ich komme. Für den Rest der Welt bin ich Zara Fletcher, Schauspielerin aus New York, ein Rohdiamant, der unter tausenden hervorstechen konnte.

Die Wahrheit ist nicht ganz so rosa. Anna und ich sind in London aufgewachsen. Sie die Tochter einer kranken Mutter und ich das Kind eines desinteressierten Vaters. Zusammen haben wir die britischen Straßen unsicher gemacht. Aber leider ergeben unbeaufsichtigte Teenager und das Leben auf den Londoner Straßen eine ganz böse Mischung.

Inzwischen bin ich dank der Hilfe meines Managers nach New York gezogen, während Anna sich einen Namen auf den Englischen Bühnen gemacht hat.

Das hält uns jedoch nicht davon ab, jeden Tag miteinander über Videochat zu telefonieren. Wenn ich ein Date mit meiner besten Freundin haben kann, wozu sollte ich mich dann mit einem mittelmäßigen Mann zufriedengeben, den ich die kommenden Monate sowieso täglich sehen muss.

»Dann vielleicht ein anderes Mal?«, fragt Michael hoffnungsvoll.

»Ja, vielleicht.«

Mit einem entschuldigenden Lächeln mache ich mich auf den Weg zu meinem alten Chevrolet. Auf dem Weg nach Hause hole ich mir unterwegs etwas zu Essen, das ich, während dem Videochat, in mich hineinschaufeln kann.

In meinem Apartment angekommen, wird erst mal ausgiebig geduscht. Das Essen dreht sich in der Mikrowelle und es dauert keine drei Signaltöne, da erscheint Annas Gesicht schon auf meinem Laptopbildschirm.

»Hast du dich etwa schon geduscht? Dabei wollte ich doch sehen, was sie für den Porno mit deinen Haaren und deinem Gesicht aufgeführt haben«, kam die entrüstete Stimme aus dem Computer.

Anna selbst trägt einen seidenen Bademantel und hat diese neuen Plastikhalme in den Haaren, die ihre voluminösen Locken in die richtige Form bringen sollen. Ich verdrehe grinsend die Augen, bevor ich mich vor den Laptop setze und die dampfende Aluschüssel Risotto zu mir ziehe.

»Ich habe dir doch gesagt, wir drehen keinen Porno. Es ist eine Adaption eines berühmten Romans. Es geht darin nun mal auch um Sex, aber es werden keine grafischen Dinge gezeigt. Zumindest hoffe ich das.«

Allein bei dem Gedanken an Michael und daran mit ihm vor der Kamera intim zu werden, bekomme ich eine Gänsehaut.

Meine beste Freundin erkennt die kleinste Regung in meinem Gesicht und beugt sich näher an ihre Webcam heran.

»Ist dein Spielpartner so furchtbar oder hässlich, dass es dich so schüttelt?«

»Nein, überhaupt nicht!,« versuche ich die Situation zu erklären. »Er sieht nicht schlecht aus, Brite, Michael Kimberton, vielleicht kennst du ihn?«

Auf das Kopfschütteln meiner Freundin fahre ich fort: »Aber er will offensichtlich etwas von mir. Ich habe ihm schon mehrmals deutlich gemacht, dass ich nicht interessiert bin. Doch er wird nicht lockerlassen, wenn wir zusammen solche Szenen drehen sollen.«

Seufzend schiebe ich mir einen Löffel Risotto in den Mund. Meine beste Freundin am anderen Ende der Verbindung verzieht mitfühlend den Mund.

»Da hast du Recht, aber mach ihm einfach klar, dass das für dich nur Schauspiel ist. Hast du ihm gesagt, dass du keine anderen Schauspieler datest?«

»Ja, und ich denke er ist auch nicht daran interessiert mit mir auszugehen. Ich denke ein einziger Abend würde ihm ausreichen.«

Diesmal verzieht Anna das Gesicht vor Ekel.

»Ich hasse Männer.«

»Ach, seit wann das denn du Herzensbrecherin?«, lächle ich amüsiert über das Statement meiner besten Freundin.

»Übrigens, wie läuft es mit dem Personal Trainer von letzter Woche?«, lenke ich das Thema von mir auf die Brünette in meinem Bildschirm, die sogar in ihrem einfachen Bademantel bezaubernd aussieht.

»Oh, der? Ist verheiratet und hat zwei Kinder,« entgegnet Anna beinahe beiläufig, während sie sich die Lockenwickler aus den Haaren zieht. Das Licht ihrer Schreibtischlampe gibt ihren braunen Haaren einen roten Ton. Und durch die verzerrte Laptopkamera bekommt sie einen kleinen Heiligenschein.

Unser Gespräch wird seichter und wie jeden Abend bin ich dankbar für den Humor meiner besten Freundin.

Sie weiß was sie sagen oder tun muss, damit ich mich gleich besser fühle. Leider wird das eines der wenigen Videotelefonate der kommenden Monate sein, denn während dem Dreh werden sich unsere freien Zeiten nicht mehr so einfach überlappen. Und ich habe das ungute Gefühl, dass ich oft an Anna denken werde und am Liebsten jeden Tag telefonieren würde. Außer ihr habe ich Niemanden, dem ich mich anvertrauen kann. Die meisten, die ich kennenlerne, sehen nur die Schauspielerin und nicht die Person hinter der Fassade.

Ich drehe mir eine kurze schwarze Strähne um den Zeigefinger, doch im Gegensatz zu meiner besten Freundin locken sich meine Haare nicht wie aus einer Shampoo-Werbung. Mit den schulterlangen Haaren bin ich nicht nur einmal als «androgyn» in einem Magazin beschrieben worden.

Es fällt mir mit jedem Jahr, das vergeht, schwerer neue Freunde zu finden. Doch solange ich Anna habe, bin ich zufrieden. Manchmal wünschte ich mir sie würde nicht auf einem anderen Kontinent leben.

Wer weiß, vielleicht werde ich eines Tages die Schauspielerei an den Nagel hängen und dann gehe ich auch nach England zurück. Irgendwann würden wir wieder zusammen an der London Bridge stehen und ein Eis zusammen essen.

Nicht als die beiden Mädchen aus der Gosse, die für ein paar Pfund stundenlang Passanten und Touristen angebettelt hatten. Sondern als zwei erfolgreiche Schauspiel-Freundinnen, die sich eine kühle Nachspeise gönnen und über das dreckige Wasser der Themse sehen.

In meiner Erinnerung war das Wasser grau und stank nach Urin. Wenn ich mir in der Zukunft Anna und mich wieder in London vorstelle, dann riecht es einfach nach Freiheit und einem Luxus, den sich die zwei Mädchen, die wir einmal waren, nicht vorstellen konnten.

ZARA

»Es geht darum dein Image zu schützen, Zara«, versichert Bill mir bestimmt schon zum dritten Mal mit einem väterlichen Lächeln.

Mein Image muss nicht beschützt werden und vor allem verstehe ich nicht, was eine geplante Verabredung damit zu tun hat.

Verwirrt lege ich die Stirn in Falten.

»Und deshalb soll ich mit diesem Dominik ausgehen, oder wie?«

Der pummelige Mann nickt und schiebt mir über den Tisch des Cafés, in dem wir sitzen, ein Foto des Mannes zu. Er ist attraktiv und wäre bestimmt jemand, bei dem ich auf dieser Dating-App nach rechts gewischt hätte.

Aber das ist trotzdem kein Grund ihn mir einfach so andrehen zu wollen.

»Ich verstehe trotzdem nicht, wie eine Verabredung mit diesem Mann mein Image schützen soll?«, frage ich erneut.

»Ich will nicht, dass die Paparazzi dir und Herrn Kimberton das Leben schwer machen, wenn wir schon bald mit den Dreharbeiten beginnen. Deshalb haben wir eine Verabredung mit Herrn Brighton organisiert. Er ist ein Student an der Schauspiel-Akademie, der noch keine nennenswerte Rolle hatte. Wenn du die Dreharbeiten mit einem festen Freund beginnen, können wir unangenehme Fragen zu Beziehung zwischen dir und Herrn Kimberton bereits im Keim ersticken.«

Ah, langsam beginnt es Sinn zu machen. Eine gespielte Beziehung, damit neugierige Paparazzi kein Fressen finden, dass es bei einem Film mit solchen sexlastigen Themen wie bei ›All the Shades of Black‹ nur zuhauf gibt.

»Okay, einverstanden ich gehe auf dieses fabrizierte Date, aber ich werde ihn weder küssen noch mit ihm schlafen«, mache ich mit fester Stimme klar.

»Ich halte mich an meine eigene Regel.«

Bill weiß natürlich, dass ich nicht mit anderen Schauspielern schlafe. Deshalb ist es sehr freundlich, dass er jemanden gefunden hat, der keine Probleme haben würde meinen »festen Freund« zu spielen ohne ein echter Schauspieler zu sein. Zumindest noch nicht. Aber bis es so weit war, wäre der Film abgedreht und ich wäre nicht länger in einer Situation, die einen falschen Freund erfordert.

Ich bin Schauspielerin aufgrund meines Ehrgeizes und dank meinem Manager geworden. Böse Zungen wollen mir da ganz andere Geschichten anhängen. Dass ich meine Rollen durch andere ›Talente‹ bekommen hätte. Über diese Gerüchte kann ich nur lachen. Wer auch immer sie in die Welt gesetzt hat, weiß wohl nicht, dass meine Talente 75A sind.

»Natürlich nicht, Süße«, versichert mir der Mann im Anzug auf der andere Seite des Tisches, während er das Bild und seine Dokumente wieder einsammelt.

»Du musst nur den Eindruck vermitteln, dass es dir ernst

ist. Es werden Journalisten auf dich warten und diese müssen glauben, du bist glücklich vergeben.«

Ein verliebtes Mädchen spielen? Nichts leichter als das, immerhin ist jemandem etwas vorzumachen mein Job.

»Sehr gut, dann werde ich Herrn Brighton Bescheid geben. Ich lasse dir Ort und Datum zukommen, sowie einige Informationen zu dem jungen Mann selbst. Immerhin soll es aussehen wie ein drittes oder viertes Date und nicht wie euer erstes«, erklärt mir Bill, bevor wir aufstehen und das Café verlassen.

Draußen regnet es in Strömen. Ein Blick in den Himmel und zurück zum Parkplatz lässt mich in etwa abschätzen, wie nass ich wohl werde, wenn ich jetzt anfangen würde loszulaufen. Mein Auto steht gleich auf der anderen Straßenseite.

Ich umarme meinen Manager herzlich und genieße die bekannte Nähe zu diesem Mann, der wie ein Vater für mich geworden ist. Bill hat mir vor vielen Jahren das Leben gerettet.

Ich kann mich glücklich schätzen, dass ich an einem verregneten Tag im September das Glück hatte zur richtigen Zeit am richtigen Ort gewesen zu sein.

Die richtige Zeit war nach einer Nacht in einem der vielen Clubs in der Innenstadt. Ich hatte so viel getrunken, dass ich nicht einmal mehr wusste, wo oben und unten war. Der richtige Ort war eine Brücke an der Themse, während der Regen meine Kleidung durchnässte.

Für einen Moment wollte ich über die Mauer springen, einfach alles hinter mir lassen und mich dem schwarzen Wasser unter mir hingeben. Es war ein Wink des Schicksals, dass an genau diesem Abend mein jetziger Manager über die Brücke kam.

Er besuchte zu diesem Zeitpunkt seine Frau in England. An jedem anderen Tag hätte mich wohl die Londoner Polizei aus der Themse gezogen. Damals war ich erst fünfzehn. Mein Ausweis sagte 22 und Anna kannte genug Türsteher, sodass wir ohne Probleme in jeden Club kommen konnten in den wir wollten.

Und so nahm mich der mittelständige Mann, der sich mir als Bill vorstellte, mit in sein Hotel. Dort wartete bereits eine Frau auf uns. Zuerst dachte ich daran, dass ich wohl an einen Zuhälter geraten sein musste.

Warum sonst sollte er ein Mädchen von einer Brücke ziehen, die Erbrochenes auf ihrer Kleidung und in ihren Haaren hatte? Bestimmt fragte sich das der junge Mann an der Rezeption auch, seinem Blick nach zu urteilen.

Nach einer Dusche in ihrem Hotelzimmer hatte ich Bill auf eine Probe stellen wollen. Wenn ich es mit einem Zuhälter zu tun hatte, würde ich sofort verschwinden. Eher würde ich sterben als mich verkaufen zu lassen.

Um zu überprüfen, ob ich es wirklich mit einem Zuhälter zu tun hatte, öffnete ich mein Handtuch. Mein Körper war mit fünfzehn noch nicht ganz durch die Pubertät, aber ich wollte nur die Wasser testen. Dafür musste er reichen.

Bills Reaktion überraschte mich. Er wurde knallrot im Gesicht und drehte sich ganz schnell weg. Seine Frau wickelte mich in ihren Mantel und sprach beruhigend auf mich ein. Erst dann kamen die Tränen.

Der Mann, der mein heutiger Manager werden würde, hatte mich noch nie schauspielen sehen und trotzdem legte er mir noch in der selben Nacht einen Vertrag vor die Nase. Er würde mir alle Kosten übernehmen, wenn ich mit ihm zurück nach Amerika fliegen würde. Der Vertrag sah professionell aus und beide waren bekannte Figuren auf der anderen Seite des Ozeans, so viel wurde mir nach einer schnellen Internetsuche bewusst.

Wie ein Ertrinkender schnappte ich nach der ersten Hand, die sich mir entgegenstreckte. An diesem Abend nahmen die beiden mich bei sich auf. Unter einer Bedingung willigte ich ein: Meine beste Freundin würde mitkommen.

Sie und ich waren wie Schwestern. Wenn sie in den Gossen Londons verschwinden würde, so würde ich das ebenfalls tun. Überraschenderweise gingen die beiden Erwachsenen schneller auf meine Bedingung ein als ich erwartet hatte.

Anna würde mit der Ehefrau meines Managers in England bleiben. Sie selbst war Sängerin im Royal Opera House und würde Anna unter ihre Fittiche nehmen. Und so begannen meine »Schwester« und ich unsere neuen Leben im Rampenlicht.

Bisher habe ich hauptsächlich in romantischen Komödien gespielt und bei einigen Disney-Produktionen mitgeholfen. Außerdem durfte ich wegen meinem jungen Erscheinungsbild bei Schulproduktionen immer die Prinzessin spielen.

Es hat mich nie gestört für jünger gehalten zu werden. Natürlich gab es die ein oder andere unangenehme Begegnung mit einem älteren Herren, in dessen Beuteschema ich sehr gut gepasst habe.

Aber welche Frau lebt ihr Leben ohne eine solche Begegnung erlebt zu haben? Seit ich als Schauspielerin angefangen habe Aufmerksamkeit auf mich zu ziehen, fällt es mir schwer auf Dates zu gehen.

Anna hat mir einmal geholfen ein Dating Profil auf einer dieser Apps aufzusetzen, doch sobald die meisten Männer herausfanden mit wem sie da gerade schrieben, gab es nur zwei Reaktionen: Entweder sie schrieben mir ein begeistertes ›Was, du bist Schauspielerin?‹, oder aber ein unsicheres ›Oh, du bist also Schauspielerin...‹.

Egal, welche Reaktion ich bekomme, sie trifft mich gleichermaßen und mir wird schlecht. Also war die App auch ganz schnell wieder gelöscht und ich habe für mich beschlossen es vorerst mit Verabredungen wieder sein zu lassen.

Zumindest während langer Dreh-Monate am Set. Was ich zwischen den verschiedenen Drehs so treibe, oder mit wem, geht niemanden etwas an.

Nachdem ich Bill losgelassen habe, laufe ich winkend die drei, vier Schritte bis zu meinem Chevrolet. Das Weinrot des Lacks wirkt durch den starken Regen dunkler als sonst.

Kaum sitze ich hinter dem Steuer, erlaube ich mir meine Maske fallen zu lassen und reibe mir müde über die Augen.

Du musst funktionieren.

Das habe ich mir bereits als Kind vorgesagt. Die Worte haben sich so tief in meine Knochen gebrannt, dass ich automatisch in die Rolle schlüpfe, die von mir verlangt wird.

Ich habe mal irgendwo gelesen, dass diese Art mit Stress umzugehen ungesund sei und therapiert werden müsste.

Andere gehen in Therapie, ich bin Schauspielerin geworden. Jeder geht mit seinen Traumata anders um.

Ich hatte keine schlimme Kindheit per se. Anna und ich waren Kinder von Eltern, die keine hätten werden sollen, mehr nicht. Aber gemeinsam haben wir uns durchgeboxt und aufeinander aufgepasst.

Annas Mama ist früh gestorben. Sie war immer schon schwer krank gewesen. Deshalb hat Annas Papa die Familie direkt nach ihrer Geburt verlassen.

Und meine Eltern haben sich oft gegenseitig angeschrien. Ich dachte, dass es besser werden würde. Dass alles gut werden würde. Und dann hat mein Papa uns auch einfach zurückgelassen.

Ein ganzes Jahr lang hatte ich gehofft, dass er zurückkommen würde. Doch er kam nicht und meine Mutter fiel in schlimme Depression. Es tat mir weh sie so zu sehen.

Irgendwann hatten Anna und ich nur noch einander und haben mehr Zeit auf den Straßen Londons als zu Hause verbracht.

Unter anderen Umständen wären wir wohl in den schönen Vororten groß geworden. Wir wären zusammen zur Schule gegangen, hätten Schuluniformen getragen und mit anderen Kindern im Park gespielt.

Ich habe vieles, was damals passiert ist, erst Jahre später verstanden.

Wir beide waren keine Waisen und trotzdem waren die Einzigen, die uns aufzogen, die Menschen, mit denen wir durch Whitechapel zogen.

Es war gefährlich, keine Frage, uns hätte jemand auflauern können, uns töten oder vergewaltigen.

Aber auf den Straßen Londons waren wir frei. Anna und ich konnten sein, wer wir wollten.

Wir waren hungrig, dreckig und müde - aber frei.

Kein Kind überlebt lange ohne Zuneigung oder Zugehörigkeit. Wir fanden beides in den Gangs auf den Straßen. Die falschen Leute, der falsche Umgang - eines führte zum anderen und wir kamen auf die schiefe Bahn. Ich hatte meinen ersten Absturz mit vierzehn, Anna ihren ersten Drogenrausch mit dreizehn. Es war Himmel und Hölle zugleich.

Nachdem ich den Regentropfen auf meiner Scheibe noch eine Weile zugesehen habe, mache ich mich auf den Heimweg zu besagtem Apartment. Ich freue mich auf eine heiße Dusche und nehme mir fest vor diesen Dominik Brighton erst einmal zu googlen. Bill meinte, er wäre ein unbekannter Schauspieler und das kann ich unterschreiben, denn der Name kommt mir nicht bekannt vor.

Wahrscheinlich hat er deshalb zugestimmt mein falscher Freund zu werden. Gute Publicity für ihn, wenn er mit mir ausgeht und mir können sie nicht schaden, da man über ihn nicht genug weiß.

Sofort drehen sich meine Gedanken um unsere Fake-Verabredung. Irgendwie ist es ironisch und gleichermaßen traurig, dass meine erste Verabredung seit einer gefühlten Ewigkeit keine echte sein wird.

Ich sollte mir nicht allzu viele Gedanken darüber machen. Wer weiß, vielleicht ist dieser Dominik ein sehr charmanter Mann und es funkt tatsächlich zwischen uns.

Auch wenn ich versuche das Kribbeln in meinem Bauch zu ignorieren, kann ich es nicht abstreiten. Tief in meinem Inneren bin ich eine kleine Romantikerin und hoffe auf meinen Ritter in der silbernen Rüstung.

Mit einem entrüsteten Schnauben schiebe ich dieses Gefühl dorthin, wo es hergekommen ist. Ich bin zu alt um an Prinzessinnen, Ritter oder die wahre Liebe zu glauben. In ein paar Monaten würde ich dreißig werden, danach ging es mit dem Dating-Pool nur noch bergab. Für die meisten Männer zählt nur, dass ich Geld habe und zehn Jahre jünger aussehe, als ich es tatsächlich bin.

Einen echten Ritter, dem es scheißegal ist, dass hinter der Schauspielerin Zara Fletcher ein kleines Mädchen aus Europa steckt, gibt es nicht.

RYU

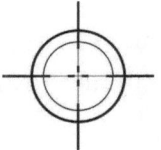

Lächerlich. Das ist der einzige Gedanke, der mir durch den Kopf kreist, während ich mich mit verschränkten Armen in meinem Sessel zurücklehne. Der Vorschlag, den mir der Mann im Anzug mir gegenüber macht, kann doch nur ein Scherz sein.

Die Ketten um meine Handgelenke rasseln bei jeder meiner Bewegungen.

»Herr Asano, ich bitte Sie. Denken Sie doch darüber nach. Es wären vier Monate Sozialstunden. Dafür können wir Ihnen einen Platz im Gefängnis ersparen und somit auch Ihr direktes Todesurteil.«

Die Stimme des Mannes wird gegen Ende seines Satzes zu einem ominösen Flüstern. Ich weiß, dass mein *Saiko Komon* Tadashi als Oberster Berater meiner Familie diesen Mann geschickt hat.

Nachdem ich dem Clan den Rücken gekehrt habe, war er der Einzige, der mit mir gegangen ist. Obwohl er jünger ist als ich, wacht er über mein Leben, als wäre ich sein eigen Fleisch und Blut. Ich weiß, dass, sollte ich im Gefängnis landen und mein Name mit den Neun Drachen in Verbindung gebracht wird, mein Schädel den Platz auf meinen Schultern verliert.

Ich habe keine Angst vor dem Tod, hatte ich noch nie. Aber

ich würde meine Freiheit außerhalb des Clans gerne noch ein paar Jahre genießen.

Momentan befinde ich mich in U-Haft, nachdem ich bei einer Schlägerei zufällig von der Polizei aufgeschnappt wurde. Die netten Herren und Damen um mich herum haben zu viel Angst sich mit einer Yakuza-Familie anzulegen. Zu meinem Glück, muss ich zugeben.

So kann ich seit meiner Verhaftung halbwegs akzeptables Essen und einen gratis Schlafplatz verbuchen ohne von oben herab behandelt zu werden, wie andere Gefangene.

Nur die Ketten um meine Handgelenke und Füße stören etwas. Außerdem steht mir das ausgewaschene blau-grün der Insassenuniformen des Gefängnisses in Tokio nicht.

Ich mustere den Anwalt vor mir etwas. Er wirkt unsicher und verängstigt, somit sind seine Absichten echt. Außerdem hat er Tadashis Siegelring bei sich, um sich auszuweisen.

»Ich soll also Schauspieler werden, damit ich nicht ins Gefängnis komme und mein Clan mich von der Bildfläche verschwinden lässt, habe ich das richtig verstanden?«, frage ich sicherheitshalber nach und ziehe eine gepierte Augenbraue nach oben.

Der Mann in dem braunen Anzug vor mir wird noch etwas kleiner in seinem Sessel.

»Sie brauchen nicht einmal Talent, Mister Asano. Nicht, dass Sie keines hätten!,« versucht er sich zu retten und streicht sich nervös durch die Haare. »Es geht nur darum, dass wir ein Body-Double brauchen. Ihr Gesicht wird nicht zu sehen sein.«, versichert er mir mit zitternder Stimme.

Vier Monate auf einem Schauspiel-Set, im Gegenzug bekomme ich meine Freiheit? Der Vorschlag klang zu verlockend, irgendwo musste ein Haken sein. Doch ich hätte kein Blut der Neun Drachen in meinen Venen, wenn ich nicht auf Risiko spielen würde.

Grinsend lehne ich mich in meinem Stuhl nach vorne und kann deutlich sehen, wie der Mann mir gegenüber zurückweicht.

»Ich bezweifle, dass ich der Mann bin, den ihr für euren kleinen Film braucht.«

»Der Film soll nächstes Jahr in die amerikanischen Kinos kommen«, erklärt er mir und schiebt mir ein Buch über den Tisch zu. Meine Handfesseln klirren, als ich den Roman aufhebe und durchblättere. Ich kenne weder den Titel noch den Autor, also lasse ich das Buch unsanft zurück auf den Tisch fallen.

»Es ist eine Großproduktion und der männliche Hauptdarsteller wird sehr eindeutig in dem Buch beschrieben.« Die Wangen des Anwalts werden tatsächlich rot, was mich grinsen lässt. Neugierig hebe ich das Buch erneut hoch und drehe es um, damit ich mir den Klappentext durchlesen kann.

Groß, muskulös, gefährlich – so wird der Hauptcharakter beschrieben. Da hätten sie jeden zweiten Mann aus dem Gefängnis nehmen können.

»Warum ich?«, frage ich und sehe dem Anwalt direkt ins Gesicht. Unter meinem Blick nimmt das Gesicht des Mannes eine leicht äscherne Farbe an.

»Ihre Tattoos, Mister Asano«, gibt er mir als ehrliche Antwort. Überrascht sehe ich auf meinen tätowierten Handrücken hinab. »Das Team der Produktion hat ausdrücklich nach einem Body-Double für den Hauptdarsteller gefragt. Ein Mann mit Tattoos käme ihnen günstiger als ständig ihren Hauptakteur bemalen zu müssen«, erklärt mir der braunhaarige Mann und wischt sich mit einem Stofftaschentuch über die Augenbraue.

Ich ziehe langsam eine gepiercte Braue hoch, in Erwartung, dass da noch etwas kommt. Im Moment wirkt es wie eine schwache Begründung den Sohn eines Yakuza in einem anderen Land aufzusuchen.

»Herr Miyamura hat mich wie aus heiterem Himmel kontaktiert. Als hätte er meine Gedanken gelesen, kam sein Anruf genau zur rechten Zeit. Sie passen hervorragend auf die Rolle, Herr Asano.«

Die Angst des Mannes vor mir liegt wie ein schwerer Film in der Luft. Trotzdem stiehlt sich ein Lächeln auf mein Gesicht.

Tadashi kennt keine Zufälle. Er hat seine Augen und Ohren überall. Das ist seine Aufgabe. Er ist weitaus besser vernetzt als ich und ist somit meine Augen und Ohren in spe. Aber der kleine Mann in dem viel zu teuren Armani-Anzug ist noch nicht fertig.

»Die Frau, die die Protagonistin spielen wird, hat sich ausdrücklich ein Body-Double gewünscht, da sie mit ihrem Co-Star keine-«, für einen Moment stockt der Mann mir gegenüber, bevor er sich mit einem Taschentuch den Schweiß von der Stirn tupft. Dabei bemerke ich sein Toupet und wie es sich mit der Farbe seiner Augenbrauen beißt.

Als würde er mir etwas Verbotenes erzählen, flüstert er: »Sie möchte keine intimen Szenen mit ihm drehen, deshalb hat sie um ein Stunt-Double gebeten, mit dem es weniger Kontakt geben wird als mit jemandem, der ständig am Set mit ihr ist.«

Aha, eine kleine Prinzessin also. Das sollte mich nicht überraschen, immerhin reden wir von einer Amerikanerin. Bestimmt verlangt sie auch Mineralwasser auf Zimmertemperatur und wirft mit Schuhen, wenn etwas nicht nach ihrem Kopf geht.

Einen Schuh bekomme ich weitaus lieber an den Kopf als eine Kugel. Aber die Erklärung ist nachvollziehbar.

Jedoch käme es einer Gefängnisstrafe gleich, wenn ich meine Tattoos offen für Film und Fernsehen herzeigen würde. Anscheinend sagt schon mein Blick, wie wenig mir diese Idee gefällt.

Abwehrend erklärt der hagere Mann vor mir weiter: »Der Dreh findet in Amerika statt und man sieht Sie nie komplett. Außerdem wird der Film mit Verspätung Übersee ausgestrahlt. Ich habe Herrn Yamamoto versprochen Ihnen eine amerikanische Staatsbürgerschaft zu besorgen, sobald der Dreh abgeschlossen ist.«

Wenn ich erst einmal untergetaucht bin und mir mein eigenes Netz in Amerika aufgebaut habe, können sie den Film von mir aus überall ausstrahlen. Dann sollen mich mein Vater und der Rest der Neun Drachen nur suchen. Ich wäre bereit.

Grinsend halte ich dem Mann meine Hand hin.

»Einverstanden, wo muss ich unterschreiben?«

Ich habe vier Monate unter Folter ausgehalten, dagegen ist das ein Spaziergang im Park. Irgendwo ist bestimmt ein Haken, doch ich würde mir lieber die Zunge abbeißen als eine Gelegenheit Japan und somit auch die Neun Drachen zu verlassen auszuschlagen.

ZARA

Am darauffolgenden Mittwoch gibt es die erste Leseprobe für ›All the Shades of Black‹.

Dabei sitzen die Schauspieler zusammen, in unserem Fall über einen Online Dienst, und lesen das Drehbuch kurz durch. Normalerweise mache ich solche Skript-Leseproben in Person, doch viele der Mitwirkenden sind überall auf dem Globus verteilt.

Mister Cheek, unser Regisseur und Produzent, befindet sich bereits auf dem Set in San Francisco, um dort die letzten Änderungen vorzunehmen.

Bei unserem digitalen Treffen heute geht es in erster Linie darum, den Text zu verinnerlichen, das Zusammenspiel der Figuren zu verstehen und erste Interpretationen der Charaktere zu entwickeln. Es ist ein wichtiger Schritt in der Vorbereitung auf die Probenphase und hilft, das Stück oder Drehbuch als Ganzes zu erfassen.

Ich genieße Leseproben, weil ich durch sie ein Gefühl für die Figur bekomme, die ich verkörpern soll.

Diesmal spiele ich eine junge Sekretärin eines Multi-Millionärs, die sich trotz aller Umstände auf ihn einlässt.

Die Rolle mag auf dem Papier vielleicht plump klingen,

doch von den Stellen, die ich mir in der vergangenen Nacht markiert habe, kann ich mir bereits einige Szenen ausmalen, in denen sie durchaus ein vielschichtiger Charakter sein kann.

Wenn da nicht mein Co-Star wäre. Michael genießt die Aufmerksamkeit offensichtlich und scheint sich ganz seiner Rolle als selbstverliebter CEO hinzugeben. Um ehrlich zu sein, weiß ich nicht so ganz wie viel davon tatsächlich nur geschauspielert ist.

Sein Charakter des Christopher Black mag ein egoistischer Mistkerl sein, doch ich hätte nirgendwo gelesen, dass er auf Frauen oder andere so herabsieht, wie der Brite ihn porträtiert.

»Und nur damit das klar ist, Miss Rost, ich ordne an und Sie folgen mir«, dringt Michaels Stimme durch meine Laptoplautsprecher. Er bellt die Worte richtig und mir wird schlecht, wenn ich daran denke, dass er so die ganze Zeit mit mir reden wird.

Solange ich ihn nicht einschätzen kann, ist es nicht klar wie viel er spielt und was er davon ernst meinen könnte.

Mir wird schlecht, als er versucht Herrn Cheek Input zum Skript zu geben.

»Wie wäre es, wenn Christopher hier so etwas dranhängt wie: Frauen sollten wissen, wo ihr Platz ist, oder so?«

Herr Cheek ist von dem Vorschlag wohl genauso überrascht wie der Rest der Besetzung, doch im Gegensatz zu mir, die sich nur still auf die Zunge beißt, lacht er die unangenehme Stille weg.

»Ich überlege es mir, Michael. Bleiben wir vorerst bei dem Text, den wir schon haben.«

Von da an wird es nicht besser. Wir gehen die Szenen eine nach der anderen durch und als wir zu den Sexszenen kommen, ist es nicht mehr auszuhalten.

Michael kniet sich sehr in seine Rolle hinein, betont jedes Stöhnen und scheint ganz darin aufzugehen, bis es plötzlich zu einer Szene kommt, in der Christopher Anja fesseln soll.

»Soll ich Zara dann auch vor Ort an den Bettpfosten binden? Ich sage es frei heraus, ich kann außer den Seemannsknoten nichts knüpfen.«

Als hätte er den größten Witz gerissen, lacht der Brite schallend ins Mikrofon, woraufhin ich seine Lautstärke nach unten drehe.

Mister Cheek scheint mein Unbehagen zu bemerken und unterbricht ihn schnell.

»Keine Sorge, wir haben Experten am Set, die mit euch die Utensilien und deren Verwendung genauestens durchgehen werden.«

Von diesem Moment an scheint die Zeit im Schneckentempo zu vergehen. Als wir endlich fertig sind dröhnt mein Schädel. Doch das Schicksal ist noch nicht fertig mit mir.

»Vielen Dank an Alle, das war eine sehr gute Leseprobe heute. Ich habe mir all euer Feedback notiert und wir werden noch eine Leseprobe vor Drehbeginn halten. Diese wird dann aber in Person in San Francisco stattfinden. Ihr seid damit entlassen, Zara, hättest du noch einen Augenblick Zeit für mich?«

Ich seufze, denn eigentlich will ich mir nur eine Kopfschmerztablette einwerfen, doch wenn mein Produzent noch mit mir sprechen will, kann ich schwer nein sagen.

»Natürlich, Mister Cheek.«

Ich warte geduldig bis alle anderen aufgelegt haben und nur noch wir beide im Chatraum übrig sind.

»Ich möchte, dass du ehrlich zu mir bist, Zara.«

Irgendwie klingt er gerade wie ich mir einen Vater vorstelle. Wie meiner geklungen hat, als ich noch klein war.

»Ehrlich womit?«, frage ich, denn ich weiß wirklich nicht worauf er hinauswill.

»Denkst du, dass wir ohne Probleme filmen können?«

Kurz wird mir heiß und kalt. Was war passiert, dass er plötzlich an mir zweifelt? Habe ich etwas Falsches gesagt oder ihm irgendwie einen falschen Eindruck vermittelt?

Anscheinend bin ich schon so müde, dass mein Ausdruck nicht so selbstsicher sitzt, wie er es normalerweise tut. Denn Mister Cheek seufzt und lehnt sich etwas weiter vor als würde er mir zuflüstern wollen.

»Es war ein Wunder, dass du nicht grün angelaufen bist, als du und Michael die Szenen, bei denen es etwas Aufregender wurde, durchgegangen seid.«

War es so offensichtlich?

»Oh das! Keine Sorge, es fällt mir nur ein bisschen schwer mich diesmal in meinen Charakter hineinzuversetzen, da wir mit Themen zu tun haben, die mir fremd sind. Ich habe noch nie zuvor von BDSM gehört.«

Dieser Teil meiner Antwort ist noch nicht einmal gelogen. Mister Cheek scheint mir trotzdem nicht ganz zu glauben. Seine Augenbrauen ziehen sich zusammen und er lehnt sich in seinem Stuhl zurück. Dabei verlassen seine Augen mein Gesicht kein einziges Mal.

»Irgendetwas sagt mir, dass du mit diesen Szenen weitaus weniger Probleme hättest, wenn Michael nicht dein Schauspielpartner wäre.«

Mister Cheek selbst ist kein Schauspieler aber seine jahrelange Erfahrung mit ihnen macht es schwer, ihm etwas vorzumachen. Leise seufzend lasse ich meine Schultern nach vorne sacken.

»Es ist nur so, dass Michael seit dem ersten Tag an dem wir uns kennengelernt haben, sehr deutlich mit mir flirtet. Ich habe ihm bereits mehrfach erklärt, dass ich kein Interesse habe, aber er scheint nicht aufzugeben. Außerdem date ich keine anderen Schauspieler, wie Sie vielleicht wissen.«

Der etwas mollige Mann nickt und ich sehe Verständnis in seinen Augen. Er glaubt mir.

»Ich möchte nicht, dass sich einer meiner Schauspieler unwohl fühlt. Wie wäre es, wenn wir dieses Gespräch zu dritt führen. Vielleicht ist ihm nicht ganz klar, dass du nein gesagt hast.«

Ich verstehe Mister Cheeks Standpunkt und trotzdem treibt es mir die Galle in den Hals. Egal wie oft ich nein sage oder wie deutlich ich bin, es wird nie genug sein. Solange nicht ein Mann einem anderen Mann erklärt, was Sache ist, könnte ich mir die Seele aus dem Leib schreien und es würde nichts an der Situation ändern.

Ich blinzle leicht, als ich merke, dass mein Zorn droht an die Oberfläche zu kommen. Stattdessen lächle ich.

»Ich denke, dass das unsere Zusammenarbeit nur erschweren wird, Mister Cheek. Michael und ich sind einfach zu verschieden in unseren Ansichten. Es mag mir vielleicht unangenehm sein, aber ich werde Ihnen eine gute Performance abliefern, das verspreche ich.«

Oder zumindest werde ich es versuchen.

Mein Gegenüber sieht mich einen langen Moment einfach

nur an, sodass ich schon befürchte, dass die Kamera eingefroren sein muss. Doch dann bewegt er sich und lehnt sich seufzend in seinem Schreibtischsessel zurück.

»Ich schätze dich und deine Arbeit sehr, Zara, und ich sehe, dass dich diese Sache belastet. Und ich verstehe auch, wenn du Michael nicht direkt damit konfrontieren willst. Doch ich kann nicht riskieren, dass es wegen körperlichen Szenen zu Problemen am Set kommt. Wir haben einen sehr strikten Filmplan, den es einzuhalten gilt.«

Mein Atem geht flacher und ich muss im Kopf von zehn rückwärts zählen, damit ich das saure Gefühl in meiner Kehle unterdrücken kann.

Ich bin noch nie von einem Set gekündigt worden. Als ehrgeizige Frau habe ich mir wenige Fehler in meiner Laufbahn zu schulden kommen lassen und ich möchte ungern jetzt damit anfangen. Aber so wie es aussieht verliere ich hier gerade meinen Job.

»Ich kann dir nur anbieten, dass wir uns nach einem Stunt-Double für dich umsehen. Für diese Szenen können wir jemanden verwenden, der Michael ähnlich sieht, denn ihr werdet während dieser Szenen nie ganz zu sehen sein. Ich möchte, dass dieser Film ernst genommen wird. Das soll kein billiger Pornofilm werden.«

Kurz scheint Herr Cheek zu überlegen. Seine Augen bekommen einen nachdenklichen Ausdruck, bevor sich eine Idee in seinem Kopf festsetzt.

Ich starre ihn währenddessen einfach nur an, weil ich immer noch damit rechne, dass er mich rausschmeißt. Es dauert einen Moment, bis ich registriere, dass er mir eine Alternative vorschlägt. Ein fremder Mann, den ich nur für diese Szenen tolerieren muss und danach nie wieder sehen muss? Das klingt um Welten besser, als Michael, der nur auf die Gelegenheit wartet in mein Höschen zu gelangen.

»Das wäre wundervoll, bitte, wenn das möglich wäre«, krächzte ich und versuche nicht so erleichtert zu klingen, wie ich mich fühle.

Mister Cheek jedoch lacht nur und hebt einen Daumen nach oben.

»Ich sehe, was sich machen lässt. Jetzt konzentrieren wir uns erst mal auf die Leseprobe vor Ort und die Vorbereitungsstunden mit einer Domina, die ich für dich und Michael organisiert habe.«

Auch hier weiß ich, dass es um den Film geht und unser Regisseur nichts merkwürdiges plant und trotzdem spüre ich einen leichten Schwindel. Meine Finger krallen sich unter dem Schreibtisch in meine Oberschenkel.

Herr Cheek scheint von der Idee mit dem Body-Double selbst so begeistert zu sein, dass er sich bereits die dritte Sache in seinem Notizblock notiert, bevor er den Kopf hebt und mich wieder ansieht.

»Mit diesen Stunden warten wir, bis das gesamte Team vollständig ist, also sobald wir ein Double für Michael gefunden haben. Es ist wichtig, dass ihr drei die Grundlagen versteht und euch nicht am Set in Gefahr begebt.«

Still nehme ich mir vor, mich auch schon privat mit dem Thema BDSM vertraut zu machen, damit ich nicht völlig ohne Plan auf dem Set erscheine.

Mit einem leisen Piepen schließt sich das Fenster, nachdem

Mister Cheek und ich einander verabschiedet haben.

Tief seufzend sinke ich zurück in meinen Stuhl, lege den Kopf in den Nacken und sehe an die Zimmerdecke. Ich denke ein Telefonat mit meiner beste Freundin ist noch nötig, bevor ich nach Kalifornien fliegen muss.

RYU

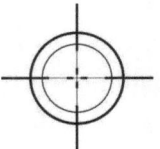

Es regnet, während wir das Polizeirevier verlassen und uns auf den Weg zum Flughafen machen. Tadashi sitzt neben mir im Taxi und sieht besorgt aus dem Fenster. Sollte er nicht eigentlich zufrieden sein, immerhin bin ich auf den Deal eingegangen?

»Weiß mein Vater über diese Vereinbarung bescheid?«, frage ich daher direkt heraus.

Sein Kopf schnellt zu mir herüber und im Licht der Morgensonne sehe ich dunkle Ringe unter seinen braunen Augen.

»Nein, Donno, ich habe mit niemandem außer dem Anwalt aus Amerika gesprochen. Ich bin durch einen Freund in New York darauf aufmerksam gemacht worden, dass für einen Filmdreh ein Statist gesucht wird. Ihr Vater wird Sie suchen, aber die Vereinigten Staaten sind groß, sollte er dahinterkommen, dass sie das Land verlassen haben.«

Mein alter Freund war immer schon ein Stratege, wusste wann er was zu sagen hat und wann es besser war zu schweigen. Er war nicht umsonst nach meinem 18. Geburtstag meine rechte Hand geworden, nachdem er bereits seit Jahren einer meiner engsten Freunde gewesen war.

Trotzdem zieht sich eine Sorgenfalte durch sein sonst so

weiches Gesicht.

»Was ist dann das Problem? Keine Sorge, sobald wir Japan verlassen haben, werde ich mich von meiner besten Seite zeigen.« Ich will nicht so sarkastisch klingen, aber ich bin müde und angespannt.

Seit ich von der Polizei gefangen genommen wurde, prickelt mein Hinterkopf, so als würde ich beobachtet werden. Vielleicht bin ich schon paranoid, aber als Sohn eines Yakuza lernt man schnell seinem Bauchgefühl zu vertrauen.

Diesmal bin ich es, der aus dem Fenster schaut. Die Sonne ist vor einer halben Stunde aufgegangen, doch durch den dichten Regen fällt nur wenig Licht auf die vollen Straßen Tokios. Ich habe die Stadt noch nie leer gesehen.

Meine Augen studieren die anderen Fahrzeuge, aber keines wirkt, als würde es uns verfolgen.

»Ich habe sichergestellt, dass niemand dieses Taxi mit uns in Verbindung bringt«, versichert mir Tadashi und meine Schultern entspannen sich ein bisschen.

Trotzdem ist da dieses merkwürdige Gefühl in meiner Magengrube. Vielleicht ist es Nervosität, da ich noch nie allein das Land verlassen habe. Doch ich bin nicht allein. Ich habe meinen Freund an meiner Seite und kenne die Sprache des Landes, in das wir fliegen. Ich bin sonst nicht nervös, nicht einmal, wenn sich eine Schießerei anbahnt.

Doch der letzte Streit mit meinem Vater liegt mir noch schwer im Magen. Er und ich waren bereits früher aneinander geraten, da wir zwei völlig unterschiedliche Ansichten vertreten. Bisher habe ich klein beigegeben, weil es einfacher war. Weil die Entscheidungen und Ausgänge für mich irrelevant waren, doch nicht bei diesem Thema.

Nach seinem Tod werde ich seinen Platz an der Spitze einnehmen. Darüber scheint er nicht besonders begeistert zu sein. Wahrscheinlich befürchtet er, dass ich einen Groll gegen die anderen Clane hege und mit ihnen brechen werde. Das oberste Gesetz ist, dass wir alle als eine Familie denken müssen, damit die Ordnung funktioniert. Das bedeutet allerdings auch, Menschen zu seiner Familie zu zählen, die nicht einmal den Dreck wert sind, auf dem sie gehen.

Mein Blick folgt einem Regentropfen, der mein Fenster entlang nach unten läuft. Langsam gehe ich in meinem Kopf die drei großen Namen durch, die sich seit meiner Kindheit eingebrannt haben, wie ein glühendes Brandeisen.

Kazuo Matsumoto

Isamu Kurogane

Akihiko Inoue

Alle drei Männer gehören zu drei unterschiedlichen Familien, die eng mit den Neun Drachen verbunden sind. Mein Vater schätzt sie sehr und zählt die drei Mistkerle zu seinen engsten Vertrauten.

Er hat ihnen auch damals mehr geglaubt als mir.

Schwarze Punkte beginnen in meinem Gesichtsfeld zu tanzen und ich muss mich aktiv dazu zwingen, normal weiter zu atmen, bevor Tadashi bemerkt, was mit mir los ist.

Er weiß nicht was vor 22 Jahren passiert ist und ich möchte auch, dass es so bleibt. Ich will nicht, dass mein engster Berater und bester Freund anders über mich denken könnte, nur weil er weiß, was wegen mir passiert ist.

Es reicht, dass ich wieder und wieder die Namen dieser

drei Scheißkerle für mich wiederhole. Sobald ich kann, werde ich jagt auf sie machen und einen nach dem anderen unter die Erde schicken.

Endlich erreichen wir den Flughafen. Ich ziehe mir meine Kapuze tiefer ins Gesicht und folge Tadashi aus dem Taxi. Missmutig schiebe ich meine tätowierten Hände in die Taschen meines Pullovers.

Der Regen hat mittlerweile etwas nachgelassen, sodass wir ohne einen Schirm relativ trocken in das bereitgestellte Flugzeug steigen können.

Als wir starten werfe ich noch einen letzten Blick auf das Land, in dem ich geboren worden bin, bevor Tadashi den Schutz vor dem Fenster herunterzieht und ich mich in den weichen Sitz zurücklehne.

Wir fliegen nicht mit einem Privatjet, das wäre zu auffällig gewesen. Stattdessen sitzen Tadashi und ich in der Business Klasse neben einem Mädchen, das dem Inhalt ihres aufgeklappten Laptops nach zu urteilen lernt.

Früher hätte ich auch gerne studiert. Es wäre mir sogar egal gewesen, was ich studiere, doch dieses normale Leben war mir nicht vergönnt gewesen. Hinter meiner Sonnenbrille beobachte ich die junge Frau, wie sie Notizen über irgendwelche chemischen Zusammenhänge macht.

Erst als Tadashi mir gegen den Ellbogen stößt, wende ich den Blick ab. Habe ich zu offensichtlich gestarrt?

Meine Hände sind immer noch in meinen Taschen vergraben und haben bereits angefangen zu schwitzen, doch ich kann sie nicht herausziehen. Es sitzen zu viele Japaner in diesem Flugzeug und ich kann das Risiko nicht eingehen erkannt zu werden.

In Japan sind unsere Tätowierungen unser Aushängeschild, sie sind eine visuelle Warnung und zu bekannt. Erst nachdem wir in Amerika gelandet sind, wird es einfacher werden Teile meiner tätowierten Haut zu zeigen.

Ich werde dafür sorgen, dass ich bereit bin gefunden zu werden, wenn der Film das amerikanische Festland verlässt.

Mit einem AirPod im Ohr höre ich leise das Hörbuch zu ›All the Shades of Black‹, um mich auf meine Rolle vorzubereiten. Soweit das als Körper-Double überhaupt geht.

Ich bin nicht sonderlich schockiert, als mir die männliche Stimme des Vorlesers beginnt, in mein Ohr zu stöhnen. Trotzdem ist es etwas anderes sich vorzustellen diese Dinge mit einer fremden Frau nachstellen zu müssen.

Tadashi hat mir versichert, dass der Film eine ernst-hafte Hollywood-Produktion ist und kein billiger Porno. Bevor ich extra nach Amerika fliege und einen Porno drehen muss, wäre ich in Tokio geblieben und hätte dort einen gedreht. Das ein oder andere Mädchen kommt mir dafür schon in den Sinn und ich kann ein Grinsen nicht unterdrücken.

Als Tadashi nach einigen Stunden den Schutz vor dem Fenster wieder nach oben schiebt, muss ich gegen das grelle Sonnenlicht anblinzeln. Über den Wolken ist nichts von dem verregneten Japan übrig, das wir hinter uns gelassen haben. Nachdem wir durch die Wolkendecke gebrochen sind, versuche ich die Landmasse unter uns zu erkennen, doch für mich sieht das alles gleich aus.

Vielleicht sollte ich mir schon einmal Gedanken über einen neuen Namen machen. Nach diesen vier Monaten wäre ich amerikanischer Staatsbürger.

Der einzige Name, der mir auf die schnelle einfällt ist George. Ob mir die Menschen in den Vereinigten Staaten abkaufen, dass ich ein geborener George bin?

Vielleicht William. Zu englisch. Jeremiah. Zu biblisch. Ich bin nicht gläubig und fange jetzt bestimmt nicht damit an.

Ich habe vier Monate Zeit und werde mich genüsslich in Kalifornien umsehen, bestimmt kann ich ein oder zwei Namen aufschnappen, die mir gefallen. Jetzt zählt erst einmal einen guten Eindruck machen.

Ich bin erst in 36 Stunden vorgeladen. Genug Zeit, damit ich mir die Stadt San Francisco ansehen kann und mir neue Klamotten besorge. Außerdem möchte ich vielleicht noch einen Club oder eine Bar besuchen.

Wer weiß, wann sich dafür wieder einmal die Gelegenheit bietet. Vor allem in San Francisco und Los Angeles, die Stadt der Engel. Wenn die Frauen so hübsch sind, wie ich sie mir vorstelle, verbringe ich meine erste Nacht auf amerikanischem Boden ganz sicher nicht allein.

ZARA

Mit gepackten Koffern erscheine ich pünktlich um 14 Uhr am New Yorker Flughafen. Michael ist bereits da, genauso wie unser Produzent. Mit einem festen Händedruck begrüßt er mich.

»Hallo, meine Liebe, ich freue mich Sie in Person zu sehen. Sie sehen großartig aus, waren Sie in letzter Zeit im Urlaub?« Lächelnd ergreife ich seine Hand.

»Sie schmeicheln mir Mister Cheek. Ich freue mich schon sehr auf unsere Zusammenarbeit.«

Mister Cheek ist Mitte vierzig mit kurz geschorenen Haaren und einem kleinen Bäuchlein. Er wirkt freundlich und offen, was mir sofort etwas von meiner Nervosität nimmt.

Dass ich die Blicke des Mannes hinter mir in meinem Rücken spüre, versuche ich gekonnt auszublenden. Erst als Michael an meine Seite tritt und sich unsere Schultern berühren, lasse ich die Hand des Produzenten los und mache einen Schritt zur Seite.

Es ist nicht wirklich Angst und doch sitzt da ein sehr unangenehmes Gefühl zwischen meinen Rippen, immer wenn Michael in meine Richtung sieht oder mich ohne Vorwarnung berührt. Vielleicht will mich mein Bauchgefühl vor ihm warnen, da er wirklich jedes meiner Zeichen bisher ignoriert hat. Aber ich denke nicht, dass mein Co-Star mir etwas antun würde.

Für den Flug hat Mister Cheek allen Darstellern und Mitarbeitern ein Flugzeug zur Verfügung gestellt. Der Flug selbst dauert nur einige Stunden, und doch bin ich mehr als nur dankbar, dass ich neben einer der Visagistinnen sitze, während Michael neben dem Produzenten Platz genommen hat. Die Anspannung wird sich bestimmt auf dem Set legen, denke ich mir und lasse mich von der jungen Vietnamesin neben mir ausfragen.

Nach der Landung geht es ins Hotel. Dort hört mein Glück auch schon wieder auf. Mein Zimmer liegt direkt neben Michaels. Um nicht unfreundlich oder gemein zu wirken, halte ich ihm die Tür zum Aufzug auf, damit wir gemeinsam hochfahren können.

»Ich hoffe deine Freunde werden dich nicht allzu vermissen,« beginnt der großgewachsene Mann, sobald sich die Türen des Aufzugs geschlossen haben. Für einen Moment wirken seine Worte, wie die eines Serienkillers. Vielleicht hätte ich im Bus vom Flughafen zum Hotel nicht den True Crimes-Podcast hören sollen.

Mit einem aufgesetzten Lächeln streiche ich mir eine kurze, schwarze Strähne hinters Ohr, die aufgrund meiner Haarlänge sofort wieder nach vorne springt.

»Ich denke sie werden vier Monate durchhalten mich nicht zu sehen. Wir können immer noch telefonieren.«

Ich spüre seinen Blick auf mir und mit einem leisen Geräusch öffnen sich die Aufzugtüren. Erleichtert will ich schon aussteigen, als er mir mit einem Arm den Weg versperrt.

»Wir haben unseren Text schon bekommen, es ist wichtig, dass wir gut miteinander harmonieren. Wie wäre es, wenn wir morgen zusammen unsere Szenen durchgehen, bevor wir am Freitag mit dem Dreh beginnen?«

Die Einladung wirkt freundlich, doch hinter Michaels Blick steckt mehr. Rasch ducke ich mich unter seinem ausgestreckten Arm hindurch.

»Danke, gute Idee. Wir können ja Herrn Cheek bitten einen runden Tisch zu machen, sodass wir einzelne Szenen ausprobieren können«, schlage ich vor. Niemals würde ich allein mit ihm ein Drehbuch durchgehen, dass auf einer sexlastigen Liebesgeschichte basiert. Meine Antwort scheint ihm nicht zu gefallen und ich muss mir ein Grinsen verkneifen. Am Ende willigt er jedoch ein, da ein Durchgang der Szenen sowieso keine schlechte Idee ist.

»Dann gute Nacht und bis morgen, Michael.«

Bevor er noch etwas erwidern kann, mache ich schon auf dem Absatz kehrt und laufe den Gang entlang, bis ich die Tür zu meinem Zimmer sicher hinter mir verschließen kann. Vier Monate. Ich muss für die Kamera nur vier Monate so tun, als würde mir nicht jedes Zwinkern und jedes Lächeln dieses Mannes einen unangenehmen Schauer über den Rücken jagen. Das würde ich doch hinbekommen.

Allein durch die Straßen von San Francisco zu laufen, tut mir gut. Vor allem, nachdem Michael erneut versucht hat beim Frühstück ein Gespräch anzufangen.

Warum können manche Männer ein Nein nicht verstehen? Ich möchte keine Szene machen, immerhin drehen wir einen Film zusammen, indem unsere Charaktere einander lieben.

Aber seine ständigen Versuche mich zu berühren oder ein Gespräch anzufangen, rauben mir den letzten Nerv. Zum Glück kann ich einen der wenigen letzten Tage vor Beginn der Dreharbeiten allein verbringen.

Ich hole mir unterwegs einen Eiskaffee und setze mich unter einen Sonnenschirm ans Wasser der San Francisco Bay. Um mich etwas auf meine Rolle vorzubereiten, hole ich mir den Roman zu ›All the Shades of Black‹ aus meiner Tasche und blättere durch die markierten Szenen.

Ich habe versucht den Roman zu lesen, doch manche Kapitel waren so unverfroren geschrieben, dass es mir die Schamesröte ins Gesicht getrieben hatte. Vielleicht hatte Anna Recht und ich werde tatsächlich einen Porno drehen.

Nachdem ich einen beruhigenden Schluck von meinem Kaffee genommen habe, schlage ich das Buch noch einmal auf und lese die Szene, in der die beiden Hauptcharaktere einander zum ersten Mal sehen. Sofort formt sich ein Bild in meinem Kopf, wie dieser mysteriöse Christopher Black aussehen könnte.

Plötzlich wackelt mein Tisch neben mir und ich greife überrascht nach meiner Kaffeetasse. Als ich aufsehe, glaube ich kaum, was ich da sehe. Ungefragt hat sich einfach ein Mann zu mir an den Tisch gesetzt. Eine dunkle Sonnenbrille verdeckt seine Augen, aber seine Gesichtszüge lassen mich vermuten, dass er kein Amerikaner ist. Manche Männer denken wirklich ihnen gehört die Welt.

Gerade will ich ihn darauf ansprechen, dass er sich nicht einfach so zu mir setzen kann, als er sich nonchalant die Sonnenbrille von der Nase streicht und mich über die Brillengläser hinweg direkt ansieht.

»Es gibt wirklich Leute, die so einen Schund lesen?«, fragt er mich mit einer dunklen Stimme. Ich kann einen leichten Akzent aus seinem Englisch heraushören.

Entrüstet klappe ich mein Buch zu.

»Das ist kein Schund, entschuldigen Sie mal!«, verteidige ich die Geschichte, die ich nur durch mein eigenes Skript kenne. Aber wenn ich schon einen Charakter aus diesem Buch verkörpere, kann ich das Material dazu auch vor einem Fremden in Schutz nehmen. »Was wissen Sie schon darüber, haben Sie es etwa gelesen?«, frage ich und studiere den Mann vor mir. Er wirkt nicht wie jemand, der viele Bücher liest.

Obwohl es draußen bestimmt 30 Grad hat, trägt er einen Rollkragen Pullover und dunkle Jeans. Mir wird bereits warm, wenn ich ihn nur ansehe. Ich bin für mein minzfarbenes Sommerkleid sehr dankbar. Mein Blick fällt auf die Hand, mit der der Fremde sich die Sonnenbrille von der Nase geschoben hat. Seine Fingerknöchel unter den silbernen Ringen sind tätowiert und die Muster schlängeln sich seinen Arm hinauf und verschwinden unter dem Ärmel seines Pullovers.

Schnell sehe ich ihm wieder in die dunklen Augen. Er schüttelt auf meine Frage hin den Kopf.

»Ich habe mir nur die Rückseite durchgelesen und ein paar Seiten durchgeblättert.«

»Dann wissen Sie gar nicht wovon Sie reden«, entgegne ich trotzig und spüre ein leichtes Gefühl der Genugtuung, dass ich einen Mann wie ihn zurechtweisen konnte.

»Du.«

»Was?«

»Mein Name ist Ryu, du brauchst nicht so formell zu sein.«
Kurz bleibt mir der Mund offenstehen.

Wer denkt er, dass er ist, mich so persönlich anzusprechen?
Als ich ihm meinen Namen nicht nenne, grinst er nur und
steht auf.

»Vielleicht sehen wir uns ja noch einmal, Prinzessin.«

Damit verschwindet er mit demselben selbstsicheren Auf-
treten, mit dem er sich an den Tisch gesetzt hat. Kopfschüttelnd
sehe ich dem Mann nach.

Meine Hand greift wieder zu meinem Buch und ich über-
fliege noch einmal die Beschreibung des männlichen Hauptcharakters. Als seine tätowierten Arme erwähnt werden,
schmuggelte sich ungewollt der Arm des Fremden vor mein
inneres Auge. Christopher Black ist kein Asiate, aber durch
diese merkwürdige Begegnung kann sich mein Kopf nur mehr
diese tätowierten Fingerknöchel vorstellen, wenn Christopher
seiner Geliebten eine Hand um den Hals legt. Wie von selbst
wandert meine eigene Hand zu meinem Hals und drückt leicht
zu. Ich spüre nichts Aufregendes dabei und fühle mich sofort
ziemlich dumm. Schnell lasse ich die Hand wieder sinken,
packe meine Sachen zusammen und mache mich auf den Weg
zurück zum Hotel.

Für einen Moment denke ich an den Abend, an dem Michael,
das Double und ich mit einer Domina mitgehen werden, damit
wir uns mit dem Thema BDSM beschäftigen. Herrn Cheek ist
eine gute Repräsentation wichtig und das schätze ich an ihm
als Regisseur sehr. Trotzdem beginnt es in meinem Bauch
zu kribbeln, wenn ich daran denke, dass ich mit fast 30 zum
ersten Mal in so einen Club gehen werde und dann auch noch

mit zwei Männern.

Doch ich vertraue Mister Cheek und meinem Manager genug, dass sie nichts Verrücktes planen. Keiner der beiden möchte den Dreh sabotieren, da bin ich mir zu tausend Prozent sicher.

Meine Hand wandert wie von selbst an meinen Hals zurück, doch ich drücke nicht zu. Was wäre, wenn der Mann, der Michaels Stunt-Double wird, genauso schlimm oder sogar schrecklicher ist?

An so was darf ich nicht denken. Schnell schüttle ich den Kopf und laufe durch den Eingang des Palace Hotels und zu den Aufzügen. Diesmal begegne ich keinem meiner Co-Stars und schließe erleichtert hinter mir die Tür zu meinem Zimmer.

Noch nie war ein Dreh so aufregend gewesen. Gespannt auf die kommenden Tage werfe ich mich unter die Dusche. Einen Schritt nach dem anderen.

Ich bin jemand, der nie längerfristig plant. Bevor ich Schauspielerin wurde, konnte ich mir diese Einstellung gar nicht leisten. Das hat sich bis ins Erwachsenenalter gehalten.

Deshalb nehme ich eine Hürde nach der anderen und arbeite mich durch ein Problem, bevor ich das Nächste angehe.

Meine erste Hürde ist die Verabredung morgen Abend. Ich lege mir heute schon mein schwarzes Cocktailkleid und die dazu passenden High Heels heraus. Mit dem kleinen Schwarzen kann man nichts falsch machen.

Irgendwie habe ich vor diesem Blind-Date viel weniger Angst als vor der Leseprobe übermorgen. Vielleicht, weil dieses Date kein Risiko birgt. Solange ich es nicht komplett verpatze, zählt nur, dass es ein oder zwei gute Fotos von mir und ›meinem Freund‹ gibt. Nachdem der Dreh beendet ist und ich nicht gleich für einen zweiten Teil oder ein ähnliches Projekt gecastet werde, kann ich auch wieder öffentlich Schluss machen.

Wir wollen einfach keinen Skandal heraufbeschwören. Niemand soll denken, dass ich und Michael ein Paar wären, nur weil wir beide in diesem Film zusammen spielen.

Denn was anscheinend viele Menschen da draußen nicht verstehen, wir Schauspieler existieren außerhalb unserer Rollen. Nur weil ich eine verliebte Sekretärin spiele, heißt dass nicht, dass ich mich Michael vor die Füße werfe.

Allein der Gedanke daran ist schon so absurd, dass ich lachen muss. Aber nicht nur auf der Leinwand müssen wir für unsere Fans spielen, auch deren Fantasie abseits der Produktion möchte gestillt werden.

Und wenn ich diese mit einem einfach Abendessen ruhig stellen kann, dann werde ich das tun.

RYU

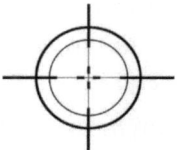

Die erste Nacht in San Francisco habe ich mir anders vorgestellt. Von meinem großartigen Plan die Clubs der Stadt unsicher zu machen war Tadashi weniger begeistert.

»Du solltest die erste Zeit in Amerika so wenig allein unterwegs sein wie möglich.«

Ich weiß, dass er Recht hat, immerhin bin ich immer noch auf der Flucht vor meinem Clan. Wenn mein Vater mich findet bin ich schneller tot, als ich mir ein hübsches Mäuschen aus einer Bar klar machen kann. Es war schon ein Risiko, dass ich den Nachmittag allein am Strand entlang gegangen bin.

Dafür, dass Kalifornien immer so groß besungen wird, ist der Strand von San Francisco nichts besonderes. Wenn ich da an den Pier in Odaiba denke, bekomme ich tatsächlich so etwas wie Heimweh.

Aber, wenn ich heute nicht dort entlang gegangen wäre, hätte ich auch nicht, diese Frau getroffen. Ihr Gesicht kam mir bekannt vor. Außerdem hatte sie dieses komische Buch in der Hand, das man mir in der Polizeistation in Tokio vor die Nase gelegt hatte.

War dieses Buch doch so beliebt, dass ich es jetzt schon zwei Mal gesehen habe? Ich muss mir den Zusammenschnitt des Drehbuchs, den Tadashi mir davon gemacht hat, sowieso noch ansehen.

Wenn dieses Stück zwischen mir und meiner Unabhängigkeit steht, dann werde ich diesen Schund eben lesen. Moment, es ist ja angeblich keiner, wenn man den Worten dieser jungen Frau Glauben schenken will.

Ich lächle, als ich mich an ihren empörten Gesichtsausdruck erinnere. Sie hat gewirkt, als hätte ich ihr Lieblingsbuch beleidigt. Vielleicht habe ich das auch, wer weiß. Aber ihre Reaktion war wie eine kleine Explosion, als hätte sie nur darauf gewartet endlich ausbrechen zu können. Es war beinahe süß und ich konnte gar nicht anders.

Aber jedes weitere Wort wäre gefährlich gewesen und ohne meine Sonnenbrille hätte sie mich vielleicht auf den Straßen San Franciscos wiedererkannt oder hätte im Schlimmsten Fall eine Beschreibung meiner Person bei der örtlichen Polizei abgeben können.

Seufzend lasse ich mich in den breiten Ledersessel in meinem Hotelzimmer fallen. Ab übermorgen wäre ich zum ersten Mal auf dem Set eines Films. Doch, wo andere sich freuen würden, empfinde ich nur Anspannung. Ich will diese vier Monate einfach so schnell wie möglich hinter mich bringen.

Tadashi bemerkt anscheinend den Blick auf meinem Gesicht. Er weiß, dass ich dazu tendiere unachtsam zu werden oder mich in Gefahr zu begeben, wenn mir langweilig wird.

Schon als Kind habe ich mich absichtlich bei Schlägereien oder Kämpfen eingemischt, nur damit ich nicht gelangweilt war. Oder um meinem Vater aus dem Weg zu gehen, aber das ist eine eigene Geschichte.

»Hör zu, Ryu, was wäre, wenn ich dir für morgen Abend eine Beschäftigung suche? Etwas, das dich aus diesem Hotel bringt, ohne Gefahr zu laufen, dass du erschossen wirst?«

Als hätte mir mein alter Freund die Sonne versprochen, sehe ich ihn an.

»Was meinst du damit?«, kommt mir die Frage über die Lippen, während ich nach einem Scotch-Glas greife, das auf dem Couchtisch neben mir steht.

»Seit wir Japan verlassen haben, bin ich bereits dabei mich über die Kultur und Gesetze der Vereinigten Staaten zu informieren. Anscheinend kann man in einigen Teilen des Landes schnell Geld machen, auch wenn man kein Staatsbürger ist und keine Arbeitsberechtigung hat«, erklärt Tadashi mir. Mit geradem Rücken steht der junge Mann neben mir und hat respektvoll die Augen halb geschlossen.

Auch wenn wir Freunde sind, bin ich immer noch der Sohn des Clanführers. Dabei zählt es nicht, dass ich den Clan hinter mir gelassen habe. Respekt ist Respekt. Außerdem könnte ich immer noch meinen eigenen Clan gründen, mit Tadashi als meiner rechten Hand.

Wenn ich meinen Vater und die drei anderen Männer nicht auf anderem Weg davon abbringen kann, mich in Ruhe zu lassen, wird mir nicht viel anderes übrig bleiben. Doch ohne das Untergrundnetz Amerikas zu kennen und Kontakte zu knüpfen wäre ein Kampf gegen die Neun Drachen im Moment ein sicheres Todeskommando.

Mein Blick beginnt sich zu verklären.

Es sticht in meiner Brust als ich in die verschwommene, braune Flüssigkeit in meinen Glas sehe.

Früher war es nicht ich gegen meinen Vater. Er war mein Fels in der Brandung gewesen, genauso wie meine Mutter es immer noch ist. Aber vor fünfzehn Jahren hat sich alles geändert.

Als er sich auf die Seite seiner Businessbrüder gestellt hat und ich für einen Mord bestraft wurde, den ich nie verübt habe.

»Ich konnte Kontakt zu einem Mitglied der Cosa Nostra aufnehmen.« Tadashis sanfte Stimme reißt mich aus meinem Strudel an finsteren Gedanken und ich stelle das Scotch-Glas weg, bevor es mir aus meinen zitternden Fingern fallen kann.

»Die amerikanische Mafia ist weitaus mehr in der Öffentlichkeit als wir. Ich bin am Flughafen mit einem Mann ins Gespräch gekommen, der mir die Adresse eines Veranstaltungsortes in Sacramento gegeben hat. Anscheinend finden dort regelmäßig Wetten statt. Der Mann vom Flughafen hat mir versichert, dass es an diesem Ort noch nie Probleme mit der Polizei gegeben hat«, fährt mein Freund fort.

Entweder er hat meine Unruhe nicht bemerkt oder für sich entschieden mich nicht darauf anzusprechen. Über beides bin ich ihm sehr dankbar.

Natürlich hat sich Tadashi selbst darüber informiert. Ich vertraue meinem Freund, dass er seine Quellen überprüft. Wenn etwas sorgfältig erledigt werden muss, ist er die beste Anlaufstelle.

»Das heißt ich kann dort Leute der amerikanischen Mafia treffen und vielleicht erste Kontakte knüpfen?«, frage ich. Er nickt.

»Und du kommst für eine Nacht aus dem Hotel raus, bevor du vier Monate an einen Drehort gebunden bist.«

Ich erinnere mich an die junge Frau in dem Cafe, zu dem

Tadashi mich direkt nach unserer Ankunft in San Francisco begleitet hat. Sie hatte direkt auf meine Hände gestarrt. Mein eigener Blick fällt auf meine tätowierten Knöchel und die silbernen Ringe um meine Finger.

Ich mochte es, wie sie das Schmuddelbuch zu diesem Film verteidigt hat, obwohl ihr Lesezeichen kaum nach den ersten dreißig Seiten gesteckt hat.

Außerdem hat sie sich so aufgeplustert, dabei hat sie mich an einen dieser kleinen flauschigen Hunde erinnert, ein Zwergspitz oder so.

»Danke Tadashi, ich werde morgen Abend die Zeit nutzen. Wenn ich es schaffe mir bei den Cosa Nostras einen Namen zu machen, könnten sie mir im Falle eines Clankriegs helfen.«

Mein Freund nickt, sichtlich zufrieden mit meiner erwachsenen Art zu denken. Ich unterdrücke ein Augenrollen. Mit 32 bin ich kein Kind mehr, und trotzdem fühlt sich mein engster Freund dazu verpflichtet auf mich aufzupassen.

Ich weiß, dass er es aus Respekt und Dank mir gegenüber tut, da ich ihn als wir Kinder waren nicht an meinen Vater verraten habe.

Seine Eltern haben damals als Informanten für meinen Vater gearbeitet. Seine Familie führte ein Restaurant in der Innenstadt. Tadashi hätte beinahe eine wichtige Verabredung in ihrem Restaurant gesprengt, wenn ich nicht für ihn eingestanden wäre.

Seit dem sieht er es als seine Pflicht mir mit Rat und Tat zur Seite zu stehen und auf mich aufzupassen.

Ich bin ihm sehr dankbar dafür, doch manchmal kann ich den Ausdruck in seinen Augen nicht ertragen. Als würde er mir sagen ›*Du kannst nicht immer vor deinen Problemen davonlaufen*‹.

Mein Blick wandert aus dem Fenster über die Skyline San Franciscos. Hat doch ganz gut funktioniert bis jetzt.

Aber er hat Recht. Ich sollte nicht übermütig werden.

Tadashi war so frei das Geld, das ich aus Japan mitgenommen habe in Dollar zu wechseln und sicher für mich zu verwahren.

Als Mann ohne kriminellen Hintergrund auf dem Papier war es für Tadashi einfacher ein Visum zu beantragen, als für mich. Deshalb wird er das Geld für uns verwahren und sonstige Besorgungen erledigen.

Es juckt mich unter den Fingernägeln endlich das beschützte Gelände rund um das Hotel zu verlassen.

Der Veranstaltungsort liegt in Sacramento, in einer alten Fabrik. Zwar bedeutet das für mich den ganzen Abend mit einer Maske herumzulaufen, aber wenn ich dafür Kontakte knüpfen und jemandem aufs Maul geben kann, ist der Tausch mehr als nur gerechtfertigt.

ZARA

Mein Manager vertraut mir so wenig, dass er mich sogar persönlich zum Restaurant fährt. Ich verkneife mir mit den Augen zu rollen.

Okay, ich will nicht unbedingt auf dieses Fake-Date, aber was bleibt mir anderes übrig? Es wäre wirklich übel für die Gerüchteküche, wenn ich etwas mit meinem Co-Star »anfangen« würde. So ist nun einmal das Leben als weibliche Schauspielerin. Kaum vermutet man, dass eine Frau einen Schauspieler datet, hat sie sich natürlich nur hochgevögelt.

Missmutig starre ich aus dem Fenster auf die bereits untergehende Sonne. Für eine Nacht würde ich doch genug Talent haben so zu tun als hätte ich Spaß und wäre auf einer Verabredung mit meinem Freund.

Einmal tief durchgeatmet und ich spüre, wie ich in meine Rolle falle. Meine gerunzelte Stirn glättet sich und ein leichtes Lächeln legt sich um meine Mundwinkel.

»Sieh einer an, Zara, du scheinst dich ja wirklich auf dein Date mit Dominik zu freuen«, stellt Bill erfreut fest, bevor er seinen Wagen auf dem Parkplatz vor dem Restaurant abstellt.

Meine Ohrringe klimpern leise als ich meinen Kopf zu ihm herumdrehe. Er hat mich damals aufgenommen und im

Kontakte knüpfen ist er auch ein wahrer Meister, aber er hat mir wohl zu viel beigebracht.

Trotz meiner Gefühlslage scheint er mich nicht durchschauen zu können. Das weiß ich auszunutzen.

Also lächle ich breit und erwidere mit einer zuckersüßen Stimme: »Natürlich! Ich war schon ewig nicht mehr auf einer Verabredung und auch wenn dieses Date kein richtiges ist, möchte ich es trotzdem genießen ausgeführt zu werden.«

Meine eigenen Worte klingen merkwürdig in meinen Ohren. Natürlich möchte ich eingeladen werden und ausgehen, wer würde das nicht wollen? Aber ich hätte mir meinen Partner gerne ausgesucht.

Langsam steige ich aus dem Auto und richte mein Kleid, das durch das lange Sitzen im Auto etwas nach oben gerutscht ist.

»Danke, dass du mich gefahren hast, Bill«, sage ich und verabschiede mich mit einem Lächeln von dem Mann hinter dem Steuer.

Vielleicht war meine Entscheidung für das schwarze Minikleid übereilt gewesen, aber der Schnitt gefällt mir so gut und ich trage es einfach viel zu selten. Meine Absätze klicken auf dem Beton während ich zum Eingang gehe. Aufregung beginnt in meiner Brust zu wachsen, aber ich lasse mir äußerlich nichts anmerken.

Von jetzt an heißt es Ruhe bewahren, denn hinter jeder Ecke könnte ein Paparazzi lauern, der nur darauf wartet, dass ich oder dieser Dominik einen Fehler machen.

Für ihn kann ich nichts garantieren, aber von mir wird es heute Abend keine gefährlichen Fotos geben.

Am Eingang steht bereits eine Hostesse, die mich freundlich begrüßt.

»Ein Tisch für Zwei, unter Fletcher«, sage ich höflich und schenke ihr ein Lächeln.

»Oh Miss Fletcher, Ihre Begleitung ist bereits da, Sie können mir gerne folgen.« Löblich, dass er schon da ist.

Die junge Frau führt mich an anderen Gästen vorbei in ein gut beleuchtetes Separee, wo bereits andere Menschen sitzen und sich unterhalten.

Anscheinen wollen nicht nur Dominik und ich in Ruhe zu Abend essen.

Zwar hat mir mein Manager vorab ein Bild von Dominik zukommen lassen, damit es nicht merkwürdig aussieht, wenn ich ihn nicht erkenne und trotzdem bin ich froh, dass mich die Hostesse bis zu meinem Tisch begleitet.

Der Mann der dort sitzt sieht demjenigen auf dem Foto schon ähnlich und dann auch wieder nicht.

Die blonden Haare sind nach hinten gegelt und eine silberne Kette hängt um seinen Hals. Ich kann den Anhänger in Form eines Kreuzes sehen, weil der erste Knopf seines scharlach-roten Hemds offen ist.

Sofort springt er auf und zieht mir wie ein wahrer Gentlemen den Stuhl zurück, damit ich mich hinsetzen kann. Okay, das fängt doch gar nicht mal so schlecht an.

Oh, wie falsch ich damit liege, denn von diesem Moment an geht es nur noch bergab.

Kaum hat die Kellnerin unsere Bestellungen aufgenommen, beginnt er bereits mich auszufragen, wie ein neugieriger Fanboy.

Es stört mich nicht neueren Schauspielern Tipps zu geben oder ihnen zu helfen, aber heute sollte kein Interview stattfinden. Wir sollen dieses Date haben, damit die Presse glaubt wir wären bereits seit einiger Zeit ein Paar. Und die Fragen, die er mir stellt, sind nicht unbedingt etwas, das du deine Freundin beim Abendessen fragen würdest.

Mehrmals versuche ich das Thema in eine andere Richtung zu lenken. Es könnte sein, dass unter den anderen Gästen in dem Separee auch ein Journalist sitzt, der sich eingeschlichen hat.

»Es ist schön, dass wir endlich beide Zeit gefunden haben wieder einmal zusammen zu essen«, versuche ich es bereits zum vierten Mal mit einem Themenwechsel.

Endlich scheint es bei ihm zu Klicken, denn seine Augen weiten sich. Also hat er die Memo doch bekommen, dass wir ein Paar spielen sollen.

Etwas zu forsch greift er nach meiner Hand und verschränkt unsere Finger ineinander. Ich lasse es geschehen, auch wenn er meinen kleinen Finger unangenehm verbiegt und zwinge mich zu einem Lächeln.

Gott sei Dank kommt das Dessert.

Nachdem wir beide aufgestanden sind, hilft Dominik mir in die Jacke.

Er ist kein schlechter Kerl und vielleicht wäre ich wirklich auf ein Date mit ihm gegangen, wenn ich nicht im Showbiz arbeiten würde. Denn es ist nur allzu deutlich, dass er seinen Traum auslebt mit einer Schauspielerin auszugehen, die er bewundert.

Natürlich fühle ich mich geschmeichelt, aber es ist genauso wie sonst auch immer. Die Männer sehen die Figuren, die ich verkörpere und nicht die Frau dahinter.

Den ganzen Abend über hat Dominik kein einziges Mal

gefragt, wie es mir geht. Für andere Frauen mag das unerheblich oder nichtig sein, doch ich habe diese Frage zuletzt von Herrn Cheek gehört.

Mein Seufzen ist hoffentlich leise genug, damit meine Begleitung das nicht hört.

Zusammen verlassen wir das Restaurant und als ob er sich endlich in seine Rolle als mein Freund eingefühlt hat, legt er einen Arm um meine Taille. Ich versuche mich nicht zu verspannen, da mich die plötzliche Berührung doch überrascht hat.

Das Essen im Acquerello war hervorragend, alles in allem war der Abend nicht so schrecklich, wie ich es befürchtet hatte.

Dominik hat keine einzige anzügliche Bemerkung gemacht und sobald er seine neugierigen Fragen gestellt hatte, war er wirklich bemüht meinen festen Freund zu spielen.

Ich begleite ihn zu seinem Auto, das am anderen Ende des Parkplatzes steht. So war es ausgemacht. Wir würden uns verabschieden und ich würde meinem Manager eine kurze SMS schreiben, dass er mich abholen kommen könne. Anscheinend hat Dominik diesen Teil der Memo nicht bekommen oder sich im Laufe des Abends dazu entschieden sie zu ignorieren, denn er öffnet mit einem Grinsen die Beifahrertür und sieht mich einladend an.

Verwirrt ziehe ich eine Augenbraue nach oben.

»Der Abend ist vorbei Dominik, wir müssen nichts mehr spielen. Der Parkplatz ist wie ausgestorben und mein Manager holt mich und bringt mich wieder nach Hause.«

Ein unangenehmes Gefühl beginnt sich in meiner Magengrube auszubreiten, aber ich bewege keinen Muskel in meinem Gesicht.

»Der Abend war wirklich nett, danke dafür«, lüge ich und will mich schon zum Gehen wenden, als er mich am Handgelenk packt.

»Was ist, wenn uns ein Paparazzi auf den Parkplatz gefolgt ist? Möchtest du deinen Freund nicht zumindest zum Abschied küssen?«

Zwar stellt er die Fragen in einem unverfänglichen Ton, aber der Ausdruck in seinen Augen lügt nicht. Er hat sich von dem heutigen Abend mehr erhofft.

»Du weißt, dass das heute alles nur gespielt war, oder? Selbst, wenn wir wirklich daten würden, würde ich trotzdem nicht in dein Auto steigen. Das wäre zu gefährlich und würde erst recht neue Gerüchte aufwerfen. Ich warte lieber auf meinen Manager.«

Ich versuche einen Schritt nach hinten zu machen, aber sein Griff um mein Handgelenk wird nur fester.

»Zara hör mal, ich mag dich wirklich. Wenn du echt glaubst, dass uns niemand sieht tut es dir doch nicht weh mich nach Hause zu begleiten, oder? Der Abend muss nicht hier enden.«

Ich weiß wohin seine Einladung führen soll, aber seine aufdringliche Art bewegt mich nicht dazu ihm zu folgen.

»Dominik, lass mich los«, versuche ich einen weiteren ruhigen Anlauf, diesmal zerre ich aber etwas bestimmter an meiner Hand, damit er mich loslässt.

Doch stattdessen zieht er diesmal zurück. Gegen einen ausgewachsenen Mann von seiner Statur habe ich keine Chance und falle fast in seine Arme.

In meinem kleinen Handtäschchen befinden sich nur meine Schlüssel und meine Geldbörse. Wie sehr wünschte ich, dass ich trotz aller Umstände mein Pfefferspray mitgenommen hätte.

Ich versuche mich gegen den Griff zu stemmen ohne dabei eine Szene zu machen. Ich kann spüren, wie meine Maske fällt und die Angst durchzuscheinen beginnt.

Entweder Dominik bemerkt es nicht oder es erregt ihn sogar noch mehr, denn sein Griff wird fast schmerzhaft während er versucht mich in sein Auto zu ziehen.

Kurz überlege ich ihm mein Knie in die Leistengegend zu rammen. Mir ist egal ob ich beobachtet werde oder nicht, damit ich nicht verschleppt werde, als ich laute Motorengeräusche hinter uns höre.

Überrascht sehe ich über meine Schulter eine dunkel-rote Maschine auf uns zukommen. Zuerst denke ich, dass sie uns niederfahren will, denn ihr Scheinwerfer leuchtet mir direkt in die Augen. Das Licht ist so grell, das ich die Augen zukneifen muss. Mit quietschenden Reifen bleibt der Motorradfahrer vor uns stehen, knapp genug, dass ich die Wärme seiner Maschine an meinen nackten Beinen spüren kann.

Dominik macht einen Schritt zurück und ich spüre, wie sich sein Griff löst. Schnell entreiße ich ihm meine Hand und überlege ob ich weglaufen soll.

Aber wenn beide Männer mich verfolgen, einer noch dazu auf einem Motorrad, würde ich auf meinen High Heels nicht sehr weit kommen. Wahrscheinlich würde ich mir bei einem Sturz eher die Knie auf dem Beton aufschlagen, ehe ich meinen Verfolgern entkommen könnte.

Doch bevor ich mich entscheiden kann, was die bessere Alternative wäre, nimmt der Motorradfahrer den Helm ab und steigt von seiner Maschine.

Im schwachen Licht der Laternen erkenne ich seine Gesichtszüge nicht. Der fremde Mann holt ohne Vorwarnung aus und schlägt meiner Begleitung einmal mit der Faust ins Gesicht.

Überrascht weiten sich meine Augen und ich mache einen unsicheren Schritt zurück. Dominik geht zu Boden und hält sich die Nase. Ich kann rot durch seine Finger durchscheinen sehen.

Sofort schießt Panik durch meinen Körper. Der Mann steht mit dem Rücken zu mir, ich kann sein Gesicht nicht sehen. Ohne groß nachzudenken mache ich auf dem Absatz kehrt und laufe um mein Leben.

Ich entscheide mich lieber für abgebrochene Absätze als gegen mein Leben. Mein erster Gedanke ist zurück ins Restaurant zu rennen, doch da höre ich schon wie ein Motor hinter mir angelassen wird.

Eine Maschine kann ich nicht abschütteln. Panisch reiße ich den Mund auf, um nach der Hostesse am Eingang zu rufen, als ich eine warme Hand in meinem Nacken fühle, die mich nach hinten reißt.

Ich kann spüren, wie mein linker Fuß zur Seite knickt und der Absatz mit einem Knacken nachgibt. Der zweite Schuh fällt mir vom Fuß und ich stürze nach hinten.

Mein Körper wappnet sich schon dagegen auf dem harten Beton aufzuschlagen, doch stattdessen falle ich gegen meinen Verfolger und seine Maschine.

Die harte Verkleidung des Motorrads schrammt mir den Elbogen auf und aus einem Reflex heraus versuche ich dem Fahrer ins Gesicht zu schlagen.

Meine Hand trifft etwas Hartes, das mich unterdrückt

aufschreien lässt. Als ich aufschaue, sehe ich mein panisches Gesicht im Visier des Motorradhelms widerspiegeln. Sofort fange ich an mich wieder zu winden. Dominik ist eine Sache. Dieser Mann ist ein Fremder und hat weiß Gott was mit mir vor. Diese Nacht hätte nicht schlimmer ausgehen können.

RYU

Warum mische ich mich eigentlich hier ein?

Weil ich die Kleine erkannt habe. Es ist dasselbe Mädchen, das mich in diesem Café angezickt hat.

Kurz nach unserer ersten Begegnung am Pier erfuhr ich von Tadashi den Namen der Schauspielerin, mit der ich die kommenden Monate zusammenarbeiten würde.

Nach einer kurzen Googlesuche war klar, dass das Mädchen vom Café dieselbe Zara Fletcher ist, wie sie auch auf so vielen Boulevard-Zeitschriften in die Kamera lächelt.

Und auch jetzt steht genau diese junge Schwarzhaarige einige Meter entfernt von mir und sieht aus als würde sie ihren liebesbedürftigen Lover nicht loswerden.

Wie hoch sind bitte die Chancen meiner Spielpartnerin der nächsten vier Monate gleich zwei Mal zu begegnen, bevor der Dreh überhaupt erst angefangen hat?

Mein Blick ruht auf dem rangelnden Paar. Anscheinend ist sie nur Fremden gegenüber so vorlaut. Ihrem Freund scheint sie mehr durchgehen zu lassen.

Aber das erklärt immer noch nicht warum ich mich in eine Beziehung einmische, die mich nichts angeht. Vielleicht weil es mir nur Ärger bereiten würde, wenn die Schauspielerin, die in dem dummen Film, das mein neues Leben in Amerika sichern soll, die Hauptrolle spielt. Ich weiß zwar immer noch nicht, ob das stimmt, aber mein Bauchgefühl hat mich noch nie im Stich gelassen.

Vielleicht mische ich mich ein, weil ich ein Mann bin und weiß was mit ihr passieren könnte, wenn der Mistkerl es schafft sie in sein Auto zu zerren.

Eine dritte Möglichkeit wäre, dass ich nach dem Kampf im Club noch immer das Adrenalin in meinem Blut rauschen spüren kann. Und was hilft besser als ein gezielter Schlag ins Gesicht eines gegelten Penners, der einen Mittelklassewagen fährt, in den er versucht eine wehrlose Frau zu ziehen.

Ich bin kein Superheld oder guter Samariter. An einem anderen Abend wäre ich wahrscheinlich vorbei gefahren. Aber diese Frau könnte für meine Zukunft in diesem Land von Vorteil sein und sie hat mir im Café damals Parole gegeben. Das trauen sich nicht viele und ich finde das irgendwie süß. Da kann man sich schon mal dafür revanchieren und sie vor einer Vergewaltigung retten.

Bei meiner Vollbremsung schiebt sich das Hinterteil meiner Maschine nach vorne, sodass ich ihn genug erschrecke, und er sie loslässt.

Mit einer Hand hole ich aus und schlage ihm direkt ins Gesicht. Im Gegensatz zu meinen Gegnern geht er sofort zu Boden und jault wie ein getretener Hund. Meine Arbeit hier ist getan. Das Pulsieren in meinen Knöcheln tut gut, am liebsten würde ich ihm noch eine mitgeben.

Das leise Klicken von Absätzen erinnert mich daran, dass hinter mir ja eine Frau steht. Ein Blick über die Schulter genügt, um zu sehen, dass sie versucht zum Restaurant zurückzulaufen. Mein Instinkt schaltet sich ein und ich fluche leise, bevor ich mich auf meine Maschine schwinge, um ihr nachzufahren.

Wenn sie clever ist, wird sie der Hostesse melden, was gerade passiert ist. Zwar existiere ich für das amerikanische Rechtssystem nicht, das heißt trotzdem nicht, dass ich eine Anzeige kassieren möchte.

Der blonde Typ konnte mein Gesicht nicht sehen, dafür habe ich gesorgt. Jetzt muss ich die Kleine nur davon abhalten etwas sehr Dummes zu tun.

Mit meiner Maschine habe ich sie auf ihren Absätzen schneller eingeholt, als sie den Parkplatz hätte überqueren können.

Ohne viel darüber nachzudenken packe ich sie am Nacken, bremse und ziehe sie zurück. Dass sie das Gleichgewicht verliert und gegen mich kracht, macht mir nicht viel aus. Sie wiegt nicht genug um mich oder die Maschine auch nur ins Wanken zu bringen.

»Steig auf!«, schnauze ich sie an.

Ich bringe sie zur nächsten U-Bahn und verschwinde. Soll sie dann die Polizei rufen oder sonst was tun, solange wir hier wegkommen, bevor der blonde Schönling hinter uns wieder auf die Beine kommt.

Ich will Tadashi keine unnötigen Schwierigkeiten machen und sofort verfluche ich mich dafür, dass ich überhaupt erst eingeschritten bin.

Natürlich wehrt sie sich gegen meinen Griff, aber sie ist genauso stark wie sie aussieht. Der Versuch ist schon fast süß.

Ich rutsche etwas nach hinten, damit ich sie zwischen die Arme nehmen kann. Es wäre das Letzte, wenn sie von der

Maschine fällt. Ich kann mir wirklich keine Leiche erlauben. Noch nicht.

Deshalb hoffe ich irgendwie, dass ich dem Wichser nicht die Nase gebrochen habe, selbst wenn ich es wirklich gern getan hätte.

Tadashi hat meinen gefälschten Pass, so sind wir ins Flugzeug gekommen. Aber ich habe weder einen Führerschein noch einen Personalausweis.

Wenn die Kleine nicht quer über meinem Motorrad liegen möchte, sollte sie langsam kooperieren.

Ich lehne mich etwas vor und schlinge einen Arm um ihre Taille, bevor ich sie einfach zu mir hochziehe.

Mit einem überraschten Aufschrei findet sie sich seitlich sitzend zwischen meinen Beinen wieder. Dabei rutscht ihr schwarzes Minikleid nach oben und gibt den Blick auf zwei hübsche Schenkel frei.

»Ich würde mich an deiner Stelle festhalten«, ist alles was ich zu ihr sage, bevor wir losfahren. Sollte sie sich überlegen jetzt noch abzuspringen, gäbe es mehr als nur ein paar Schürfwunden.

Ich habe die geröteten Elbogen bemerkt, nachdem wir losgefahren sind. Was hat sie sich auch so aufgeführt?

Anscheinend ist ihr Lebenswille groß genug, denn sie krallt sich in alles, was sie zwischen die Finger bekommt, meinen Arm, meine Lederjacke oder meine Maschine.

Geübt schlängle ich mich durch die vereinzelten Autos. Um diese Uhrzeit sind die Straßen Sacramentos, vor allem in diesem Teil, leer. Deshalb bleibe ich auch bei roten Ampeln nicht stehen.

»Hat man dir den Führerschein geschenkt, oder was?«, brüllt sie mich über den Fahrtwind hinweg an.

Da ist das Mädchen, das mich im Café wegen so eines blöden Buches angezickt hat wieder. Unter meinem Helm wandert ein kleines Grinsen auf mein Gesicht. Ich mag es, dass sie trotz ihrer klaren Angst so frech sein kann. Sie sollte allerdings aufpassen nicht zu sehr mit dem Feuer zu spielen.

»Ich habe keinen Führerschein«, gebe ich monoton zurück und lehne mich in die Kurve.

Es ist nur allzu deutlich, dass sie noch nie auf einem Motorrad gesessen ist, so wie sie zusammenzuckt, als die Maschine fast waagrecht liegt und ihr Rücken gegen meinen Arm fällt.

»Solange du dich nicht wehrst, werde ich meine Arme nicht vom Lenker nehmen«, versichere ich ihr, doch meine Worte scheinen sie nicht wirklich zu beruhigen.

»Wenn ich mich nicht wehre, könntest du mich sonst wohin mitnehmen. Lass mich sofort runter, du Verrückter.«

Ich werde langsamer, aber ich bleibe ganz sicher nicht stehen. Sie hat bei ihrem Kampf am Parkplatz beide Schuhe zurückgelassen. Eine Frau um diese Uhrzeit ohne Schuhe sorgt bestimmt für mehr Aufsehen als ein Schnösel mit gebrochener Nase.

»Soll ich dich nicht lieber zu einer U-Bahn bringen oder direkt nach Hause?«, frage ich grinsend und kann spüren, wie sie sich in meinen Armen verspannt.

»Als ob ich einem Fremden, wie dir meine Adresse sagen würde. Du kannst froh sein, dass ich dir dein blödes Visier nicht hochschiebe, damit ich wenigstens eine Täterbeschreibung bei der Polizei abgeben kann.«

Ihre Worte klingen mutiger, als ihre Haltung vermuten lässt. So nah, wie wir uns sind kann ich sehen, wie schnell ihre Atmung geht und wie sie angespannt ihre Beine zusammenpresst.

Langsam nehme ich eine Hand vom Lenker und lege sie an ihren Schenkel, um sie dort festzuhalten. Meine fingerlosen Handschuhe verstecken zwar meine Tätowierungen, aber das Blut von meinen Clubkämpfen hat deutliche Flecken auf dem dunklen Stoff hinterlassen.

»Du hast mir versprochen beide Hände am Lenkrad zu halten!«, faucht sie und ich kann sehen, wie sie einen langen Moment überlegt meine Hand wegzuschieben, doch dann würde sie womöglich ihren Halt verlieren.

Unter meinen Fingern kann ich spüren wie kalt ihre Haut ist, da sie keine Strumpfhose unter ihrem Kleid trägt. Der Fahrtwind muss ihre Beine abgekühlt haben und ohne Schuhe tut sie mir schon fast leid.

Ich beginne einfach ihre Oberschenkel entlang zu fahren, damit die Reibung vielleicht etwas von der Kälte nimmt. Sofort schießt eine ihrer Hände nach unten und packt meine.

»Was soll das?«

»Ich wärme dich«, ist meine schlichte Antwort, aber wenn sie nicht will, dann eben nicht. Trotzdem bleibt meine Hand auf ihrem Oberschenkel liegen. Dort wird ihr Schenkel langsam warm unter meinem Handschuh.

Unter meinen Fingerspitzen spüre ich ihre weiche Haut und ich kann ihr leicht verronnenes Make-up um ihre Augen herum sehen. Hat sie geweint?

Ich sehe einen Block weiter das U-Bahn Symbol. Dort werde

ich sie absetzen und verschwinden. Wir sind weit genug vom Restaurant weg, sodass ich nicht in Verbindung mit dem Typen gebracht werden kann. Und was die Kleine betrifft-

»Wenn ich dich absetze, wirst du niemandem davon erzählen, was heute Abend passiert ist, Prinzessin. Du willst doch nicht noch einmal in Gefahr geraten«, sage ich dunkel und drücke ihren Oberschenkel als Warnung. Meine Finger graben sich in das weiche Fleisch und für einen Moment spüre ich so etwas wie Erregung in mir. Vielleicht weil die junge Frau zwischen meinen Beinen gequält aufstöhnt und sich ihr Griff um meine Hand verstärkt.

»Ja ja, ich hab`s ja verstanden, lass mich los!«, keift sie und beginnt sich wieder zu wehren, nachdem auch sie das U-Bahn Zeichen gesehen hat.

Diesmal bleibe ich stehen und lehne mich zurück. Sofort springt sie von der Maschine, darauf bedacht sich nicht an den bloßen Füßen zu verletzen.

»Du bist echt das Letzte, Arschloch!«, schreit sie mir noch entgegen bevor sie die Treppen nach unten läuft. Vielleicht hat sie Sorge, dass ich eine Waffe trage und sie jetzt doch noch abknalle.

Okay, in einem Punkt hat sie recht: Ich habe eine Waffe unter dem Sitz meines Motorrades versteckt, aber bis ich die hervor geholt habe, wäre sie schon längst davon gekommen.

Außerdem sehe ich keinen Grund sie zu erschießen. Im Gegenteil, unsere Wortgefechte haben Spaß gemacht.

Ich starte den Motor und verschwinde in der Dunkelheit. Mein Weg führt mich noch einmal zurück zum Restaurant.

Ich habe einmal gelesen, dass Serienmörder immer wieder an

den Ort ihrer Verbrechen zurückkommen. Ich fahre absichtlich nicht direkt vor den Eingang, sondern steige vom Motorrad, nehme den Helm ab und laufe die zwei Blocks zu Fuß.

Von dem blonden Scheißkerl und seiner hässlichen Karre ist nichts zu sehen. Also hab ich ihn nicht bewusstlos geschlagen, zumindest etwas. Tadashi kann stolz auf mich sein.

Aber da liegt der eigentliche Grund meiner Rückkehr. Ich gehe in die Hocke und hebe mit meinem Zeigefinger die beiden High Heels hoch. Bei einem der Schuhe ist der Absatz gebrochen. Es steht ein Markenname drauf und kleine Edelsteine glitzern unter dem Licht der Straßenlaterne. Natürlich trägt diese Prinzessin nur Designer-Ware. Allein die Edelsteine auf diesen Schuhen könnten mir so viel Geld einbringen, wie ein Abend im Schläger-Club.

Mit den Schuhen zwischen den Fingern baumelnd, gehe ich zurück zu meiner Maschine, damit ich meinen endgültigen Heimweg antreten kann.

Wer weiß, vielleicht verraten mir deine Schuhe ja etwas über deine Geschichte, Prinzessin?

Ich habe immer schon gerne Jagd auf kleine Wildkatzen gemacht.

ZARA

Kaum bin ich zurück im Hotel, sprinte ich zum Aufzug in der Hoffnung, dass mich niemand gesehen hat. Es muss bereits weit nach Mitternacht sein.

Erst als sich die Türen des Aufzugs schließen, erlaube ich mir durchzuatmen. Meine Finger krallen sich in die Kette meiner Clutch, die über meiner Schulter liegt.

Zum Glück hab ich meine Handtasche noch. Wäre mir der Penner in die U-Bahn gefolgt, hätte ich sofort die Polizei gerufen. Aber was hätte das genutzt?

Durch den blöden Motorradhelm habe ich keine Ahnung, wie der Kerl aussieht. Seine Stimme kam mir bekannt vor, er hatte einen leichten Akzent, aber ich kann mich nicht erinnern woher.

Meine Schuhe liegen ruiniert auf dem Parkplatz des Restaurants.

Sobald ich in meinem Hotelzimmer bin und die Tür hinter mir einrasten höre, weicht die Panik langsam. Das Adrenalin jagt mir immer noch durch den Körper.

Der Holzboden ist kalt unter meinen bloßen Füßen und mein erster Weg führt ins Badezimmer. Ich schäle mich aus dem Minikleid und bemerke erst dann die leicht aufgerissene

Haut an meinen Knien und Schienbeinen. Außerdem formt sich ein dunkelblauer Fleck unter meiner Rippe. Der Panik folgt rasende Wut.

So ein Scheißkerl! Nein, sie beide sind Scheißkerle!

Sowohl Dominik als auch das Arschloch auf dem Motorrad. Mit tiefen Atemzügen versuche ich mich unter der Dusche zu beruhigen. Ich will diesen Dreh nicht aufs Spiel setzen, nur weil ein Vollidiot meinte mich auf sein Motorrad zu zerren. Dabei erinnere ich mich an seine große Hand auf meinem Oberschenkel. Gegen die kalte Haut war sie beinahe brennheiß gewesen.

Frustriert drehe ich das Wasser ab und wickle mich in einen der flauschigen Hotelbademäntel. Ich will mich nicht an irgendetwas des heutigen Abends erinnern.

Eine kurze Nachricht an Bill, dass ich es nach Hause geschafft habe, muss für heute ausreichen. Und wegen Dominik, der Typ kann froh sein, wenn ich ihm nicht die Hölle heiß mache. Zum Teufel mit unserem Plan, ich lasse mich ganz sicher nicht vergewaltigen. Schon gar nicht von dem Kerl, der meinen Fake-Freund spielen soll.

Ich hoffe, dass er jeder zukünftigen echten Freundin der beste Freund der Welt ist, sonst sorge ich höchstpersönlich dafür, dass er niemals mehr den Willen hat eine Frau in seine Scheißkarre zu zerren.

Langsam beginnt das Adrenalin aus meinem Körper zu weichen und die Schmerzen setzen ein. Kaum verlasse ich mein Badezimmer stöhne ich gequält auf. Ich spüre mein linkes Bein pulsieren, anscheinend habe ich mir bei meiner Flucht den Knöchel beleidigt. Das könnte problematisch werden.

Vorsichtig finde ich meinen Weg zu meinem Bett. Dort studiere ich den Rest meiner Blessuren. Meine Elbogen sind aufgeschürft und ich kann einen Bluterguss auf meiner Schulter formen sehen. Das wird ein blauer Fleck, sollte aber mit Make-up und der langen Perücke gut abzudecken sein.

Mir tut alles weh und langsam wird mir auch schlecht. Kann man von einer Fast-Entführung eine Gehirnerschütterung haben? Ich google das jetzt besser nicht.

Missmutig ziehe ich mein Handy hervor. Oh Shit. Über zehn verpasste Anrufe und unzählige Nachrichten von meinem Manager und mindestens genauso viele Anrufe von Dominik. Zuerst rufe ich meinen Manager zurück. Nach dem ersten Signalton ist er bereits dran.

»Zara, bist du in Ordnung? Eine Mitarbeiterin aus dem Restaurant hat beobachtet, wie dich ein Motorradfahrer mitgenommen hat. Scheiße, es tut mir so leid, ich hätte dir einen Bodyguard mitschicken sollen. Ich dachte nicht, dass eine einfache Verabredung in so einem renommierten Lokal zu so einem Problem werden würde!«

Ich halte das Telefonat so kurz, wie ich kann. Außer Bills Stimme höre ich nur das Blut laut in meinen Ohren rauschen. Sonst fühlt sich mein Hotelzimmer so seltsam leer an.

Ein bisschen paranoid bewege ich mich langsam zu meinem Fenster und ziehe die Vorhänge zu. Ich bin nicht paranoid, aber es gibt mir trotzdem ein gutes Gefühl als ich zurück auf mein Bett klettere.

Das Handy zwischen Ohr und Schulter eingeklemmt bitte ich Bill für mich bei Dominik anzurufen. Ich will mit ihm nichts mehr zu tun haben und sollte er mir noch einmal unter die

Augen treten, garantiere ich für nichts.

Nachdem ich aufgelegt habe, rutscht mir das Handy vor mich auf den Seidenbezug der Decke. Ich starre auf mein Display ohne wirklich etwas zu sehen.

Heute Abend wäre ich fast entführt worden.

Ein trockener Schluchzer kommt aus meiner Kehle.

Ich reibe mir über die Arme. Vielleicht kann ich so die Berührung abschütteln, die noch immer auf meiner Haut brennt.

Mein Blick fällt auf die Schatten in den Ecken des Zimmers. Plötzlich wirken sie bedrohlich. Jedes Geräusch lässt mich zusammenzucken – der Wind, der gegen das Fenster schlägt, der gedämpfte Klang von Stimmen, die draußen über den Gang laufen.

Ich bin so müde und mein Kopf droht zu explodieren. Mittlerweile muss es schon fast ein Uhr nachts sein. Auch nach mehreren Versuchen schaffe ich es einfach nicht einzuschlafen. Mühsam rapple ich mich auf und durchsuche meinen Koffer nach meinen Schmerzmitteln.

Eigentlich sollte ich noch Anna anrufen und ihr vom heutigen Abend erzählen. Ein Blick auf die Uhr verrät mir, dass es inzwischen halb drei Uhr morgens ist, das heißt es wäre 19 Uhr bei ihr. Mein Blick bleibt auf meinem zugeklappten Laptop hängen.

Ich kann sie auch noch morgen anrufen und so wichtig ist es nun auch nicht. Der ersten Panik und nach meinem Wutausbruch bin ich einfach nur ausgelaugt und erschöpft. Aber jetzt spüre ich auch die Nervosität und das Gefühl, das man direkt nach einem Albtraum hat.

Ich rufe Anna an, sobald ich in der Früh wach werde.

Langsam sinke ich zurück in mein weiches Bett und schließe erneut die Augen.

RYU

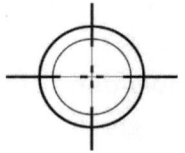

Ich komme gegen zwei Uhr nachts in dem Apartment an, das Tadashi uns gemietet hat. Wie dieser Mann so schnell an ein Visum und an eine Wohnung gekommen ist, bleibt mir ein Rätsel. Aber er ist nicht umsonst die Rechte Hand des zukünftigen Clan-Oberhaupts, mir.

Ich denke für einen Augenblick an meinen Vater und kann gerade noch einem Autofahrer ausweichen, während ich die Maschine auf einen freien Parkplatz rolle. Dem wütenden Hupen antworte ich nur mit einem erhobenen Mittelfinger.

Ich bleibe noch etwas sitzen und starre den roten Lack meines Motorrads an.

Mein Vater. Der Mann zu dem ich aufschauen sollte. Aber was hat er schon Großes getan, das es wert wäre zu ihm aufzublicken? Seinen Sohn übergangen und stattdessen diesen Arschlöchern geglaubt.

Kazuo Matsumoto
Isamu Kurogane
Akihiko Inoue.

Diese Namen schwirren mir seit über zehn Jahren im Kopf herum. Irgendwann kriege ich sie.

Ich werde sie heimsuchen und ihnen das Licht ausknipsen,

für das, was sie getan haben.

Aber das kann ich nicht, wenn mein Vater mir den Clan erst überlässt, wenn ich meine »Albernheiten« sein lasse. Wütend schlage ich gegen meinen Kraftstofftank und sofort tut es mir um meine Maschine leid.

Zärtlich streiche ich über den Lack und muss an den weichen Oberschenkel der jungen Frau denken.

»Prinzessin.« Ich muss grinsen. Ich mag ihr Fauchen, vielleicht ist sie weniger Prinzessin als Wildkatze und das Äußere trügt.

»Möchten Sie die Nacht hier draußen verbringen oder kommen Sie rein?«, höre ich Tadashis Stimme. Als ich aufsehe, steht er mit verschränkten Armen an den Türrahmen gelehnt in der Eingangstür.

Mehr oder weniger elegant schwinge ich mich vom Bike und ziehe mir im Gehen den Helm vom Kopf. Meine Haare kleben mir verschwitzt an den Schläfen. Es wurde echt heiß unter dem Ding.

Ich drücke Tadashi den Helm in die Hand und gehe an ihm vorbei ins Wohnhaus, direkt zu unserer Wohnung.

Für den Anfang reicht ein Zwei-Bett-Zimmer. Tadashi und ich kennen uns ewig und scheuen uns nicht einen Wohnort gemeinsam zu teilen. Er hält immer noch respektvoll Abstand von mir und ich verbringe sowieso die wenigste Zeit hier. Nur zum Schlafen oder um mit ihm über unsere Pläne zu reden, nutze ich unsere Unterkunft.

»Wie ist es heute gelaufen?«, fragt Tadashi nach.

Natürlich. Diesem Mann entgeht auch nichts. Seufzend trete ich mir beim Eingangsbereich die Schuhe von den Füßen und lasse mich auf den Teppich im Wohnbereich sinken.

»Es gab einen kleinen Zwischenfall.« Bevor Panik in meinem alten Freund ausbrechen kann, füge ich noch schnell hinzu: »Keine Sorge, ich habe niemanden getötet und die ganze Zeit meinen Helm getragen.«

Also ob der blonde Mann tot ist oder nicht, kann ich eigentlich nicht sagen. Aber welche Mimose stirbt schon von einem lächerlichen Schlag ins Gesicht. Wenn ich ihm wirklich die Schädeldecke hätte einschlagen wollen, wäre ich anders vorgegangen.

Trotzdem sehe ich, wie sich Tadashis Arme anspannen.

»Was genau ist passiert?« Aus diesem Kreuzverhör komme ich wohl nicht so einfach heraus. Na schön.

»Ich war im Club und habe einige Runden in den Käfigen gekämpft. Ich konnte einen guten Eindruck bei ein paar Mitgliedern der Dragna-Familie hinterlassen, denke ich. Und dann bin ich losgefahren und hab ein Arschloch mit einem gezielten Schlag auf die Nase davon abgehalten ein Mädchen in sein Auto zu zerren. Ich war heute ein Samariter, Tadashi.«

Der ungläubige Blick meines Freundes und Untergebenen passt tatsächlich dazu, dass auch ich mich nicht wie ein Held fühle. Ich hab sie auf mein Motorrad gezogen, also eigentlich genau dasselbe getan, wie dieser Wichser. Aber wenigstens habe ich nicht die Absicht gehabt sie zu vergewaltigen.

»Außerdem hab ich uns einen guten Tausender erkämpft, das sollte für die Miete reichen. Ich bin morgen Abend noch einmal dort.«

Die Zeit als Body-Double ist unbezahlt, da sie ja offiziell als Sozialstunden gilt. Das bisschen Taschengeld, das wir vom

Produzenten bekommen haben, reicht zwar für die Notwendigkeiten, aber wenn wir ein paar Dollar mehr dazuverdienen können und zeitgleich Kontakte knüpfen, umso besser.

Ich ziehe mir die fingerlosen Handschuhe von den Händen und studiere meine aufgeplatzten Knöchel. Sie tun nicht mehr weh und dem blonden Penner eine auf die Fresse zu geben hat wirklich gut getan.

»Übertreib es nicht. Bitte erinnere dich daran, weshalb wir eigentlich hier sind. Natürlich ist es wichtig sich zu vernetzen, aber du solltest einen guten ersten Eindruck machen, wenn du den Produzenten und Regisseur triffst.«

Oh, richtig, der Filmdreh. Den hatte ich schon fast wieder vergessen. Aber natürlich ist er wichtig, damit ich an die amerikanische Staatsbürgerschaft komme. Danach kann ich immer noch versuchen mich mit den Familien der Cosa Nostra gutzustellen.

Wenn ich wirklich meine Liste abarbeiten möchte, werde ich jede Unterstützung in Amerika brauchen können. Wenn mein Vater mir den Clan nicht übergibt, muss ich mir eben selbst einen aufbauen. Aber das sind Gedanken für die Zukunft. Etwas, das ich nicht gedacht hätte jemals zu haben.

ZARA

Schlussendlich habe ich meinen Laptop doch aufgeklappt und auf das Videochat-Symbol gedrückt. Ich konnte einfach nicht schlafen. Solange mir die Bilder des heutigen Abends vor meinen Augen herumtanzen, werde ich sowieso keinen Schlaf finden. Da kann ich genauso gut meine beste Freundin versuchen anzurufen.

Und tatsächlich, nach dem fünften Piepen, bei dem ich schon versucht war aufzulegen, poppt ihre rostbraune Mähne auf.

»Sorry, Mäuschen, ich war gerade in der Küche und hab mir schnell eine Tomatensuppe gemacht. Was gibt`s? Moment, ist es bei dir nicht gerade-«, ein kurzer Blick auf die Uhr und eine kleine Matheaufgabe später, lassen sie überrascht feststellen, »drei Uhr morgens, oder so?«

Ich nicke. »Ja, ich kann nicht schlafen und solange du keine Proben hast, dachte ich, dass du vielleicht noch wach bist.«

»Ist etwas passiert? Du siehst furchtbar aus.« Ich liebe ihre direkte Art. Sofort muss ich lächeln.

»Auch das ist ein Grund für meinen Anruf. Ich muss dir etwas erzählen.«

Ich kann sehen wie ein neugieriges Glitzern in Annas Augen tritt. Sie gibt mir ein kurzes Zeichen zu warten, damit sie sich ihre Suppe holen kann.

»Also, was ist passiert?«

Irgendwie ist es leichter meiner besten Freundin zu erzählen, was passiert ist, als meinem Manager. Vielleicht ist es ihr Gesicht oder der Fakt, dass ich ihr blind vertraue und mit ihr über alles reden kann. Meine Beziehung zu meinem Manager wird immer eine professionelle bleiben, auch wenn ich in ihm eine herzliche Vaterfigur sehen kann.

Trotzdem könnte ich ihm unter keinen Umständen erzählen, dass ich den Griff um meinen Oberschenkel besser fand, als ich es hätte sollen.

Meine Körperreaktionen habe ich über die Jahre gelernt zu kontrollieren. Wenn mir damals in London jemand an den Hintern gefasst hat, war es ein Leichtes einen kühlen Kopf zu bewahren.

Damals hätte mich leicht jemand mitnehmen können und es wäre niemandem außer Anna aufgefallen und abgesehen von ihr hätte auch sicher niemand nach mir gesucht.

»Wo fange ich an. Also die Verabredung mit Dominik war ganz okay.« Anna verdreht die Augen. Sie war von der Fake-Date Idee genauso wenig begeistert gewesen, wie ich und vor allem hat sie sich die Mühe gemacht über den Typen im Internet zu recherchieren. Laut ihr sieht er aus, wie Jeffrey Carlson mit zurückgegelten Haaren. Ich finde, dass das sogar ein Kompliment ist.

»Er war wirklich nett. Zwar hat er mehr über meine Karriere gefragt als irgendeine Talkshow-Moderatorin es je hätte können, aber es war nicht unangenehm.«

Meine älteste Freundin weiß, dass ich nicht ganz ehrlich

bin mit dieser Aussage, sagt aber diesmal nichts und lässt mich weiterreden. »Ich hoffe nur, dass wir genug wie ein Paar ausgesehen haben, damit dieses Date auch seinen Zweck erfüllt hat.«

»Ich verstehe immer noch nicht warum du auf so eine gespielte Verabredung musstest?«, fragt Anna mich und schiebt sich einen Löffel Suppe in den Mund.

»Damit die Gerüchte-Küche nicht auf falsche Gedanken kommt, wenn Michael und ich zusammen auf der Leinwand zu sehen sind. Ich möchte weiterhin, dass man mir glaubt, wenn ich sage, dass ich keine anderen Schauspieler date.«

»Okay, also das Date war wie ein Interview, war das Essen zumindest gut?«, fragt mich meine beste Freundin weiter.

»Das Essen war herrlich. Wenn du mich mal in Amerika besuchen kommst, lade ich dich dorthin ein.« Sie erwidert mein Lächeln und ich denke an unser Versprechen. Wenn wir beide nicht mehr schauspielern, würden wir unsere Sachen packen und zusammen verschwinden. Am besten untertauchen und es uns gut gehen lassen.

Wir sind uns bisher nur noch nicht einig geworden wo. Anna möchte auf eine Insel, Kreta oder Malta stehen bei ihr hoch im Kurs. Ich möchte einfach an die Küste, vielleicht Portugal oder Australien. Aber wir haben ja noch etwas Zeit, um uns zu entscheiden.

Eigentlich möchte ich nicht unsere schöne Stimmung kaputt mache, aber der Grund für meinen Anruf war, dass ich wegen der ganzen Sache *nach* der falschen Verabredung nicht schlafen konnte.

»Auf jeden Fall wollte ich dann Bill anrufen, damit er mich

abholen kommt. Dominik hatte wohl andere Pläne und wollte mich persönlich heimbringen.«

»Ist doch nett von ihm«, meint Anna achselzuckend.

»Wäre nett gewesen, wenn er mein Nein einfach akzeptiert hätte.«

»Wie meinst du das?«

»Er war mir etwas zu aufdringlich...«

»Zara, hör auf um den heißen Brei herum zu reden und sag mir was passiert ist!«

»Naja, er hat versucht mich in sein Auto zu zerren...« Es jetzt so direkt anzusprechen, ist doch etwas merkwürdig, selbst wenn ich es meiner besten Freundin erzähle.

»Er hat was?!«

Mit einem lauten Klacken fällt Annas Löffel in ihre Suppenschüssel.

»Er hat doch nicht etwa-«, beginnt sie, doch ich schneide ihr schnell das Wort ab. »Nein, hat er nicht. Ich weiß nicht ob er es versucht hätte, aber bevor er mich in sein Auto hätte ziehen können, war da plötzlich ein Motorradfahrer. Er ist aus dem Nichts aufgetaucht, abgestiegen und hat Dominik direkt ins Gesicht geschlagen.«

»Verdient!«, zischt die Brünette.

»Anna! Der Typ hat ihn fast bewusstlos geschlagen! Außerdem habe ich vorhin mit Dominik telefoniert und er hat sich für sein Verhalten bei mir entschuldigt.«

Meine beste Freundin stößt geräuschvoll die Luft aus.

»Besser für ihn. Trotzdem hat dir der Motorradfahrer den Arsch gerettet, Zara.« Ich weiß, dass ich etwas losgetreten habe, als ihr Grinsen fast verschwörerisch wird.

»War er sexy?« Diese Frage habe ich befürchtet. Aber ich wollte, nein musste mit ihr reden, sonst könnte ich gar nicht einschlafen.

»Keine Ahnung, er hat die ganze Zeit seinen Helm aufgehabt«, erkläre ich wahrheitsgemäß.

»Wie langweilig«, murrt sie und isst noch einen Löffel Suppe, bevor sich ein Lächeln auf ihre Lippen schleicht. »Du weißt, dass auch Körper sexy sein können. Wie war er denn so gebaut?«

Ich weiß, dass Anna mich nur aufziehen möchte. Es hilft mir die Geschehnisse des Abends besser zu verarbeiten. Trotzdem hätte ich meine Entführung nicht »langweilig« genannt.

»Anna, er hat mich auf sein Motorrad gezerrt und ist einfach so losgefahren.«

Jetzt dürfte der Groschen gefallen sein. Ihr Blick wird schlagartig besorgt.

»Oh Scheiße, bist du in Ordnung? Entschuldige, das wusste ich nicht!«

»Schon okay, woher auch, ich war ja mit meiner Erzählung noch nicht fertig. Keine Sorge, es geht mir gut nur ein paar Schrammen und der Schock, aber sonst ist mir nichts passiert.« Nach einer kurzen Pause murmle ich: »Und er hat mich zu einer U-Bahn-Station gebracht...«

»Was? Das habe ich nicht verstanden, du musst lauter reden«, sagt die Brünette und lehnt sich näher zur Kamera, als könne sie mich so besser verstehen.

Zögerlich wiederhole ich diesmal etwas lauter: »Er hat mich zu einer U-Bahn-Station gebracht und dort angehalten. Er hätte genauso gut dran vorbeifahren können.«

»Also doch ein Ritter in Motorradkleidung«, grinst meine beste Freundin und irgendwo hat sie ja recht.

»Keine Ahnung. Es war trotzdem scheiße, dass er mich einfach so gepackt hat und auf seine blöde Maschine gezogen hat. Ich hab meine Schuhe verloren, meine Elbogen tun weh und ich bekomme sicher blaue Flecken«, maule ich und reibe mir wie zur Bestätigung meinen linken Arm.

»Hast du ihn angezeigt?«, ist die nächste Frage. Natürlich, immerhin ist das der erste Gedanke, der auch mir durch den Kopf gegangen ist.

»Würde nichts bringen, ich konnte sein Gesicht nicht sehen und auf der Maschine war kein Nummernschild.«

»Ach scheiße, brauchst du etwas? Kann ich dir irgendwie übers Meer hinweg helfen?«, schlägt Anna mir liebevoll vor. Anscheinend ist ihr langsam der Ernst der Lage bewusst und sie schraubt ihre frechen Kommentare über mein nicht-vorhandenes Liebesleben etwas zurück.

»Kannst du mir einfach irgendetwas erzählen? Egal was, ich möchte mich einfach ablenken, damit ich schlafen kann.«

»Na klar, lass mich kurz überlegen. Also heute im Gym, da war dieser eine Kerl und es war einfach widerlich, wie er da-«

Ich liebe meine beste Freundin. Ihre Stimme lullt mich ein und nach der dritten Erzählung ihres ausgiebigen Besuchs bei Olive Garden bin ich vor meinem Computer schon eingeschlafen.

Am nächsten Morgen ist mein Hals so steif wie ein Bügelbrett. Stöhnend richte ich mich auf und reibe mir den Nacken. Ein stechender Schmerz schießt mir sofort durch den Körper als ich den blauen Fleck berühre.

Sofort fällt mir die vergangene Nacht wieder ein und diesmal kann ich die Tränen nicht zurückhalten.

Im warmen Licht der Sonne fällt die starke Maske und die Panik von gestern überrollt mich. Gestern habe ich es nicht zugelassen aber jetzt den Morgen danach allein in meinem Hotelzimmer weine ich so stark, dass es meinen ganzen Körper schüttelt.

Aber danach geht es mir tatsächlich besser. Kurze Zeit später trifft mein Manager ein. Er erzählt mir, dass er mit Dominiks Manager bereits telefoniert hat und gar nicht so streng sein konnte, wie er gewollt hatte, da Dominik sich bereits eigenständig bei mir entschuldigt hat. Außerdem hat er seinem Manager schon vor Bills Anruf gestanden was geschehen war.

Die Sorge meines Managers tut gut und zaubert mir ein Lächeln aufs Gesicht. Der nächste Punkt ist organisatorisch. Wie wir auf dem Set mit dem Ganzen umgehen und ob es Paparazzi gibt, die Fotos davon gemacht haben.

Mein Manager war die meiste Zeit der vergangenen Nacht wach um das zu recherchieren. Ich kann ihm gar nicht genug danken. Anscheinend gibt es keine Fotos von meiner Entführung. Gut für mein Image, schlecht für eine geplante Anzeige. Ich habe nichts, kein Nummernschild, keinen Namen, nicht mal DNA weil ich ihn nicht kratzen oder verletzen konnte. Bei meiner Ohrfeige hat sich noch nicht mal sein Helm bewegt.

Bill meinte er würde sich darum kümmern und ich solle mich auf den Filmdreh konzentrieren. Leichter gesagt als getan, aber ich werde mein Bestes versuchen.

Den Rest des Tages verbringt er an meiner Seite und es

tut wirklich gut jemanden gerade jetzt um sich zu haben. Ich schlafe viel, vielleicht brauche ich das.

Am Tag des Großen Umzugs zum Drehort ist er auch an meiner Seite. Ich würde ihm dafür einen Kuss aufdrücken, denn damit bleibt mir auch Michael vorerst vom Hals.

Im Trailerpark wird mir mein eigener Trailer zugewiesen. Es gibt eine kleine Vorstellungsrunde aller beteiligten, die ich mit Bravour hinter mich bringe.

Ich bin nicht umsonst Schauspielerin geworden. Zu funktionieren habe ich schon als Kind gelernt. Eine Rolle zu spielen, damit ich außerhalb des Radars bleibe. Zu einer gesichtslosen Puppe zu werden, die man für alles einsetzen kann.

Diese Fähigkeit lässt mich die Tage bis zur ersten Trockenprobe überstehen. Diesmal sitzen allen zusammen in einem Raum, Texte und Mikrofone vor sich.

Es ist doch ein ganz anderes Gefühl die Texte durchzugehen, wenn man die anderen Schauspieler sieht und sich zwischen den Szenen auch privat unterhalten kann.

Auch Michael scheint sich heute von seiner besten Seite zu zeigen. Es kommen kaum oder nur schwache Bemerkungen, die man kaum als anzüglich bezeichnen kann. Kurz denke ich mir, dass mein Manager ihm vielleicht ins Gewissen geredet haben könnte. Das wäre super peinlich, aber vielleicht braucht Michael das, damit er mich in Ruhe lässt.

Ich hoffe nur, dass es unserer Beziehung am Set nicht schadet. Genau deshalb habe ich ja erst um ein Body-Double gebeten.

Wie aufs Stichwort öffnet sich die Türe mir schräg gegenüber und die Assistentin unseres Produzenten steckt ihren blonden Kopf zur Türe rein.

»Herr Asano ist jetzt da.«

»Sehr schön, schicken Sie ihn gleich weiter. Er kann sich für die Leseprobe dazusetzen, dann bekommt er gleich ein Gefühl, wie wir arbeiten und von dem Charakter, den er doublen soll.«

Ich merke, wie Michael das Gesicht verzieht. Ich habe ihn gar nicht gefragt, wie er dazu steht, dass er ein Body-Double haben soll.

»Wenigstens muss ich mir dann nicht jeden Tag diese dämlichen Tätowierungen aufmalen«, schnaubt der Brite und verschränkt die Arme vor der Brust. »Er soll mir gefälligst ähnlich schauen, wehe es ist ein dürrer Zwerg.«

Ah, okay, das ist ein misogyner Gedanke, aber zumindest wirkt er nicht verletzt. Außer an seinem Ego vielleicht, aber das kann mir egal sein.

Mein Blick wandert zur Tür, durch die ein Mann tritt, der alles andere als schmächtig oder ein Zwerg ist. Kaum hebt der fremde Mann den Kopf erkenne ich die japanischen Gesichtszüge wieder. Das ist der Mann vom Café, der mich wegen meiner Leselektüre blöd angegangen ist.

Sofort schießt mir die Schamesröte in die Wangen. Hat er vielleicht nur so dumm gefragt, um mich zu testen? Wenn dem so ist, dann werde ich ihm ordentlich die Meinung geigen. Das war mehr als nur frech. Er hätte sich mir ja vorstellen können, wenn er weiß, dass er das Body-Double meines Spielpartners ist.

Moment, seinen Namen hat er mir ja gesagt, wie lautet der noch gleich? Ich und mein verfluchtes Namensgedächtnis. Da steht unser Produzent schon auf und reicht dem Fremden die Hand.

»Das ist Ryu Asano, er wird Michaels Body-Double sein. Damit ersparen wir uns sehr viel Zeit und Aufwand.«

Richtig, Ryu. An den Japaner gewandt fragt unser Produzent: »Ist es richtig, dass sie überall tätowiert sind?«

Ryus Augen liegen immer noch auf mir. Anscheinend hat er mich auch erkannt. Irgendetwas ist in diesen dunklen Augen, das ich nicht ganz zuordnen kann.

Doch da wendet der für einen Japaner großen Mann sich unserem Produzenten zu und erwidert mit diesem leichten Akzent in seiner warmen Stimme: »Warum überzeugen Sie sich nicht selbst davon?«

Die Runde lacht und Herr Cheek wird rot, bevor auch er zum Lachen beginnt.

»Ich mag Ihre direkte Art, Herr Asano.«

»Bitte, nennen Sie mich Ryu.«

Und dann hat er doch ernsthaft den Mut sich den Kragen seines schwarzen Shirts so weit er kann zur Seite zu ziehen, damit wir alle sehen, dass seine Tattoos nicht nur seinen Hals zieren, sondern die ganze Brust entlang nach unten wandern.

Einen kurzen Moment ist da Annas Stimme in meinem Kopf, die grinsend meint: »Ich frage mich wie viel von ihm wirklich tätowiert ist.«

Okay, vielleicht war das auch meine innere Stimme. Ich schüttle den Kopf und verfluche mich innerlich, wie ähnlich meine beste Freundin und ich einander sind. Ein kleiner Fluch, immerhin ist sie alles, was ich aus meiner Kindheit noch habe und ich liebe sie über alles.

Aber wir beide sind Mädchen, die früher gerne mit dem Feuer gespielt haben. Für mich ist das längst Vergangenheit.

Ryu steht förmlich das Wort Gefahr auf der Stirn und ich werde mich hüten mein neues Leben zu ruinieren, nur weil ich mich auf so jemanden wie ihn einlasse.

Ich hoffe einfach nur, dass es keine Probleme geben wird, wenn wir auf dem Set sind. Es werden immer laufende Kameras dabei sein, wenn wir drehen. Es muss alles funktionieren, nur wegen mir haben wir überhaupt ein Body-Double. Ich kann nicht deswegen jetzt so ein Drama machen. Lieber für ein paar Szenen diesen Mann als für einen kompletten Dreh Michael.

Ich habe das Buch fertig gelesen, die Sexszenen halten sich wirklich in Grenzen. So viel zum Thema, wir drehen einen Porno, Anna!

Also werde ich das hinbekommen, ich muss das hinbekommen. Meine Augen verfolgen Ryu bis er auf einem Stuhl am Rand Platz nimmt. Bevor er mich wieder ansehen kann, konzentriere ich mich zurück auf mein Skript.

Fokus, Zara!

RYU

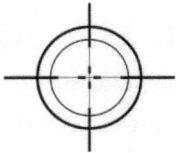

Tadashi hat mich brav, wie vereinbart am Drehort abgesetzt. Er würde mir meine Maschine nachbringen lassen, sollte ich den Drehort verlassen wollen, legte mir aber nahe, das nur in Notfällen zu tun.

Ich weiß, dass er sich sorgt, dass jemand von den Neun Drachen oder eine andere Familie nach mir suchen könnte. Zwar waren wir auf amerikanischem Boden und Clan-Fehden wurden immer auf Heimatboden ausgetragen. Doch wer weiß, was sich die alten Arschlöcher der anderen Clans einfallen lassen würden.

Ich sehe entlang der Fassade des verglasten Komplexes nach oben. Dahinter liegt der Trailerpark und die Busse, die von und zu den Drehorten fahren. Tadashi war so freundlich sich alles erklären zu lassen um es dann mir in vereinfachten Worten weiterzugeben.

Ich bin nicht dumm und verstehe die englische Sprache gut genug, sodass es mir keine Probleme bereitet, aber ich war auch nicht wirklich interessiert an dem Ganzen hier. Je schneller die vier Monate rum sind, desto schneller halte ich mein Ticket in die Freiheit in den Händen.

Dann kann ich mich auf die wichtigen Dinge in meinem

Leben konzentrieren.

Am Eingang arbeitet eine hübsche Blondine. Vielleicht muss ich das Gelände ja gar nicht verlassen, damit ich etwas Spaß haben kann.

Wie ich es erwartet habe, schmilzt sie unter meinem Lächeln dahin, murmelt etwas von »exotischen Ausländern« und führt mich den Gang entlang zu einem der Besprechungsräume. Ich verkneife mir mit den Augen zu rollen. Im Bett würde ich sie einfach nicht zum Reden kommen lassen, dann könnte sie auch nicht solche dummen Bemerkungen machen.

Kaum bin ich durch die Tür und höre sie hinter mir ins Schloss fallen, fällt mein Körper in Alarmbereitschaft. Ich habe mein ganzes Leben unter den Yakuza gelebt.

Angst vor dem Tod kenne ich nicht, aber ich erwarte ihn hinter jeder Ecke. Deshalb überrascht mich die volle Stimme des Mannes vor mir, der sich als der Produzent und Regisseur vorstellt. Ah, das ist also dieser Herr Cheek von dem mir Tadashi erzählt hat.

Freundlich reiche ich ihm die Hand und bemerke natürlich, wie sich sein Blick auf meinen Handrücken senkt und die Tätowierungen auf meinen Fingerknöcheln begutachtet. Waren sie nicht der Grund, warum ich überhaupt erst kontaktiert worden war?

Auf dem Gesicht meines Gegenübers war das Lächeln eingefroren. Ich habe Jahre damit verbracht Gesichtszüge von Menschen zu studieren. Ich kann deutlich sehen, wie sich Zweifel oder sogar Angst im Ausdruck des Mannes vor mir widerspiegeln. Um ihm etwas die Anspannung zu nehmen, erwidere ich das Lächeln und lasse seine Hand los, die bereits feucht geworden ist. Beiläufig wische ich mir meine Hand an der Jeans ab und lasse meinen Blick durch den Raum schweifen.

Wie Hunde bei einer Show sitzen Männer und Frauen brav aufgereiht vor ihren Mikrofonen und starren mich an. Mein Blick bleibt bei der schwarzhaarigen Frau mit den kurzen, lockigen Haaren hängen. Es ist die junge Frau vom Café und vom Parkplatz. Ein Grinsen droht sich auf mein Gesicht zu schleichen, aber ich zwinge meine Gesichtsmuskeln dazu sich zu lockern und den neutralen Ausdruck beizubehalten.

Ihrer Reaktion nach zu urteilen, hat sie mich noch nicht erkannt, sonst wäre sie wahrscheinlich schon schreiend aufgesprungen und hätte mir die Polizei an den Hals gehetzt.

Sehr gut. *Ich sagte doch, Prinzessin, man sieht sich immer mehrmals im Leben.*

»Das ist Herr Asano«, stellt mich Mister Cheek vor. Mein Blick liegt immer noch auf ihr und anscheinend erinnert sie sich an mich. Doch der Schock bleibt aus. Das sollte mich nicht überraschen, bei unserem zweiten Treffen konnte sie mein Gesicht nicht sehen. Außerdem hat mein Helm meine Stimme wohl etwas gedämpft.

Weder heute noch auf dem Parkplatz hat sie gewirkt, als würde sie eins und eins zusammenzählen und den Fremden vom Café und dem Fremden auf dem Motorrad derselben Person zuschreiben.

»Bitte, nennen Sie mich doch Ryu«, biete ich freundlich an und wende erst jetzt den Blick ab.

Erst die nächste Frage des Regisseurs bringt mich dann doch etwas aus der Fassung.

»Stimmt es, dass sie überall tätowiert sind?«

Und noch einmal frage ich mich, ob die Suche nach einem Body-Double nur ein Vorwand gewesen war, um einen gierigen, amerikanischen Blick auf die Tattoos eines echten Yakuza zu werfen. Doch in Herrn Cheeks Blick liegt nichts Aufdringliches sondern echtes Interesse und vielleicht auch etwas gesunde Neugier. Okay, vielleicht habe ich diesen Mann falsch eingeschätzt.

Die Tätowierungen eines Yakuza sind unser ganzer Stolz und ich schäme mich nicht sie zu tragen. Aber sie sind auch wie ein Fingerabdruck und unter gewissen Augen verraten sie mich schneller, als es jeder Ausweis könnte.

Hier in diesem Raum sitzt niemand, den ich schon einmal gesehen habe, außer der Schwarzhaarigen. Und auch sie wirkt nicht, als hätte sie Kontakte zur Mafia. Also kein Grund so übervorsichtig zu sein.

»Überzeugen Sie sich selbst«, gebe ich monoton zur Antwort und ziehe meinen Shirtkragen zur Seite, damit mein Gegenüber und gefühlt 20 weitere Augenpaare die bunten Muster anstarren können, die entlang meines Halses meine Brust hinunter verlaufen.

Jetzt da das geklärt ist, werde ich auf einen Stuhl etwas abseits verfrachtet. Da ich keine Sprechrolle habe, brauche ich auch keinen Text und somit auch kein Mikrofon.

Das gibt mir zumindest genug Zeit die Schwarzhaarige zu beobachten. Entweder sie ignoriert mich gekonnt oder sie ist wirklich eine gute Schauspielerin, denn die ganze Probe hinweg, sieht sie mich kein einziges Mal an.

Wenn du so spielen willst, Prinzessin, soll es mir recht sein. Du und ich, wir werden noch genug Zeit haben uns besser kennen zu lernen.

Nach dem Vorfall auf dem Parkplatz hat mich Tadashi ausdrücklich davor gewarnt sie absichtlich aufzuspüren. Wenn sie herausfinden würde, wer ich wirklich bin, könnte das Ärger bedeuten und im schlimmsten Fall müsste ich sie töten.

Mein Blick ruht auf ihrem schwarzen Hinterkopf, aber sie lässt sich nicht irritieren und liest brav ihren Text. Ich höre nur mit einem Ohr hin, denn ein richtiger Schauspieler bin ich ja nicht.

Kurz schaue ich zu dem braunhaarigen Mann neben ihr. Wir sehen uns absolut nicht ähnlich, aber mit dem richtigen Licht könnten wir vielleicht dieselbe Hautfarbe haben. Er trägt ein lockeres Hemd und Jeans, also weiß ich nicht wie er darunter aussieht.

Mein Interesse am Körper des Mannes dessen Double ich die nächsten vier Monate sein soll, ist somit vorbei und mein Blick wandert zurück zu ihr.

Am Parkplatz war es dunkel und im Café haben wir keine zwei Worte miteinander gewechselt. Jetzt habe ich die Zeit sie mir genauer anzusehen. Schwarze, kurze Haare, schmale Statur, leider kann ich von meiner Position schräg hinter ihr nicht ihre Augen sehen. Ich glaube sie waren grün oder blau.

Sie fällt absolut nicht in mein Beuteschema, also sollte es kein Problem sein, dass wir nur Sexszenen zusammen drehen.

Hätte sie den Vorbau und die blonde Mähne der Assistentin gehabt, hätten wir vielleicht ein kleines Problem gehabt. Ein kurzer Fick vor den Dreharbeiten wäre die Lösung des Problems gewesen.

Mit verschränkten Armen lehne ich mich in meinem Sitz

zurück und beobachte das ganze Geschehen. Es wird rückblickend einmal eine lustige Geschichte sein, das weiß ich jetzt schon.

Sich vier Monate an einer Frau zu reiben, die den Sex-Appeal einer Straßenkatze hat, im Austausch für eine amerikanische Staatsbürgerschaft - das würde mir zuhause niemand glauben.

Kurz denke ich daran zurück, wie sie mir gegen den Helm geschlagen hat und ein Grinsen schleicht sich auf meine Züge. Sex-Appeal mag sie vielleicht von einer Kratzbürste haben, aber ihr Kampfgeist erinnert mehr an das Gebrüll einer Löwin.

Als wir endlich fertig sind, lädt uns Herr Cheek auf ein gemeinsames Abendessen ein, um dort die letzten Dinge zu besprechen, bevor es mit dem Filmdreh losgeht. Ich möchte schon dankend ablehnen, als mir Tadashis Worte in den Sinn kommen: »Stellen Sie sich gut, vor allem mit dem Produzenten. Sie wissen nicht für was Sie diesen Kontakt vielleicht noch einmal brauchen werden.« - Er hat ja recht.

Also folge ich den anderen mit einem gewissen Abstand zu einem der großen Reisebusse. Anscheinend würden wir auswärts essen gehen. Gut, dass ich für die An- und Abreise meinen schwarzen Mundschutz und meine Sonnenbrille mitgenommen habe. Nur um sicher zu gehen.

Ich spüre ihren giftigen Blick in meinem Rücken auch ohne mich umdrehen zu müssen. Ein Grinsen huscht über mein Gesicht bevor ich noch etwas langsamer werde und über die Schulter zu ihr nach hinten sehe.

»Kann ich dir helfen?«

Ertappt will sie an mir vorbeilaufen, aber ich bin mit unserem Katz-und-Maus-Spiel noch nicht fertig. Meine Finger schließen sich um ihr zartes Handgelenk.

»Lass mich los!«

»Sollten wir uns nicht gut verstehen, immerhin werden wir beide viel Zeit auf engstem Raum miteinander verbringen?«, frage ich mit einem süffisanten Ton, lasse ihr Handgelenk aber los.

Als hätte sie sich verbrannt zieht sie ihre Hand zurück und funkelt mich von unten herauf böse an.

»Warum hast du nichts gesagt, als wir uns getroffen haben? Weißt du wie peinlich, das für mich war?«, faucht sie mich an.

Meint sie damit unser Treffen im Café oder nach ihrem anscheinend grauenhaften Date? Was wohl aus der blutenden Nase ihres Freunds geworden ist? Eine Anzeige ist zumindest nie bei uns eingelangt.

Ich hatte bei beiden unserer Bewegungen Spaß sie zu necken und das Feuer in diesen... grünen Augen anzufachen. Grün waren sie also.

»Wenn du die Geschichte gekannt hast, wieso hast du mich so blöd gefragt, warum ich so einen Schund lese?«, fragt sie mich weiter. Aha, also doch das erste Treffen im Café. Sie weiß anscheinend wirklich nicht, wer ich bin.

»Weil ich das Buch damals nur überflogen habe und bei mir nur die Sexszenen hängen geblieben sind«, gebe ich ihr schulterzuckend als Antwort.

Sie wird rot, ob nun aus Scham oder Wut ist nicht ganz klar, da sie sich schnaubend an mir vorbei schiebt und zum Bus läuft. Oh, das könnte noch interessant werden.

ZARA

Ich finde im Bus einen Platz neben der Visagistin Mai, neben der ich auch schon im Flugzeug gesessen habe. Sehr gut, denn ich will unter keinen Umständen länger neben dieser Pest von einem Mann sitzen.

Ryu geht mir eindeutig mehr unter die Haut, als ich das möchte. Und ich kann schwer nach einem Ersatz für den Ersatz fragen.

Michael ist unangenehm und aufdringlich, aber ich kann mit ihm zusammenarbeiten. Solange er sich nicht halb nackt an mir reibt, ist alles in Ordnung. Deshalb ist Ryu ja überhaupt erst hier.

Aber der Japaner ist fast noch schlimmer. Er ist anzüglich, aber nicht auf eine aufdringliche Art und Weise. Er bringt mich dazu ihm Parole zu geben und fordert mich geradezu heraus ihn anzuzicken. Wenn er dabei ist, kann ich meine Maske nicht kontrollieren und will einfach nur kämpfen oder davonlaufen.

Zweiteres kann ich hier auf dem Set nicht, aber ich kann spüren, dass allein sein Anblick mein Blut zum Kochen bringt und das meine ich nicht auf die sexuelle Art.

Zuerst verarscht er mich im Café und jetzt das hier?

Am liebsten würde ich ihm ordentlich ins Gesicht schlagen.

Herr Cheek meinte, dass es egal war, welche Nationalität das Double haben würde, da man sein Gesicht nie ganz sehen würde. Vielleicht käme ich mit einem Kinnhaken davon? Ich könnte die Visagistin neben mir doch mal ausfragen, wie gut man ein blaues Auge abdecken konnte.

Ein Glück war der blaue Fleck auf meiner Schulter schon fast wieder verheilt, sonst hätte ich damit auch noch zu ihr kommen müssen.

Im Geiste habe ich mich schon von meinen Schuhen verabschiedet. Es waren Designer-Schuhe von Christian Louboutin, ein schwarzes Paar mit kleinen Edelsteinen verziert. Selbst wenn ich oder Bill jemanden ausschicken meine Schuhe zu finden, beträgt die Wahrscheinlichkeit sie zu finden gleich null. Entweder sie sind bereits so kaputt, dass ich sie sowieso gleich wegwerfen kann. Oder jemand hat sie gefunden und freut sich über Schuhe im Wert von 2,600 Euro.

Ein bisschen enttäuschend, dass einer der Absätze so leicht abgebrochen ist, aber diese Schuhe sind wohl eher für rote Teppiche als für Verfolgungsjagden auf Restaurantparkplätzen geeignet.

Sobald wir vor dem Restaurant halten, versuche ich Ryu nicht aus den Augen zu lassen. Ich kann ihn nicht einschätzen und das macht ihn so gefährlich.

Doch über die gesamte Zeit unseres Abendessens schenkt er mir keinen einzigen Blick. Sollte ich ihn wirklich so sehr abgeschreckt haben? Ich hoffe unsere Performance wird dadurch nicht beeinträchtigt.

Oh, ja, richtig, unsere ›Performance‹.

Als hätte Her Cheek meine Gedanken gelesen, dreht er

sich zu mir und Michael, der mir gegenübersitzt, um. Außer ein paar Bemerkungen zu meinen Haaren hat er noch nichts Aufdringliches gesagt.

Ist das hier ein Paralleluniversum und wann war der Wechsel passiert?

»Wie habt ihr beiden euch heute beim Lesen gefühlt? Irgendetwas unklar oder unangenehm?«, fragt der ältere Mann uns direkt heraus.

Michael grinst und legt seine Hand über meine, bevor er antwortet: »Ich finde Zara und ich harmonieren prächtig, oder? Schade, dass wir nicht alle Szenen zusammen drehen werden, aber ich bin mir sicher, dass es so am Schnellsten und Kostengünstigsten für die Produktion ist.«

Mir kommt das Abendessen gleich hoch. Da ist der schmierige Kerl wieder, der seit dem ersten Tag versucht in meiner Unterwäsche zu landen.

Schnell ziehe ich meine Hand weg und tu so als würde ich nach meinem Glas greifen, um einen Schluck zu nehmen.

Dabei trifft mein Blick den eiskalten des Japaners am anderen Ende des Tisches. Als wäre ich diejenige, die etwas falsch gemacht hat, zucke ich überrascht zusammen. Sein Blick ist so stechend, dass ich es kalt meinen Rücken hinablaufen spüre.

Mein Blick senkt sich auf seine linke Hand, in der er ohne hinzusehen eins der Speisemesser zwischen den Fingern dreht.

Was ist eigentlich sein scheiß Problem?, frage ich mich innerlich und zwinge mich von der sich drehenden Klinge und den geschickten Fingern wegzusehen.

Stattdessen wende ich mich wieder Herrn Cheek zu.

»Sagen Sie, wegen den Szenen, die im Skript rot markiert

sind, was hat es mit der Farbe auf sich?«

Das habe ich mich schon die ganze Zeit beim Lesen gefragt. Zuerst dachte ich, dass diese Markierungen vielleicht die Sexszenen kennzeichnen würden, aber es waren auch andere Szenen dabei, wie eine Unterhaltung der beiden Hauptcharaktere und eine Szene, in der mein Charakter das Wort BDSM recherchiert.

Herr Cheek wirft lachend den Kopf zurück und für einen Moment bin ich verwirrt.

»Darüber wollte ich mit euch sowieso reden.« Mit einer Handbewegung winkt er Ryu zu und ich unterdrücke den Drang ihn davon abzuhalten.

Mein ganzer Körper spannt sich an und trotzdem spüre ich, wie er sich hinten auf meiner Lehne mit verschränkten Armen abstützt.

»Was gibt es, Boss?«

»Ich bin doch kein Boss, Ryu, wir sind hier wie eine Familie«, erklärt Herr Cheek abwinkend und deutet auf den freien Sessel neben mir.

Während Ryu sich neben mich setzt, starre ich unseren Produzenten unentwegt an. Wenn ich jetzt dem Japaner auch nur einen Augenblick meiner Aufmerksamkeit schenke, kann ich nicht garantieren, dass Mai nicht doch noch ein blaues Auge überschminken muss.

Irgendetwas in diesem Ausländer lässt bei mir die Alarmglocken schrillen und ich will ihm das Grinsen vom Gesicht schlagen, doch da fährt unser Produzent schon fort: »Ich wollte mit euch drei sowieso noch alleine reden. Wir werden mit dem drehen der Szenen beginnen, in denen Ryu noch nicht gebraucht wird, damit er einmal ein Gefühl für ein Filmset bekommt.«

»Ist das hier etwa dein erstes Mal?«, fragt Michael forsch und unterbricht Herrn Cheek direkt.

»Michael, bitte.«

»Nein, ich lasse mich doch nicht von einem Amateur Body-doublen. Was hast du denn bisher gemacht?«, fragt er diesmal direkt an Ryu gerichtet.

Irgendwie sieht Herr Cheek aus, als wäre ihm die Frage unangenehm und er versucht das Thema wieder zurück auf das Manuskript zu lenken. Was weiß er über Ryus Vergangenheit, dass ihn so verlegen machen würde?

Oh mein Gott, vielleicht ist Ryu Pornodarsteller und wurde deshalb als Body-Double angefragt. Bei seiner Position neben mir, kann ich seinen Blick nicht ganz deuten, doch als seine Augen zu mir rüber wandern, ist da wieder diese Gänsehaut. Arschloch.

Wenn ich nicht so feige wäre, würde ich ihn später auf einer der bekannten Pornoseiten suchen. Vorerst liegt meine ganze Aufmerksamkeit wieder auf unserem Produzenten.

»Also, wie gesagt, wir starten mit den Szenen, die wir hier in Sacramento drehen können und dann verlegen wir unseren Dreh nach New York.«

Ich wusste schon, dass einige der Szenen in meinem Wohnort spielen würden, aber irgendwie wird mir mulmig, wenn ich daran denke, dass Ryu herausfinden könnte, wo genau ich wohne. Ich vertraue diesem Mann nicht.

»Wenn wir uns dann an die besonderen Szenen wagen, habe ich ein Treffen mit einer echten Domina für euch organisiert.«

Michaels Gabel landet mit einem klirrenden Geräusch auf seinem fast leeren Teller.

»Ein Treffen mit einer was?« Sein Schrecken ist ihm deutlich ins Gesicht geschrieben. Schon ironisch, wenn man bedenkt, dass er ein Schauspieler ist.

»Mit einer Domina. Ich denke eine Frau vom Fach kann euch das Thema besser erklären als ich oder das Internet. Und ich möchte keine Anzeigen oder Kritiken, die bemängeln wir hätten an den Recherchematerialien gespart.«

Für mich leuchtet das ein und nicht wirklich überraschend kommen auch keine Widerworte des Japaners. Ryu sitzt einfach mit verschränkten Armen da und sieht uns drei abwechselnd an. Vielleicht ist meine Pornodarsteller-Theorie doch nicht so abwegig.

»Aber bis dahin haben wir ja noch etwas Zeit, oder? Ich möchte, dass ihr Spaß habt und Ryu das ein oder andere hier am Set zeigt, okay?«

Wie im Kindergarten, wenn ein neues Kind der Gruppe beitritt. Nur, dass dieses Kind ungefähr den Lieblichkeitsfaktor eines Dobermanns hat.

RYU

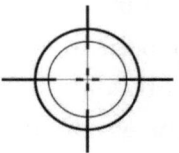

Ich habe mir die Arbeit auf einem Filmset anders vorgestellt. Nicht, dass ich enttäuscht wäre, es ist nur weniger aufregend als in meiner Fantasie. Wirklich gedreht wird wenig, die meiste Zeit geht an Regieanweisungen und Veränderungen am Set.

Herr Cheek hat mir aufgetragen, diesem dummen Briten Michael Kimberton wie ein Schatten zu folgen. Also trotte ich ihm hinterher und stehe brav hinter der Kamera, während er sowohl vor als auch hinter der Linse mit allem flirtet, was nicht bei drei auf den Bäumen ist.

Ich schiebe mir gelangweilt meine Hände in meine Hosentaschen.

Er erinnert mich an diesen blonden Schnösel, dem ich auf dem Parkplatz eine mitgegeben habe. Was wohl aus dem geworden ist?

Außerdem beobachte ich die schwarzhaarige Prinzessin.

Es ist beeindruckend ihr zuzusehen, wie sie von einem Moment auf den anderen eine ganz andere Person sein kann. Sobald die Kamera läuft kann sie sogar auf Knopfdruck weinen und danach bei Vorschlägen der Regie wieder ganz gefasst sein.

Für einen Moment denke ich, dass die Tränen damals auf

meinem Motorrad auch falsch gewesen sein könnten.

»Cut! Okay, die Szene haben wir im Kasten. Eine halbe Stunde Pause für alle und dann machen wir eine Blocking-Probe mit Zara und Ryu durch!«

Als mein Name fällt, sehe ich überrascht auf. Was zum Teufel ist eine Blocking-Probe?

Ich warte bis die kleine Kratzbürste bei mir vorbeikommt und stelle mich ihr in den Weg. Wie bei einem kleinen Kätzchen geht sie sofort in eine Angriffshaltung. Ich kann mir ein Grinsen nicht verkneifen.

»Was grinst du so komisch? Geh mir aus dem Weg, ich muss aufs Klo bevor wir zur Probe müssen.«

»Warum so bissig, Prinzessin? Ich will doch nur wissen, was es mit einer Blocking-Probe auf sich hat?«

Es fehlt noch, dass sie sich auf die Zehenspitzen stellt, damit sie größer ist als ich oder vielleicht eindrucksvoller, aber der Zug ist schon lange abgefahren.

»Also?«, hake ich grinsend nach und lehne mich etwas zu ihr runter.

»Bei einer Blocking-Probe gehen die Schauspieler ihre Szenen ohne Kamera und oft ohne volle Emotionen durch, um sich auf die Bewegungen, Positionen und das Zusammenspiel mit ihren Partnern und der Umgebung vorzubereiten«, erklärt sie mir, als wäre ich drei Jahre alt. »Herr Cheek will wahrscheinlich sehen, wie wir uns zusammen vor der Kamera bewegen, bevor er uns und das ganze Team nach New York schifft.«

Das macht schon Sinn, wäre doch blöd, wenn all die Arbeit umsonst wäre. Aber mir fällt nicht ein, was da schief gehen soll. Anscheinend steht mir meine Verwirrung deutlicher ins

Gesicht geschrieben als ich dachte, oder wir sind uns einfach zu nah.

Sofort setzt die Schwarzhaarige nach: »Wir werden eine der etwas »leichteren« Szenen durchspielen. Ich habe um ein Double gebeten, damit ich diese Szenen nicht mit Michael drehen muss.« Meine Augen sehen auf ihren Mund als sie sich auf die volle Unterlippe beißt.

Langsam wendet sie ihren Blick ab und ich kann eine leichte Röte auf ihren Wangen erkennen.

Kurz frage ich mich, ob zwischen ihr und diesem Michael etwas vorgefallen ist, dass eine Zusammenarbeit bei diesen Szenen unmöglich macht, aber eigentlich kann mir das herzlichst egal sein.

»Also ficken wir vor der Kamera«, gebe ich trocken zurück und richte mich wieder zu meiner vollen Größe auf. Empört schlägt mir die junge Frau vor die Brust und ohne den Schutz meiner Lederjacke spüre ich den Schlag tatsächlich in meinem Solarplexus.

»Du Arsch, das hier ist kein Porno! Keine Ahnung bei wie vielen Filmchen du schon deinen Schwanz draußen hattest, aber hier wird das nicht passieren.«

Sie hört sich wirklich an, als würde sie fauchen. Und denkt sie tatsächlich ich wäre Pornodarsteller?

Ich korrigiere sie nicht, sondern reibe mir gespielt verletzt über mein Brustbein.

»Auch in Ordnung, ich bezweifle sowieso, dass ich ohne Mittelchen einen Ständer bekommen hätte.«

Irgendetwas an ihr provoziert mich und ich möchte, dass sie ihre Krallen ausfährt. Mit einem Murmeln, das sich ganz schwer nach ›Wichser‹ angehört hat, schiebt sie sich an mir vorbei in Richtung der Toiletten.

Ich gehe schon mal vor zu dem Raum, in dem die Blocking-Probe stattfinden wird und kann den Drang nicht unterdrücken das Zimmer nach versteckten Wanzen und Kameras abzusuchen. Alte Gewohnheiten sterben wohl nicht so schnell.

Aber außer die eine große Kamera im Eck finde ich nichts. Für mich hat das Ganze hier doch mehr von einem Pornoset, als ich dachte. Ein leises Räuspern holt mich aus meiner Starre.

Zara steht mit verschränkten Armen hinter mir. Sie hat das Kostüm ihres Charakters abgelegt und trägt stattdessen ein weites Shirt und Jogginghosen. Ich bekomme immer mehr das Gefühl, dass sie und ich zwei ganz unterschiedliche Auffassungen von einem Porno haben.

»Bereit?«, fragt sie mit einem Blick, der töten könnte und ich spüre, wie es warm unter meinem Nabel wird. Bevor ich groß darüber nachdenken kann, was dieser Anblick in mir auslöst, betritt Herr Cheek das Zimmer.

»So, meine Lieben, wir fangen gleich an, keine Zeit zu verschwenden. Ryu, ich möchte, dass wir bei Szene 17 starten. Wir müssen nicht die gesamte Szene durchspielen, es reicht, wenn ich sehe, wie ihr beide zusammen arbeitet.«

Er hätte mir genauso gut auf Chinesisch die Apollo 13 erklären können und ich hätte genauso wenig verstanden. Nein, ich kann genug Chinesisch, dass ich sogar mehr von der Raumsonde verstanden hätte, als von dem, was dieser Mann da gerade von mir will.

Zara neben mir seufzt und streicht sich die Haare aus dem Gesicht. Sie tritt nahe genug an mich heran, dass ich ihre leicht geröteten Wangen sehen kann.

»Denk nicht zu viel nach und bringen wir es einfach hinter uns. Du hast doch schon mal jemanden geküsst, tu einfach so als ob« erklärt sie mir mit einer Selbstsicherheit, die nicht ganz auf ihrem runden Gesicht rüber kommt.

Ungerührt blättert Herr Cheek die Seite seines Manuskripts um. »Szene 17, Haus Black, Paar ist gerade nach Hause gekommen, nach einer Szene im Club. Und Action!«

Mein Gehirn hat eine einzige Sekunde Zeit sich an diese Szene zu erinnern. Christopher Black und seine Angebetete Anja waren in einem Club feiern und sind dementsprechend betrunken. Da kommt es zu ihrem ersten Mal zusammen, weshalb es auch nicht so extrem ausfällt, wie die anderen Szenen, die noch folgen.

Es macht Sinn, wieso der Produzent diese Szene als Testlauf haben wollte. Er will sehen, wie wir eine normale Sexszene zusammen drehen würden.

Ich mag vielleicht kein Schauspieler sein, aber die ein oder andere Rolle habe ich in meinem Leben schon gespielt. Außerdem ist Zara nicht abstoßend, das macht es leichter. Ihre Hand streckt sich mir entgegen und ich spüre ihre warmen Finger in meinem Nacken.

Grinsend kann ich mir ein Kommentar nicht verkneifen: »Warum zitterst du so? Mache ich dir etwa Angst?«

Ich sollte. Eigentlich sollte ich ihr Angst machen, sie unter allen Umständen von mir fernhalten. Und das werde ich auch sobald diese vier Monate vorbei sind. Ich mag vielleicht kein Held sein, aber ich würde niemals Zivilisten in einen Clan-Krieg ziehen, der sie nicht betrifft.

Für einen Moment wirkt es, als würde Zara mir auf den Fuß steigen wollen, aber der Fakt, dass unser Produzent keine zwei Meter entfernt steht, lässt sie wohl innehalten.

»Halt die Klappe und mach einfach«, schnauzt sie und ich kann nur feststellen, dass ich noch nie so unsexy dazu aufgefordert wurde jemanden zu küssen.

Christopher bringt in dieser Szene Anja zu sich nach Hause und fällt über sie her. Im Buch drückt er sie gegen die Haustür und hebt sie hoch.

Wir haben in diesem Raum nur eine Tür und die ist am anderen Ende des Zimmers. Aber wir haben einen Holztisch. Ohne groß darüber nachzudenken greife ich nach Zaras Schenkeln und hebe sie hoch, damit ich sie auf dem Tisch absetzen kann.

Herr Cheek pfeift überrascht und notiert sich etwas auf seinem Skript. Anscheinend gefällt ihm meine Idee. Nachdem ich den Blick zu meiner Spielpartnerin gesenkt habe, wird deutlich, dass sie nicht so begeistert davon ist, dass ich zwischen ihren Beinen stehe. Ihre Finger haben sich in meine Oberarme gekrallt und ich kann ihre scharfen Nägel durch den dünnen Stoff meines Shirts hindurch spüren. Also doch eine Wildkatze.

»Können wir jetzt?«, presst sie ungeduldig zwischen den Zähnen hervor und ich hätte sie gerne noch weiter aufgezogen, aber ich möchte diese Szene genauso schnell hinter mich bringen, wie die Schwarzhaarige.

Also lehne ich mich vor und küsse sie.

ZARA

Ich habe den Kuss natürlich erwartet, immerhin sollen wir einander auch küssen. Es ist auch nach all den Jahren nicht mehr komisch jemanden auf Befehl zu küssen.

Und trotzdem beginnen meine Ohren zu rauschen und ich spüre die rauen Lippen, wie sie sich gegen meine bewegen. Mein erster Gedanke ist ein nüchternes *Er bräuchte einen Lippenbalsam*. Mein nächster entgleitet mir ganz, als sich seine Finger in meine Oberschenkel drücken.

Eigentlich reicht es für Produzenten meistens, wenn ihre Schauspieler sich für 30 Sekunden küssen und berühren. Es geht hier nur darum zu sehen, ob wir zusammen vor der Kamera das tun können, wofür wir bezahlt werden. Nichts von alledem ist echt.

Seine Lippen nicht, seine Hände nicht, sein Körper nicht, der sich gegen mich drückt und mich beinahe über den Tisch schiebt.

So wie er küsst, kann ich mir denken, dass ich nicht die erste bin. Etwas anderes hätte mich auch überrascht, aber ein Filmkuss ist immer noch etwas anderes als ein echter. Vor einer laufenden Kamera muss man sich nicht komplett gehen lassen.

Es genügt, wenn es so aussieht *als ob*.

Ryu küsst mich, als würde er es so meinen und das will mir nicht in den Kopf. Ich hasse einfach alles an ihm – seine Arroganz, wie er immer das letzte Wort haben muss, und vor allem diese lässige Selbstsicherheit, die er ausstrahlt, als gehöre ihm die ganze Welt.

Mit einer Hand gegen seine Brust drücke ich ihn von mir, damit ich endlich wieder Luft bekomme. Aus dem Augenwinkel, kann ich sehen, wie Herr Cheek sich Notizen macht. Sind wir jetzt fertig oder will er eine Zugabe?

»Mach's dir nicht so leicht«, zische ich leise, nur für den Japaner hörbar. Doch er grinst nur, dieses selbstgefällige Lächeln, das mich einfach zur Weißglut treibt.

»Ich mach mir nie etwas leicht«, sagt er leise, und ehe ich protestieren kann, spüre ich schon wieder seine Lippen auf meinen.

Eigentlich sind wir fertig. Ein Filmkuss ist etwas neutrales, ohne Gefühl. Es sieht auf der Kamera immer besser aus als es in echt ist, und trotzdem lasse ich es geschehen. Der Kuss ist nicht einstudiert, wir haben unseren Teil erfüllt. Überraschenderweise kann ich mit dem Stunt-Double tatsächlich besser als mit meinem eigentlichen Spielpartner, auch wenn ich beiden Männern am liebsten eine reinhauen würde.

Ryu ist nicht unattraktiv und mein Körper reagiert auf seine Berührungen, ob ich es nun will oder nicht.

Ich will mich zurückziehen, ihm zeigen, dass er keine Kontrolle über mich hat, aber mein Körper will mir nicht gehorchen. Meine Hände finden ihren Weg in seine schwarzen Haare. Im Nacken sind sie weich und etwas nass von einem Tag am Set. Selbst ohne die Scheinwerfer kommt man da leicht ins Schwitzen.

Sein Atem trifft meine Wange als er den Kuss abbricht und leicht ausatmet. Ich kann sein Grinsen auf meinem Mund spüren. Wütend beiße ich ihm in die Unterlippe, was ihn endlich dazu bringt von mir abzulassen.

Stattdessen legt er sein Gesicht in meiner Halsbeuge ab. Ich höre sein Lachen genauso wie ich den Atem über meinen nackten Hals spüren kann.

Mein Kopf wendet sich Herrn Cheek zu, doch der ist bereits zur Tür raus. Wenn ihn die Muse trifft, dann muss er das sofort mit dem Team teilen. Er muss Ryu genug vertrauen, um ihn mit seiner Hauptdarstellerin allein zu lassen.

Mein Spielpartner scheint das allerdings noch nicht mitbekommen zu haben. Somit war unser zweiter Kuss tatsächlich absolut unnötig.

Anstatt, dass Ryu einen Schritt zurück macht, damit ich vom Tisch steigen kann, bleibt er genauso nach vorne gelehnt stehen und atmet mir warm gegen den Nacken.

»Wir sind fertig, du kannst mich jetzt loslassen«, grummle ich und drücke mit einer Hand gegen seine Schulter. Ich hätte genauso gut versuchen können eine Wand wegzuschieben. Warum ist dieser Japaner auch so bullig?

Mein Blick gleitet an seinen Armen entlang, die rechts und links neben meinen Schenkeln auf der Tischplatte abgestützt sind. Seine Ärmel sind nach oben geschoben und ich kann die Adern sehen, die sich durch seine Unterarme ziehen, selbst durch die bunten Farben und Formen seiner Tätowierungen.

Mein Herz schlägt schneller, ein Hauch von Verwirrung vermischt sich mit dem plötzlichen Rausch, den dieser Moment in mir auslöst.

»Ich liebe es, wenn sich mein Fang wehrt«, beginnt er plötzlich und ich spüre, wie er sich von mir wegdrückt. Kaum, dass sich eine seiner Hände vom Tisch gelöst haben, bin ich schon runtergestiegen und reibe mir über den Nacken.

»Wer soll hier ein Fang sein? Lass den Scheiß, wir spielen das alles hier nur.«

»Natürlich.« Sein Lächeln jagt mir Angst ein und ich fühle mich mit einem Mal doch wie ein Reh, das vor einem wilden Tier davon läuft.

»Du...« Meine Stimme ist heiser, fast ein Flüstern. Ich will etwas Scharfes erwidern, das ihn wieder auf den Boden der Tatsachen zurückholt. Aber stattdessen sehe ich ihn nur sprachlos an, immer noch schockiert über das, was gerade passiert ist.

»Ich denke wir beide werden noch viel Spaß zusammen haben, Prinzessin.«

Ich blinzele und versuche, die Fassung wiederzufinden. Normalerweise bin ich nicht so auf den Mund gefallen. Aber mit dieser direkten, frechen Art weiß ich noch nicht recht umzugehen. Ich kann jetzt nicht einfach eine Szene machen, nur weil dieser Idiot mir unter die Haut geht.

»Behalte diese Sprüche fürs Set auf, außerhalb der Kamera haben wir *nichts* miteinander zu tun.« Zufrieden mit meiner Antwort mache ich auf dem Absatz kehrt und stürme aus dem Probenraum.

Meine Aussage beißt mir keine zwei Wochen später in meinen Hintern. Den Großteil haben wir in Sacramento abgefilmt, jetzt fehlen nur noch die Szenen im Büro des Hauptcharakters und auf den gemieteten Sets. Dafür würden wir in zwei Wochen zurück nach New York fliegen.

Bisher gibt es eine einzige Szene, die ich mit Ryu drehen muss. Es ist eine *dieser* Szenen, in einer Dusche. Man filmt uns durch die Milchglasscheibe und nur unsere Umrisse werden im Film zu erkennen sein.

Es ist mir nicht unangenehm, mich auf dem Set umzuziehen und auch der Kuss bei der Blocking-Probe ist schon wieder vergessen.

Aber es ist doch etwas anderes, jemanden nur unter den Augen des Produzenten zu küssen – völlig bekleidet noch dazu. Oder ob man vor den Augen eines ganzen Filmsets unter eine falsche Dusche steigen musste.

Ich kenne das Skript, ich weiß, dass es sich nicht um einen Porno handelt. Außerdem trage ich einen Slip und Nippel-Pads. Für den Film wirke ich nackt, aber für ein Filmset habe ich genug Dekorum, um mich nicht schämen zu müssen.

Das Wasser ist kalt, damit beim Dreh meine Gänsehaut zu sehen ist, wenn die Kamera mich näher aufnimmt. Mein Gesicht wird zu sehen sein, Ryus nicht. Das steht in seinem Vertrag und lässt meinen Verdacht auf »Pornodarsteller« immer stärker werden. Warum sonst will er nicht, dass jemand sein Gesicht sieht? Vielleicht könnten ihn seine Verwandten sehen und das wäre ihm peinlich? Oder er ist ein Verbrecher und möchte nicht in der Öffentlichkeit gesehen werden?

Mit den ganzen Tattoos könnte man es ihm auf jeden Fall abnehmen, aber einen Verbrecher würden sie ganz sicher nicht auf das Set lassen.

Also stehe ich unter dem kalten Strahl und warte darauf,

dass wir endlich mit dem Dreh anfangen. Die Lichter blenden mich für einen Moment, bevor ich wieder in mein Muster falle. Sobald die Kameras laufen, kann ich alles um mich herum vergessen.

Ich weiß, was in dieser Szene passiert. Mein Körper erwartet ein paar Hände, die mich grob packen und umdrehen. Ich weiß auch, wie ich mich bewegen muss, damit es für die Kamera echt aussieht und ich mich nicht wirklich verletze. Alle Schauspieler bekommen am Anfang ihrer Ausbildung ein Training, wie etwas echt aussieht, ohne dass es echt ist.

Ryu hat die vergangenen zwei Wochen hoffentlich gut aufgepasst, denn ich bekomme leicht blaue Flecken und ich kann ihm nur bis zu einem gewissen Grad entgegenkommen, was unser Schauspiel betrifft.

Aber ich muss mir gar keine allzu großen Sorgen machen. Die Hände auf meiner Hüfte sind nicht grob, sie sind warm und ich drehe mich mit meinem eigenen Schwung herum, sodass es aussieht als hätte er es getan.

Die Haare meiner blonden Perücke kleben mir nass im Gesicht. Ich hasse das Gefühl der langen Strähnen, wie sie an meiner Schulter und meinem Dekolleté kleben.

Aber meine Aufmerksamkeit liegt nicht lange auf diesen kleinen, störenden Faktoren. Viel mehr kann ich nur den Mann vor mir anstarren.

Ryu ist nicht geschminkt und trägt auch keine Perücke. Warum auch, von ihm wird es keine direkten Aufnahmen geben. Es ist nur wichtig, dass er Michaels Body-Bouble spielt und dafür seine Tattoos in die Kamera hält. Und das tut er.

Mein Blick wandert die tätowierte Brust entlang nach unten.

Es ist wirklich fast jeder Zentimeter Haut mit schwarzen oder bunten Mustern verziert. Tiefer traue ich mich nicht zu schauen, auch wenn ein Schauspieler-Gürtel sein bestes Stück verdeckt, so wie es im Film üblich ist.

Sein großer Körper drückt sich gegen mich und die Wand in meinem Rücken bohrt sich unangenehm in meine Haut. Doch Ryus Stimme, die viel zu nah an meinem Ohr ist, lenkt mich davon ab.

»Wenn dir gefällt, was du siehst, kannst du nachher gerne einen genaueren Blick darauf werfen.«

Das Wasser rauscht laut genug, dass nur ich ihn höre. Trotzdem bekommt er keine Antwort von mir. Ich presse meine Lippen aufeinander und lasse zu, dass er sich gegen mich bewegt.

Auch das hat er die vergangenen Tage beigebracht bekommen. Wo damals in Proberaum *viel zu viel* dahinter war, fehlt es jetzt gerade. Das hier ist Arbeit, die Bewegungen sind beinahe mechanisch, aber im Film werden sie mit Sicherheit echt und vor allem authentisch aussehen. Trotzdem ist es irgendwie angenehm, wie sich Ryus warmer Körper gegen meinen bewegt.

Meine Finger vergraben sich in seinem Rücken, nicht stark genug um wirklich Kratzer zu hinterlassen, aber deutlich genug, damit die Kamera es durch die vernebelte Scheibe aufnehmen kann.

Ich höre Ryu leise Seufzen und ziehe meine Hände schnell zurück. Die Szene ist im Kasten und bevor ich fragen kann, ob alles in Ordnung ist und ob ich ihm weh getan habe, ist der Japaner schon aus der falschen Dusche gestiegen.

Es werden noch ein paar direkte Aufnahmen von meinem Gesicht und meinen mit einer Gänsehaut überzogenen Armen gemacht. Den letzten Teil muss ich nicht wirklich spielen. Ich fröstle unter dem kalten Strahl und auch der plötzliche Verlust von Ryus Körperwärme lässt mich kalt zurück. Nur eine kleine Wärme direkt zwischen meinen Schenkeln nimmt der Kälte etwas von ihrer Schärfe.

Neidisch beobachte ich, wie Ryu sich die Haare trocken reibt und dann das Handtuch lässig über die Schulter wirft. Mir ist auch kalt und ich will mich auch einfach abtrocknen.

Er wirkt nicht, als hätte ich ihm sonderlich weh getan. Ich kann ihn hinter der Kamera sogar mit Herrn Cheek lachen sehen.

Mein Gesicht wird unter dem kalten Wasserstrahl heiß und als ich endlich aus der Dusche rauskomme, wickle ich mich in sekundenschnelle in meinen bereitgestellten Bademantel. Erst dann erlaube ich mir aufzusehen und wie erwartet treffen meine Augen die dunklen des Japaners. Ich werde aus diesem Mann nicht schlau. Seine Worte und Blicke scheinen irgendwie nicht zusammenzupassen.

Aber solange wir für die Szenen, die wir gemeinsam haben, funktionieren und es keine Probleme gibt, kann es mir egal sein, was er privat von mir denkt.

Wir unterbrechen den Blickkontakt gleichzeitig, als Michael neben Ryu erscheint und sich für eine bessere Sicht über den Monitor lehnt.

So, wie die beiden Männer da nebeneinander stehen, würde man niemals glauben, dass der voll-tätowierte Mann das Double für den Briten sein soll.

Michael ist bei weitem kein schmächtiger Mann, aber neben Ryu wirkt er wie ein braves Schoßhündchen. Beide Männer wirken auf mich wie Kampfhunde, bereit dem jeweils anderen die Kehle durchzubeißen.

Während ich in dem einen Mann einen Dobermann sehe, wirkt der andere doch weniger wie ein Hund als ein Wolf. Genauso gefährlich sieht er für mich zumindest aus.

Auch wenn Ryus Berührungen nur gespielt hart sind und ich eigentlich den meisten Teil des Schauspielens erledigen muss, damit es überzeugen aussieht.

Nicht, dass es mich stört, wie sanft er mit mir vor der Kamera umgeht. Ich habe oft mit weniger erfahrenen Menschen zusammen gespielt und weiß, wie ich ihnen entgegen kommen kann.

Aber bei diesem Mann bleibt nur Verwirrung zurück. Ich werde aus diesem Japaner einfach nicht schlau. Am besten ich denke nicht zu viel nach und konzentriere mich wieder auf die Arbeit.

RYU

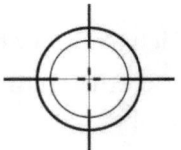

Ich muss sofort aus dieser Dusche raus, jagt es mir durch den Kopf, als ich ihre Nägel in meinem Rücken spüre.

Nicht nur, dass ihre Art und das herausfordernde Glitzern in ihren Augen mich immer weiter dazu treibt sie aufzuziehen. Nein, sie muss natürlich auch genau das tun, was ich im Bett am Meisten genieße. Als wüsste sie, welche Knöpfe sie drücken muss.

Ich hasse es. Normalerweise lasse ich meine Bettgeschichten gerade lange genug in meiner Nähe, damit ich die Zeit für mich effektiv nutzen kann und ohne dieses ganze Anfassen.

Aber hier kann ich nicht einfach weg. Die Kameras laufen und das kalte Wasser lässt meinen Kopf klar bleiben. Ich bemerke genau, wie sich ihr schmaler Körper gegen meinen bewegt, wie die kleinen Wölbungen ihrer Brüste gegen meinen Oberkörper streichen. Auch durch die Nippel-Pads spüre ich ihre Brustwarzen. Sie sind hart. Ob nun vom Wasser oder vor Erregung kann ich nicht sagen. Zweiteres wird es wohl nicht sein. Sie ist eine professionelle Schauspielerin und ich bezweifle, dass ich so eine Wirkung auf sie habe.

Ihre Blicke sagen mir eindeutig, dass sie mich hier auf dem Set nur toleriert, weil ich der Ersatz für ihren Schauspielpartner bin. Warum eigentlich? In den Szenen zusammen wirkt sie entspannt und auch hinter der Kamera kann ich nicht wirklich eine Spannung bemerken. Und warum interessiert es mich überhaupt?

Weshalb auch immer ich jetzt hier bin, es ist mein Ticket in die Freiheit und deshalb werde ich tun was nötig ist. Ich habe schon für viel weniger, viel mehr getan.

Kaum sind die Kameras aus, drücke ich mich von ihrem warmen Körper weg und steige aus der für uns aufgebauten Dusche. Beiläufig nehme ich das Handtuch, das mir eine der Assistentinnen hinhält und reibe mir übers Gesicht.

Zara ist nicht mein Typ, in keiner Situation wäre sie die Frau, die ich mir anlachen würde. Und trotzdem ging mir diese gespielte Szene zu nah. Wortwörtlich.

Ihre Geräusche waren gespielt, genauso wie ihre Berührungen und trotzdem haben sich ihre Nägel so perfekt in mein Fleisch gegraben, dass ich das Phantom davon immer noch spüren kann.

Unsere Blicke treffen sich über den Rand des Monitors hinweg. Ihr Bademantel ist etwas zu lang und die nassen, blonden Haare kleben ihr im Gesicht. Richtig, der Charakter, den sie spielt hat blondes Haar. Das muss es sein. Deswegen reagiere ich so auf sie. Mit etwas Fantasie und einem größeren Vorbau könnte sie schon Ähnlichkeiten mit der blonden Schönheit haben, die mich am ersten Tag zum richtigen Zimmer begleitet hat.

Meine Augen fallen zurück auf den Monitor, wo wieder und wieder die Szene spielt, aus den verschiedenen Winkeln und mit unterschiedlicher Beleuchtung.

Mein Gesicht ist wirklich nicht zu sehen, dafür aber ihres. Wenn hier einer einen Porno-Darsteller-Hintergrund hat, dann wohl sie. Ihr Ausdruck mag gespielt sein, aber wenn sie so im Bett aussieht... Sofort wende ich mich ab und remple gegen Michael, der plötzlich neben mir aufgetaucht ist.

»Pass doch auf wo du hinrennst und mach nicht das ganze Set nass«, zickt er mich von der Seite an, was ich nur mit einem stillen Blick quittiere. Mein Gedächtnis ist ausgezeichnet, wenn es um Gesichter geht. *Deins merke ich mir auf jeden Fall.*

Herrn Cheek gefällt die Szene auf jeden Fall, denn er will keine Wiederholung. Ich auch nicht. Trotzdem sehe ich über die Schulter zu Zara, als hätte ich gespürt, dass sie mich beobachtet. Bei ihrem Starren ertappt, wird sie rot und sieht weg. Sie hat meine Tattoos angestarrt. Unbewusst streiche ich mir über den dunkelroten Koi an meiner Hüfte, bevor ich meine Trainingsjacke schnappe und sie mir überwerfe.

Nach dieser Szene werde ich für einen längeren Zeitraum nicht gebraucht, also gehe ich nach draußen, damit ich mir eine anrauchen kann. In diesen Raucherpausen habe ich die interessantesten Leute kennengelernt. Einer aus dem Technikerteam namens Max kennt sogar den Club, in dem ich das letzte Mal geboxt habe.

Er erklärt mir, dass es einen anderen gibt, wo auf Hundekämpfe gesetzt wird. Diese Art der Unterhaltung kenne ich noch aus den Treffen der Yakuza-Clans, sie waren aber nie sonderlich mein Fall gewesen.

Doch als er anfängt über ein Casino zu sprechen, bin ich ganz Ohr. Casinos haben in den meisten Fällen einen *sichtbaren* Bereich für die moralisch weißen Menschen und einen *unsichtbaren* für so Leute wie mich und die Cosa Nostra. Also fange ich an, ihn darüber auszufragen. Tadashi wäre bestimmt stolz auf mich.

Am Ende des Tages weiß ich, wohin ich noch fahren werde. Zwar meinte meine rechte Hand, ich solle das Set nur im Notfall verlassen, doch schon bald würden wir Kalifornien verlassen und ich hätte keine Möglichkeit mehr Kontakte zu knüpfen, die mir vielleicht das Leben retten könnten.

Sobald ich meine Maschine auf dem Parkplatz entdecke und die Nachricht, dass ein Herr Miyamura sie in meinem Namen hier abgestellt hat, steht mein Abendprogramm fest.

Nachdem die letzte Szene abgedreht ist, schnappe ich meine Sachen und schwinge mich auf mein Bike. Tadashi hat es gut versteckt hinter einem der Anhänger stehen gelassen. Wenn unser hübsches Prinzesschen das Motorrad gesehen hätte, dann hätte auch sie eins und eins zusammenzählen können. Bestimmt würde sie dann ihre Krallen ausfahren. Mehr, als sie es jetzt schon tut.

Mit diesem Gedanken ziehe ich mir grinsend meinen Helm über und lasse das Set hinter mir.

Das Casino lässt sich leicht ausfindig machen und auch der Zugang zu den hinteren Hallen ist schnell gefunden, da mich einer der Männer aus dem Club letztens erkannt hat und anspricht. So macht man sich Freunde.

Der versteckte Teil des Casinos ist voller als man es erwarten würde. Das Stimmengewirr um mich herum ist so laut, dass ich fast meine eigenen Gedanken nicht höre. Es ist eine Mischung aus mindestens zehn verschiedenen Sprachen. Anscheinend habe ich den Untergrund-Hotspot hier entdeckt.

Jetzt musste ich nur noch die richtigen Leute finden.

Auf meiner Muttersprache fluchend stütze ich mich an der Steinmauer neben mir ab und hinterlasse einen blutigen Handabdruck. Mit der anderen Hand drücke ich auf eine blutende Wunde an meiner Schulter, die hätte übel ausgehen können.

Ich habe nicht die richtigen Leute gefunden.

Dank meinen Reflexen und meinem Kampftraining bin ich mit einer Stichverletzung davon gekommen und der andere mit einem gebrochenen Genick.

Ich bin kein Fan davon, jemanden mit den Händen zu töten. Da kommt viel von meiner Mutter durch. Sie war immer die ruhige Stimme und wollte nie ihre Hände schmutzig machen.

Mein Blick wandert zu meinen blutverschmierten Händen. Diesmal ging es nicht anders. Um meine Waffe ziehen zu können, hätte ich wertvolle Sekunden verloren. Und genau diese Sekunden hätten heute meinen Tod bedeuten können. Ich kämpfe mich weiter und blinzle die schwarzen Flecken vor meinen Augen davon. Jetzt nur nicht ohnmächtig werden. Vieles von dem Blut an meiner Kleidung gehört gar nicht mir. Das beruhigt mich.

Damit ich auf meine Maschine steigen kann, muss ich meine Schulter loslassen. Ich unterdrücke einen leisen Schrei, als ich versuche meinen Arm zu heben. Nichts da, dann muss ich eben einhändig fahren. Nichts leichter als das. Ich durfte nur nicht hart bremsen, denn mit einer verletzten Schulter kann ich die Bremse auf der linken Seite nicht drücken.

Der Weg zurück zum Set dauert mit der Geschwindigkeit, die mir möglich ist, eine Ewigkeit. Die Straßen sind verlassen und ich danke allen Gottheiten, die mir bekannt sind dafür, dass mich niemand aufhält. Den ganzen Weg zurück bleibe ich kein einziges Mal stehen.

Ich parke meine Maschine direkt neben meinem Trailer und rutsche ächzend vom Sitz. Sobald ich meine Schulter verbunden habe, würde ich das Motorrad verstecken. Ich kann immer noch nicht riskieren, dass die kleine Prinzessin ausrastet, wenn sie es sieht.

Aber zuerst muss ich es irgendwie schaffen in meinen Trailer zu kommen. Seit wann habe ich denn zwei Türen?

Kurz bevor ich ohnmächtig werde, höre ich wie hinter mir etwas lautstark zu Boden fällt.

Verdammt, irgendwer hat mich gesehen. Vielleicht eine der hübschen Assistentinnen oder Max, denen kann ich charmant erklären was passiert ist. Hoffentlich ist es nicht Herr Cheek persönlich, denn wie soll ich ihm erklären, dass sein Body-Double seinen Body kaputt gemacht hat?

Ein Blick über die Schulter genügt, um zu sehen, dass es sogar schlimmer ist als der Produzent. Zara steht mit weit aufgerissenen Augen hinter mir. Wahrscheinlich hätte sie schon längst zu schreien begonnen, wenn sie sich nicht den Mund zuhalten würde.

Ihr Blick huscht von mir zur Maschine und wieder zurück. Ah, richtig, mein Bike. Jetzt ist es auch schon egal.

Ich erwarte, dass sie mich verflucht, anbrüllt, gegen mein Motorrad tritt oder sonst irgendwie ausrastet. Stattdessen steigt sie über ihre Metallschüssel mit ihren Zahnputzsachen und kommt auf mich zu.

Sie dürfte sich gerade bettfertig gemacht haben, das würde das übergroße Shirt und die kurzen Hosen erklären. Etwas spät Prinzessin, oder?

Ich sollte nicht so vorlaut sein, auch in meinen Gedanken nicht, denn sie könnte mir immer noch eine reinschlagen und diesmal habe ich keinen Helm, der ihre Hand abfängt. Und sie wirkt wirklich kurz davor mir die Hölle heiß zu machen.

Müde schließe ich die Augen, schlimmer als die Prügel und das Messer in meiner Schulter kann sie nicht mehr sein. Ich habe keine Kraft mehr auch nur meinen Arm zu heben, um einen Angriff abzuwehren, selbst wenn er nur von einer kleinen Hauskatze kommt.

Doch der erwartete Angriff bleibt aus. Stattdessen spüre ich ihre zitternden Hände, wie sie an meinem gesunden Arm zerrt.

»Na komm, aufstehen musst du schon selber!«

Gemeinsam schaffen wir mich auf die Füße und durch die Tür meines Trailers. Verwirrt sehe ich sie an, doch sie drückt mich nur auf die Eckbank und beginnt durch die Kästen zu wühlen.

Sie wird nicht rasend, sie hat kein Messer gezückt und ich atme noch. Was passiert hier?

»Bist du nicht wütend? Ich hatte erwartet, dass du dich freuen würdest mich in dieser Verfassung zu sehen und mir vielleicht noch zusätzlich eine reinschlagen würdest, wo ich schon einmal am Boden liege«, kommt es müde aus meinem

Mund.

Ich kann es nicht lassen und muss sie aufziehen, doch sie wirkt so beschäftigt, dass sie mich nicht eines Blickes würdigt. Eine Antwort bekomme ich trotzdem, wenn auch zwischen den Zähnen hervorgepresst: »Bist du verrückt? Warum sollte ich mich freuen dich blutüberströmt auf unserem Set zu finden? Halt einfach die Klappe und lass mich nach dem blöden Erste-Hilfe-Kasten suchen.«

Erste-Hilfe? Will sie mich etwa verarzten?

Mit einem gequälten Stöhnen rolle ich den Kopf in den Nacken und schließe die Augen. Die kleine Wildkatze ist keine Gefahr, zumindest im Moment nicht.

Und ich sollte die Klappe halten und sie nicht weiter reizen. Und trotzdem kann ich nicht anders.

»Und mein Motorrad? Ich bin mir sicher du hast es wiedererkannt.«

Kurz stoppt sie in ihrer Suche, bevor sie einen weißen Koffer hervorzieht und ihn mir auf den Schoß wirft. Er tut nicht weh, aber ich rechne nicht damit und zucke überrascht zusammen. »Vorsicht, Kätzchen.«

»Oder was?«, entgegnet sie mir mit der selben Entschlossenheit wie auf dem Parkplatz. »Willst du jetzt, dass ich dich verarzte oder möchtest du hier elendig verbluten?«

Als Antwort deute ich ihr nur vage in die Richtung meiner Schulter und lasse meinen Blick auf ihr ruhen. Damit sie mich gut verarzten kann muss sie entweder nach vorne gebeugt stehen oder-

Ohne auch nur einen Augenblick darüber nachzudenken, öffnet sie den Koffer und setzt sich dazu auf meine Knie. Das

Medizinzeug zwischen uns riecht steril und erinnert mich an ein Krankenhaus.

Mit einem Tupfer und etwas destilliertem Alkohol beginnt sie das Blut wegzutupfen. Ich möchte ihr gerne sagen, dass sie zuerst meine Jacke und mein Hemd ausziehen muss, damit sie gut zu meiner Wunde kommt, aber stattdessen beobachte ich das Spiel in ihren Augen. Ihr Ausdruck wechselt von Wut, zu Unsicherheit und wieder zurück zu Wut.

Es ist absolut still in meinem Trailer und ich erlaube mir nur flach zu atmen. Der Alkohol sticht etwas, aber nichts im Vergleich zu der Schlägerei und der Stichwunde.

»Warum hast du mir nicht gesagt, dass du der Typ auf dem Motorrad warst? Oder der komische Fremde damals im Café?«, fragt sie mich, ohne von der Wunde aufzusehen.

»Das beschäftigt dich gerade?«, entgegne ich überrascht.

»Beantworte einfach meine Frage!«, zischt sie zurück und drückt mir absichtlich den Tupfer fester auf die Wunde. Ich beiße mir auf die Innenseite meiner Wange, damit ich kein Geräusch mache. Ich bin in meiner Vergangenheit schon gefoltert worden, ich kann still sein, wenn die Situation es von mir verlangt.

Erst jetzt erlaube ich mir woanders hinzuschauen und richte meinen Blick auf die graue Decke des Trailers.

»Ist es denn wichtig? Im Café hatte ich keine Ahnung wer du bist und auf dem Parkplatz wollte ich einfach nett sein.« Nicht ganz die Wahrheit, aber mehr gibt es heute Nacht nicht. Ich bin müde und langsam wird es heiß in meiner Jacke.

»Zieh mich aus.«

»Was?« Entgeistert stoppt die Schwarzhaarige in ihrer Bewegung und starrt mich an.

»Du sollst mir die Jacke ausziehen. Und am besten das Hemd auch gleich, dann kommst du leichter an die Wunde heran.«

Wohin waren denn ihre dreckigen Gedanken gewandert? Ihrer Wangenfarbe nach zu urteilen in eine ganz andere Richtung. Ich grinse.

»Was, möchtest du denn, dass wir uns beide ausziehen? Hat dir die Szene in der Dusche nicht gereicht?«

Ich keuche schmerzverzerrt auf, als sie mir gegen die Schulter boxt und natürlich ist es die verletzte. Selber schuld, was muss ich auch so vorlaut sein. Aber ihr Gesichtsausdruck war es auf jeden Fall wert.

»Kannst du nicht einfach mal still sein?«, zischt sie, hilft mir dann aber artig aus meiner Lederjacke. Um die tut es mir wirklich leid, sie war ein Geschenk meines Vaters gewesen. Wir beide mögen nicht das beste Verhältnis zueinander haben, aber Geschenke meiner Eltern haben doch einen Stellenwert für mich, den ich nicht so einfach ignorieren kann.

Nachdem beide Kleidungsstücke verschwunden sind, beobachte ich die junge Frau auf meinem Schoß, wie sie interessiert meinen Oberkörper mustert. Ihre Finger streichen über einen chinesischen Löwen, entlang meiner Rippen. Ihre Berührungen lösen eine Gänsehaut aus und sofort packe ich mit der gesunden Hand nach ihren Fingern.

»Starrst du nur oder willst du mir wirklich helfen, Prinzessin?«

Ich erschrecke sie genug, sodass der Tupfer zu Boden fällt. Ihr Blick landet auf meiner Schulter und ihre hübsch geschwungenen Augenbrauen ziehen sich zusammen.

»Wer hat dir das angetan?«

In ihrer Stimme liegt keine Sorge oder Trauer, warum auch, aber etwas anderes, etwas dunkleres. Als wäre das nicht die erste offene Wunde, die sie sieht und ihrer ruhigen Reaktion nach zu urteilen ist sie das auch nicht.

ZARA

Wer oder was könnte einen Mann wie Ryu so verletzt haben? Dieser Kerl ist wie ein Rottweiler und könnte es bestimmt mit jedem aufnehmen. Außerdem sieht die Wunde an seiner Schulter aus wie eine Stichverletzung durch einen spitzen Gegenstand, ein Messer vielleicht?

Wo um Gottes Willen sollte er in eine Messerstecherei geraten sein? San Francisco mag nicht der sicherste Ort auf der Welt sein, aber wir sind nicht in einem Gangster-Hollywood-Streifen. Wenn so etwas in der Bronx passiert oder damals in Whitechapel würde mich das nicht wundern, aber hier?

Früher habe ich Anna und mich oft verarztet, wenn wir an eine Gruppe Jungs geraten waren, die mit der falschen Seite des Gesetzes Streit gesucht haben. Kollateralschaden hat man uns früher genannt. Deshalb kann ich auch ohne, dass mir schlecht wird, Ryus Wunde reinigen.

Ich wollte absichtlich nicht, dass er sich das Shirt auszieht, auch wenn ich natürlich weiß, dass es so besser und einfacher ist die Wunde zu versorgen. Aber ich kenne mich und ich weiß auch, dass ich auf seinen Körper starren würde. Und genau das ist passiert.

Sein ganzer Oberkörper ist über und über mit Tattoos bedeckt. Schwarze Linien und bunte Formen, die sich um Muskeln und Körperteile winden.

Seine Stimme lässt mich hochschrecken und ich höre auf zu starren. Gott, ist das peinlich.

Bilde dir bloß nichts darauf ein!, möchte ich sagen. Stattdessen fällt mir die Frage automatisch von den Lippen.

»Wer hat dir das angetan?«

Sein Blick wirkt überrascht und für einen Augenblick ist in seinen Augen eine andere Emotion als Arroganz zu finden, doch genauso schnell wie sie gekommen ist, verschwindet sie auch wieder.

»Was wurde denn daraus, dass wir abseits vom Set nichts füreinander sind, Prinzesschen?«, höre ich ihn fragen. Er hat recht, es sollte mir egal sein.

Und doch ist diese Situation hier so vertraut. Der metallene Geruch nach Blut, die starke Fassade, weil man seinem Gegenüber nicht vertraut. Wie oft haben ich und Anna als wir jung waren einander und manchmal auch anderen geholfen, die in ähnlichen Situationen waren.

Vielleicht entkommt mir wegen dem Gefühl des Bekannten ein Seufzen und meine aufgezogenen Wände beginnen zu brechen. Zumindest ein bisschen.

Hier in diesem spärlich beleuchteten Trailer erlaube ich ihm einen kurzen Blick auf die Zara hinter der Maske. Auf das Mädchen, das solche Stichverletzungen schon einmal gesehen hat. Das Mädchen, das weiß, wie gefährlich so etwas sein kann und wie verletzlich man sich dadurch fühlt.

»Sind wir auch nicht, aber es würde dir nicht schaden etwas ehrlicher zu mir zu sein. Außerdem muss ich wissen, ob die Verletzung so schlimm ist, dass ich Herrn Cheek bescheid geben muss.« Seine geweiteten Augen sind mir Antwort genug und ich grinse ihn selbstgefällig an.

»Keine Sorge, Großer, dein Geheimnis ist bei mir sicher. Zumindest dieses eine. Und jetzt lass mich dir die Schulter verbinden.« Es ist zu spät jetzt noch einen Streit anzufangen. Ich bin müde und er hat eine offene Wunde. Vielleicht würde man sie nähen müssen, aber vorerst muss ein Verband ausreichen.

Ich steige von seinen Knien und stelle den weißen Koffer neben uns ins Waschbecken, mehr Platz bietet der Trailer nicht.

Sein Blick liegt auf mir und für einen Moment erwarte ich, dass er sich nicht bewegt. Doch dann drückt er sich mit der gesunden Schulter hoch.

»Du willst doch sicher etwas für dein Schweigen, oder?«, fragt er mich während er seine Finger flext, wahrscheinlich um deren Feinmotorik zu testen.

Ob ich etwas will? Morgen würde unser Produzent ihm sowieso über die Zehen fahren, wie er so unvorsichtig sein konnte. Und ich würde abstreiten jemals in seinem Trailer gewesen zu sein. Aber vielleicht kann ich trotzdem etwas für mich herausschlagen.

»Bist du Pornodarsteller?«, kommt es mir ohne nachzudenken über die Lippen.

Ich hätte alles fragen können. Warum er mich im Café angesprochen hat. Oder woher er wusste, dass ich diejenige war, die auf dem Parkplatz mit Dominik gerangelt hatte.

Ryu sieht mich verständnislos an und sein Mund klappt einmal auf und wieder zu.

»Ist das dein Ernst?«, fragt er mich und für einen Moment

will ich ihm sagen, dass ich nur Spaß gemacht habe und nichts von ihm will. Aber ich möchte zumindest wissen, ob ich mich wirklich an den Körper eines Pornodarstellers gedrängt habe. Außerdem gibt es mir ein Gefühl der Genugtuung diesen Blödmann so aus der Fassung zu bringen.

Aber es kommt keine Antwort und je länger ich hier im Dunklen stehe, desto dümmer fühle ich mich für meine absurde Frage. Ich kann spüren, wie meine Wangen heiß werden.

»Vergiss es einfach«, fauche ich und schnappe mir eine der Verbandsrollen. »Und jetzt beweg dich nicht«, ordne ich an und tauche unter seinem gesunden Arm durch, damit ich ihm den Verband besser umlegen kann.

Eine Weile ist nichts zu hören außer unser Atem. Ich konzentriere mich voll auf mein Tun und schrecke erst hoch als seine tiefe Stimme durch die Dunkelheit zu mir durchdringt.

»Nein, ich bin kein Pornodarsteller. Ich möchte trotzdem nicht in diesem Film erkannt werden. Immerhin spiele ich das Body-Double für deinen Freund. Ich möchte diesem ja nicht das Rampenlicht an deiner Seite nehmen.«

Ich kann sein süffisantes Grinsen hören ohne es sehen zu müssen. Mit einem Augenrollen greife ich um seine Schulter herum, um den Verband zu fixieren.

»Michael ist nicht mein Freund. Er ist mein Schauspielkollege und das reicht mir auch«, gebe ich ihm als Antwort und zerre etwas härter als notwendig an dem Verband, doch der großen Japaner vor mir bewegt sich trotzdem kein Stück.

»Ich habe um ein Body-Double gebeten, weil ich nicht möchte, dass Michael sich falsche Hoffnungen macht«, erkläre ich ihm. Warum bin ich so ehrlich? Vielleicht weil Ryus Art mich so sehr provoziert, dass ich nicht anders kann, als mich zu rechtfertigen.

»Er versucht seit dem ersten Tag bei mir zu landen und ich trenne Privates von Beruflichem. Das scheint ihr Männer irgendwie nicht verstehen zu wollen«, fauche ich und befestige die kleinen Häkchen ohne viel Liebe, damit der provisorische Verband nicht aufgeht.

»Ich würde mir die Wunde trotzdem von einem Profi ansehen lassen. Je schneller du sie versorgst, desto weniger Ärger wirst du vom Produzenten bekommen«, sage ich so beiläufig wie ich kann, während ich die sauberen Sachen zurück in den Koffer räume und ihn zurück in den Schrank stopfe, aus dem ich ihn gezerrt habe. Das Blut wasche ich mir in der kleinen Abwasch von den Fingern.

»Danke für deine Hilfe«, höre ich ihn sagen, bevor er sich zurück auf die Eckbank sinken lässt. Kurz erwarte ich, dass er noch etwas sagt, aber mit geschlossenen Augen sitzt er einfach so da.

Es muss in der Zwischenzeit schon weit nach Mitternacht sein. Trotzdem lasse ich mir beim Hände waschen Zeit und lasse meine Augen über die bunten Formen und Muster an seinen Armen wandern.

»Willst du meine Wasserrechnung nach oben treiben oder möchtest du ein Foto machen, das hält länger?«, sagt der Mistkerl grinsend, ohne auch nur ein Auge zu öffnen und ich würde ihn am liebsten umbringen.

Wütend drehe ich den Hahn zu und mache, dass ich davon komme, ohne dem Bastard auch nur einen einzigen, weiteren Blick zu schenken. So ein Idiot.

Schon bald wären seine Tätowierungen auf Film zu sehen, wozu sollte ich von ihnen ein Foto machen.

Ich werde ihn wahrscheinlich die komplette Drehzeit weiterhin anstarren, ob ich wollte oder nicht. Irgendwie kann ich nicht anders. Die Formen und Muster sind wie eine Geschichte, ein Rätsel, das sich in meine Netzhaut gebrannt hat.

Auf mich selbst wütend schüttle ich den Kopf und wende mich von der kleinen Abwasch ab. So leise wie ich kann, ziehe ich die Trailertüre auf und schließe sie hinter mir. Ich nehme einen tiefen Atemzug kalter Nachtluft, um meine Gedanken freizubekommen, bevor ich mich beeile und zu meinem eigenen Trailer zurücklaufe.

Dort werfe ich mich auf die harte Matratze und starre die graue Decke meines Trailers an.

Diese Nacht hat mir so einiges über den fremden Mann aus Japan gezeigt. Ryu war der Mann aus dem Café und der Mann vom Parkplatz. Er war irgendwo verletzt worden. Doch seine ganze Art gibt mir zu verstehen, dass er weder die Polizei noch die Rettung involvieren will. Ich kenne diese Art Menschen, die lieber verbluten würden, als sich mit dem Gesetz auseinander zu setzen.

Ryu sieht für mich aus, wie jemand, der nicht auf der guten Seite spielt, aber Herr Cheek würde keinen Verbrecher aufs Set lassen. Ich kenne die Einzelheiten ihres Vertrages nicht, außer, dass der Schwarzhaarige sein Gesicht nicht zeigen möchte. Und das ist für Stunt-Doubles keine Seltenheit. Viele von ihnen sind keine Schauspieler und haben ihre eigenen Leben. Sie begeben sich für uns Hauptdarsteller in Gefahr, nur damit sie im Abspann erwähnt werden.

Wer auch immer Ryu ist, das Mädchen aus Whitechapel scheint mehr mit ihm gemein zu haben als die Schauspielerin Zara Fletcher.

ZARA

»Hat es dir denn nicht gefallen? Ich dachte, ich hätte dir die Zeit deines Lebens beschert.«

Woher kommt diese Stimme? Ich kenne sie. Es dauert einen Moment bis sich aus der Dunkelheit eine Silhouette löst. Die Hände, die mich berühren, sind groß und warm. Sie jagen mir einen Schauer über den Rücken.

»Bekomme ich nicht einmal ein Dankeschön? Taten sprechen bekanntlich mehr als Worte.«

Langsam beginnt die Stimme einer Person zu gehören. Gesichtszüge formen sich und je klarer das Bild wird, desto verwirrter werde ich.

Die Hände und fortlaufend auch die dazugehörigen Arme sind mit Tattoos bedeckt. Eine dieser Hände nimmt mich am Kinn und zwingt mich in dunkle Augen zu blicken.

Kann ich dir ins Gesicht schlagen?, möchte ich fragen. Stattdessen drückt mir der Fremde im Traum den Daumen zwischen die Lippen und gegen meine Zunge. Selbst, wenn ich mich gegen mein Unterbewusstsein wehre, es zeigt mir nur ein einziges Gesicht. Die feinen Gesichtszüge und schwarzen Haare des Mannes, den ich nur Stunden zuvor in seinem eigenen Trailer verarztet habe.

Na toll, jetzt verfolgt dieser Bastard mich schon in meine Träume.

Seine Hände sind überall. Es beginnt kaum spürbar, ein Hauch an meinem Hals, fast wie ein Windstoß. Doch das Gefühl kommt intensiv, so viel mehr als bloß eine Berührung.

Mein Atem beschleunigt sich, meine Haut prickelt, als ob jede Faser meines Körpers sich nach dieser Berührung sehnen würde. Die Ringe an den imaginären Fingern sind kalt gegen meine Haut und lassen meine kleinen Härchen sich aufstellen. Noch im Traum presse ich meine Augen zusammen.

Dann spüre ich es wieder, diesmal deutlicher. Unsichtbare Finger, die meine Haut entlanggleiten, über meine Schultern, hinunter zu meinen Armen, über meinen Bauch. Jede Berührung ist weich und doch fordernd, zieht mich tiefer in das Gefühl, als würde ich von allen Seiten umschlossen werden. Als würde ein Sog mich unter Wasser ziehen.

Ein leises Seufzen entweicht mir, als die Berührungen intensiver werden und mich überall treffen, wie Wellen, die über meinen Körper rollen. Der kleine Teil meines Bewusstseins, der sich dem herrlichen Gefühl noch nicht ganz hingegeben hat, wundert sich, ob dieser Traum wohl lange genug anhalten wird. Hier in meiner Fantasie kann ich diese Gefühle zulassen.

Ich kann die kleine Flamme spüren, die sich unter meinem Nabel bereits beginnt auszubreiten. Es ist, als wären unzählige Hände da, jede einzelne wissend, wohin sie greifen muss, um mich tiefer in dieses süße Chaos aus Verlangen zu ziehen. Ich kann ihre Richtung nicht bestimmen, kann nicht sehen, woher diese zärtlichen Angriffe kommen, aber das macht es nur noch erregender.

Meine Hände greifen unbewusst nach den Laken, als die unsichtbaren Berührungen über meine Brüste fahren. Ein leichtes Streicheln, das meine Nervenenden in Flammen setzt. Die kleinen Wölbungen unter meinem Schlafshirt beginnen sich abzuzeichnen.

Meine Beine zucken, ein verzweifelter Versuch, sich dem Gefühl hinzugeben, das sich zwischen meinen Schenkeln sammelt, heiß und pochend. Doch je mehr ich versuche, es zu greifen, desto mehr entgleitet es mir.

Ich weiß, dass ich mich zwingen sollte aufzuwachen. Dass es nicht richtig ist so eine Art Traum von dem Mann zu haben, der verwundet im nächsten Trailer liegt. Aber ich habe diese Art Traum nicht heraufbeschworen. Das Gespräch und seine warme Stimme in der Dunkelheit seines Trailers mussten mir unter die Haut gegangen sein.

Das schwarze Haar streicht meine Wange als ich so etwas wie einen Kuss unter meinem linken Ohr spüre. Es ist, als würde das Verlangen mich überrollen. Mein Atem beginnt schwerer zu werden und meine Brust hebt und senkt sich in einem schnellen Rhythmus.

Schneller, als sich die Berührungen tiefer in meine Haut bohren, bis ich nicht mehr weiß, wo mein Körper aufhört und das Gefühl beginnt.

Ich werde überall berührt, jede Stelle meines Körpers erfasst, doch niemals genug, um das Feuer vollständig zu löschen. Als würde der Schatten in meinem Traum nur mit mir spielen. Selbst mein Unterbewusstsein weiß, dass Ryu ein selbstverliebtes Arschloch ist.

Und trotzdem spüre ich seine Hände, die Ringe und seinen

warmen Atem viel zu deutlich auf meiner Haut. Das hier ist nicht für eine Kamera, nicht gespielt. In diesem Traum kann ich die Ehrlichkeit meines Körpers zulassen. Ein lautloser Schrei formt sich auf meinen Lippen, als die Berührungen intensiver werden, jede Welle ein kleiner elektrischer Schlag, der meine Sinne überwältigt.

Ich bin eingehüllt, umgeben von einem Sturm aus reiner Lust, unfähig zu entkommen und doch nicht bereit, loszulassen. Gerade als ich glaube, den Höhepunkt zu erreichen, sich gänzlich in dem Gefühl zu verlieren, gleitet es mir durch die Finger, wortwörtlich.

Die Berührungen verblassen, verschwinden in der Dämmerung des Traums, lassen nur noch das flüchtige Prickeln auf meiner Haut zurück und die unerfüllte Sehnsucht, die sich tief in mir ausbreitet.

Mit einem leisen, verwirrten Keuchen wache ich auf. Mein Körper ist angespannt und meine Atmung geht schwer und unregelmäßig. Es dauert einen Moment bis ich klar sehen kann und die Phantomhände verschwunden sind.

Es ist ganz ruhig in meinem Trailer und außer meinem rasenden Herzschlag ist nichts zu hören. Meine Ohren rauschen und es braucht noch einen weiteren Moment, bis ich registriert habe, was gerade passiert ist.

Ich habe einen Sextraum von Ryu gehabt. Das Gesicht mag mir nicht genau in Erinnerung geblieben sein, aber die Hände und die Stimme gleiten immer noch über meine Haut.

Also liege ich still da und lausche in die Dunkelheit. Hoffentlich war ich nicht zu laut. Wenn Ryu oder jemand anders etwas mitbekommen hätte, würde ich im Boden versinken.

Ich müsste meinen Namen ändern, schon wieder, und erneut das Land verlassen. Aber die Nacht ist leise, sanftes Licht fällt durch mein geöffnetes Dachfenster in den Trailer, die Sonne wird bald aufgehen.

Langsam beginnt sich mein Herzschlag zu normalisieren. Vielleicht würde das Brennen zwischen meinen Schenkeln aufhören, aber die Hitze und das prickelnde Gefühl bleiben, als wäre der Traum noch nicht vorüber.

Meine rechte Hand bahnt sich ihren Weg unter die Decke zwischen meine Beine. Unter meinen Fingerspitzen spüre ich eine feuchte Hitze. Noch nie zuvor bin ich so nah an einem Orgasmus gewesen, dass ich ihn auf der Zunge schmecken kann. Und ich würde niemals zugeben, dass der Gedanke an Ryus Hände mich so weit getrieben hat. Aber vielleicht kann ich mir noch eine Minute länger die Illusion erlauben, während ich meinen Mittelfinger zwischen meine warmen Lippen gleiten lasse.

In genau diesem Moment höre ich vor meiner Tür die ersten Stimmen und Geräusche des Tages. Als hätte man mir einen Eimer eiskaltes Wasser über den Kopf geleert, reiße ich meine Hand unter der Decke hervor und springe aus dem Bett. Das hat man davon, wenn man sich einen Augenblick der Schwäche erlaubt.

Meine Oberschenkel zittern leicht als ich mich notdürftig wasche und mir meine lockeren Sachen für den Tag anziehe. Das könnte heute noch interessant werden. Am besten ich ignoriere Ryu so gut ich kann, dann komme ich nicht in Versuchung ihn zu seiner Wunde auszufragen und er kann mich nicht an die Schatten der letzten Nacht erinnern, die noch zu deutlich über meine Haut wandern.

RYU

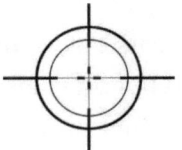

Zaras Abgang bekomme ich gerade noch so mit, bevor ich das Bewusstsein verliere. Als ich das nächste Mal aufwache ist es stockdunkel und mein Nacken sticht.

Grunzend richte ich mich auf und rolle den Kopf etwas hin und her, um die Verspannung zu lockern. Wie lang war ich denn weggetreten? Meine Schulter pocht immer noch, aber durch den stützenden Verband sind die Schmerzen erträglich.

Etwas mühsam komme ich auf die Beine. Bis zum Morgen sind es sicher noch ein paar Stunden. Außerdem kann ich bestimmt etwas länger schlafen als der Rest. Für meine Szenen würde man mich bestimmt holen kommen.

Gerade will ich mich in mein Bett legen als ich ein sehnsüchtiges Stöhnen höre. Vielleicht habe ich mir das Geräusch nur eingebildet, doch da ist es erneut, leiser diesmal.

Die Stimme ist weiblich und auf dem Trailerpark stehen nur fünf Wägen. Somit ist es nur allzu deutlich wem diese sinnliche Stimme gehört und ich muss sagen, sie passt hervorragend zu dem Gesicht, das vor meinem inneren Auge auftaucht.

Meine Gedanken wandern zurück zu der Filmszene in der Dusche. Das Gesicht mochte gespielt gewesen sein, aber die Laute, die ich gerade höre, passen zu gut zu diesem Bild.

Ich kann spüren, wie ich hart werde. Fuck.

Zara ist absolut nicht mein Typ. Dunkle Haare und eine dünne Statur, keine Brüste und ein ebenso flacher Arsch. Zu viele Frauen in Japan passen auf diese Beschreibung. Ich brauche etwas anderes, groß, blond und etwas zum Anfassen.

Meine Augen fallen wie von selbst zu als ich eine meiner Hände in meine Hose schiebe. Als Linkshänder ist es mit rechts etwas ungewohnt, aber ich würde meine verletzte Schulter bestimmt nicht bewegen, nur damit ich mir einen runterholen kann.

Vor meinem inneren Auge spielt sich die Duschszene erneut ab, diesmal aber ohne Kameras. Nur sie und ich.

Ich erinnere mich daran, wie sie sich unter meinen Händen angefühlt hat. Ihre Haut war weich und warm gewesen. Zara mochte keine Rundungen haben, aber ich erinnere mich an ihre Taille, wie meine Hand der Wölbung ihrer Hüfte gefolgt war. Kurven hatte die junge Frau, das muss man ihr lassen.

Und anscheinend reicht das meinem erschöpften Gehirn, denn ein warmer Schauer läuft mir über den Rücken, als ich mir vorstelle, wie sie sich an mir reibt.

Wie sie ihren Rücken durchdrückt und sich ihre kleinen Brüste unter dem kalten Wasser anspannen. Wie ihre Nippel hart werden und verdammt ich will in sie hineinbeißen. Stattdessen beiße ich mir auf die Unterlippe und bewege meine Hand etwas schneller.

Schon lächerlich, dass ich mir gerade zu dieser Frau einen runterhole. Wie lange ist es wohl her, dass ich es so nötig gehabt habe? Vielleicht brauche ich einfach wieder jemanden im Bett. Mein Gehirn muss sich wohl an die erstbeste Frau klammern, mit der ich die vergangenen Wochen zu tun hatte.

Frustriert drücke ich meinen Daumen in die weiche Haut unter der Eichel. Der Schmerz zieht kurz aber er blended auch alles andere aus. In meiner Fantasie gibt es mich und sie. Dieses Geheimnis kann ich wohl mit mir selbst ausmachen.

In meinen Gedanken reiben meine Fingerspitzen über ihre kleinen Brustwarzen, ich höre sie meinen Namen stöhnen. Aber erst als ich dieses herausfordernde Lächeln auf ihrem Gesicht sehe, komme ich. Hart.

Diese Nacht gehört zu den miesesten, die ich seit meiner Ankunft in Amerika gehabt habe. Nicht nur, dass ich mich dazu herabgelassen habe, mir zu dieser verzogenen Schauspielerin einen runter zu holen. Nein, ich habe auch überlegt ihrem Rat zu folgen und einen Arzt wegen meiner Schulter zu kontaktieren.

Ein Glück ist noch etwas von meinem Mafia-Hirn übrig und ich habe stattdessen Tadashi angerufen.

Draußen vor meinem Trailer beginnt bereits der neue Drehtag, aber ich muss zuerst mit meiner rechten Hand reden. Und zwar nicht mit der Hand, die letzte Nacht noch in meiner Hose war. Sondern mit dem Mann, der mich für die Stichverletzung an meiner Schulter, wahrscheinlich selbst zum Teufel jagen wird.

»Gut von Ihnen zu hören, Oyabun«, begrüßt er mich höflich.

Wir kennen uns seit Jahren, aber er bleibt bei ernsten Angelegenheiten bei den förmlichen Anreden, damit klar bleibt, wer der Sohn eines Yakuza und wer mein Shingin ist. Vielleicht ahnt er schon, dass ich mit ihm über etwas Seriöses reden muss.

»Tadashi, ich muss dir etwas beichten.«

Im Moment klinge ich wie ein Kind, das seinem Vater etwas gestehen muss. Bevor er mich unterbrechen kann fahre ich fort: »Ich war gestern in einem Casino, als letzte Möglichkeit Kontakte zu knüpfen. Anscheinend bin ich zu direkt vorgegangen. Ein Mann dort gehörte wohl zur mexikanischen Mafia und war weniger begeistert von meinem plötzlichen Erscheinen. Es ist nichts passiert, ich konnte ihn ohne Probleme töten. Ich habe dabei nur meine Schulter verletzt. Könntest du jemanden vorbeischicken, der sich das ansieht?«

Tadashi hat überall Verbündete. Bestimmt kennt er einen Arzt abseits des Gesetzes, den er mir auf das Set schicken kann. Es würde mir auch eine Adresse reichen, ich kann selbst dorthin fahren. Ich bin gestern auch mit nur einer Hand heil hier angekommen.

Eine lange Weile ist es still am anderen Ende und für einen Moment überlege ich, ob die Verbindung abgebrochen ist, da höre ich seine monotone Stimme: »Ich befürworte ja Ihre Versuche ein neues Netz aufzubauen, aber darf ich Sie daran erinnern, dass Sie immer noch auf der Flucht sind? Ein falscher Schritt und Sie könnten zurück in die Hände Ihres Vaters fallen. Und Sie wissen, dass der Tod schöner wäre, als das.«

Er braucht mich nicht daran erinnern. Wenn mein Vater mich in die Finger bekommt, dann ist eine Stichverletzung ein schöner Spaziergang im Park dagegen.

Ich kämpfe gegen den kalten Schweiß an, der droht auszubrechen.

»Verstanden.« Ich möchte ihn noch einmal an einen Arzt erinnern, als Tadashis Stimme wieder ernster wird.

»Aber gut, dass Sie mich angerufen haben. Es gibt da etwas, worüber ich mit Ihnen reden muss.«

Sofort ändert sich meine Stimmung und meine komplette Aufmerksamkeit gilt dem Mann am anderen Ende der Leitung. Als meine Augen und Ohren weiß Tadashi besser über die Lage bescheid und würde mir nie unnötig Informationen weitergeben.

»Ich habe einen Brief gefunden. Er wurde vor der Tür unseres gemieteten Apartments abgelegt.«

Sofort beschleunigt sich mein Puls. Tadashi hatte unser Apartment unter falschem Namen bezogen. Der Name, unter dem er in Amerika ein Visum ausgestellt bekommen hatte. Ich war für die Behörden immer noch unsichtbar. Alles lief über meine rechte Hand, mich gibt es nicht.

Aber warum sollte jemand an Tadashi einen Brief schreiben? Meine nächste Frage hätte ich mir sparen können.

»War auf dem Brief ein Absender?« Das Schweigen meines alten Freundes war Antwort genug.

»Sie sollten von nun an das Set nicht mehr verlassen«, rät mir Tadashi, aber ich bin noch nicht fertig mit dem Thema.

»Ich schätze es sehr, dass du mich beschützen möchtest, Tadashi, aber ich muss wissen, von wem der Brief ist. Ist er von meinem Vater? Sag mir sofort, was drinnen steht.«

Ich befehle Tadashi für gewöhnlich nichts. Unsere Verbindung braucht keine Gewalt oder Angst, damit er tut was ich möchte. Außerdem weiß er selbst oft besser was zu tun ist. Irgendetwas stimmt hier nicht.

Es dauert einen Moment, bis ich Tadashis Stimme erneut höre. Er klingt erschöpft und wirkt so, als würde er mir nur ungern den Inhalt des Briefes preisgeben.

»Es steht lediglich ein Kanji auf dem Stück Papier.« Als mir mein Shingin das Wort vorließt, verliere ich kurz den Boden unter den Füßen und muss mich an der Abwasch in meinem kleinen Trailer festhalten.

Kui - Reue. Du wirst bereuen.

»Also ist der Brief von meinem Vater?«, frage ich sicherheitshalber nach.

»Ich weiß es nicht«, kommt Tadashis ehrliche Antwort. »Außerdem war noch etwas in dem Umschlag.«

Meine Gedanken kreisen immer noch darum, wer diesen Brief geschickt haben könnte. Vielleicht einer der Männer auf meiner Liste? Tadashi kennt meine Liste. Er weiß allerdings nicht genau, weshalb ich genau diese drei Namen in mein Gedächtnis gebrannt habe.

Der Grund dafür liegt weiter zurück, als wir einander kennen. Und nach dem Vorfall wurde er totgeschwiegen.

»Ein Foto«, beendet mein Shingin seinen Satz und reißt mich aus meinen Gedanken.

»Ein Foto?«, frage ich dumm nach. Von mir? Ich habe seit wir in Amerika gelandet sind immer darauf geachtet, dass ich nicht erkannt werde. Sonnenbrillen, mein Motorradhelm, die einzigen Orte, an denen ich mich ohne sie herumbewegt habe, waren das Filmset, der Fight-Club und das Casino.

»Wer sollte ein Foto von mir aufgenommen haben?«, frage

ich immer noch verwirrt.

»Das kann ich Ihnen leider nicht sagen, Oyabun.«

Wenn Tadashi etwas nicht weiß, muss es jemand gewesen sein, der genauso unsichtbar ist, wie ich.

»Das Foto zeigt Sie auf Ihrer Maschine. Trotz Helm scheint der Fotograf Sie erkannt zu haben. Nur zur Sicherheit würde ich Ihre Maschine noch hier in San Francisco zerstören lassen. Das bricht ihre Verbindung und hält auch den Fotografen davon ab Sie wiederzufinden. Ich werde mein Bestes geben herauszufinden, wer der mysteriöse Fotograf ist, machen Sie sich keine Sorgen.«

Tadashis Worte beruhigen mich, aber um das Motorrad tut es mir tatsächlich etwas leid. Wenn mein ältester Freund sagt, es ist besser so, werde ich seinem Rat folgen. Ich erlaube mir einen letzten Blick auf mein Bike, das unter einem Baum steht. Das Rot leuchtet in der Sonne und kurz sticht es mir im Herzen dieses schöne Stück hergeben zu müssen.

Mein Blick wird von einer Figur eingefangen, die sich von der anderen Seite des Trailers nähert. Sofort kribbeln meine Finger als ich Zara auf mich zukommen sehe. Verflucht, die letzte Nacht hat wohl ein bisschen was in mir wachgerufen, oder besser an mir. Ich sollte mir so schnell wie möglich jemanden ins Bett holen, der keine Schauspielerin ist. Außerdem bin ich mir sicher, dass die Schwarzhaarige mir wohl eher den Schwanz abbeißen würde, als mir zu helfen.

Zara ist immer noch nicht mein Typ. Aber ich bin doch auch nur ein Mann. Ohne Sex wirkt jede Frau irgendwann interessant.

Also verabschiede ich mich von Tadashi mit dem Versprechen vorsichtiger zu sein. Es sind keine leeren Worte, so etwas würde ich ihm gegenüber nicht wagen. Wir Yakuza zeigen Mitgliedern des Clans denselben Respekt, den wir erhalten wollen.

Noch bevor die Schwarzhaarige an meine Trailertür klopfen kann, öffne ich sie ihr mit einem leichten Grinsen. Sofort fällt ihr Blick auf meine eingebundene Schulter und dann tiefer auf meine Brust und meinen Bauch. Tattoos sind wohl wirklich ihr Ding.

»Bist du doch zurückgekommen, damit du ein Foto machen kannst?« Ich kann nicht anders als sie aufzuziehen. Sofort wirkt sie wieder wie eine fauchende Katze.

»Halt doch die Klappe! Du willst genauso wenig, dass wir über die letzte Nacht reden. Oder soll ich Herrn Cheek doch erzählen, wie deine Wunde unter diesem Verband aussieht?«

Kurz entgleisen mir meine Gesichtszüge.

»Du kleine-« Weiter komme ich nicht, denn meine Hand legt sich um ihren Hals, bereit zuzudrücken, bevor ich mich wieder besinne. Sie ist keine Gefahr, lediglich eine Schauspielerin, die zu sehr mit dem Feuer spielt.

Sofort lasse ich sie wieder los. Verstört tritt sie einen Schritt zurück und fasst sich mit weit aufgerissenen Augen an den Hals. Scheiße.

»Zara, hör mal-«

»Du sollst dich anziehen und dann zum Setplatz D kommen, wir drehen die letzte Szene für heute.« Ohne ein weiteres Wort dreht sie sich um und läuft beinahe vor mir davon.

Ich lasse den Kopf nach vorne fallen und beiße die Zähne zusammen. Noch etwas über drei Monate. Ich würde das durchhalten. Zara muss mich dafür nicht mögen. Solange sie nicht herausfindet, wer ich wirklich bin. Denn das würde nicht nur mich, sondern auch sie in große Gefahr bringen.

ZARA

Als Ryu auf dem Set erscheint trägt er bereits Jogginghosen und seine Trainingsjacke. Heute wird die letzte »normale« Sex-szene gedreht. Alles andere würde in ein Thema eintauchen, mit dem ich noch nie zuvor in Berührung gekommen bin.

Bevor der Dreh angefangen hat, bin ich oft Nächte lang wach gelegen und habe im Internet recherchiert.

Herr Cheek hat es beiläufig erwähnt, als ob jeder weiß, was es bedeutet, doch ich habe mich nicht getraut, nachzufragen. Ich wollte beim ersten Online-Gespräch nicht naiv wirken.

Ein Gespräch mit Anna hatte ausgereicht mich auf die Reise ins Internet zu schicken. Das Browserfenster schon offen tippte ich das Wort ein: *BDSM*.

Meine Finger zögerten kurz, doch dann drückte ich die Eingabetaste. Sofort füllte sich der Bildschirm mit Bildern, Schlagwörtern und Erklärungen. Ich blinzelte überrascht und spürte, wie eine leichte Röte meine Wangen überzog.

»Bondage... Dominance... Submission... Masochism,« mur-melte ich leise, als ich die Definition las. Meine Augen flogen über die Worte, aber mein Verstand brauchte länger, um sie zu verarbeiten.

Was war das alles? Kontrolle, Machtspielchen, Schmerz

und Lust – Begriffe, die ich nicht in diesem Zusammenhang erwartete.

Ein leichtes Kribbeln breitete sich in meinem Nacken aus. Es war beunruhigend und doch... faszinierend.

Ich biss mir auf die Unterlippe, während ich weiter durch die Seiten scrollte. Bilder von Ledergurten, Seilen und Menschen, die in suggestiven Posen verharrten, tauchten auf.

Mein Herzschlag beschleunigte sich. Ich hätte nicht gedacht, dass es so viele Facetten von Intimität gab, die sich abseits von dem abspielten, was ich kannte. Aber war das wirklich... normal? Viele der Suchergebnisse wirkten nicht wie etwas, das man freiwillig tun wollen würde, oder?

Unsicher klickte ich auf einen Artikel, der »Einführung in BDSM« hieß. Meine Augen huschten über die ersten Zeilen, die davon sprachen, wie es um Vertrauen, Einvernehmen und die bewusste Wahl ging.

Einvernehmliche Machtabgabe – das war der zentrale Punkt. Es ging um Kontrolle, ja, aber auf eine freiwillige, bewusste Weise. Die Person, die sich unterwarf, tat dies mit Zustimmung, und genau das schien den Unterschied zu machen.

Ich spürte eine Mischung aus Nervosität und unerwarteter Neugier, während ich mich so durch den Artikel scrollte. Wie fühlte es sich wohl an, in dieser Welt aus Macht und Hingabe zu sein?

Die Idee, dass Menschen mit Lust spielten, indem sie ihre Grenzen erforschten, hatte ich nicht kommen sehen.

Ein Abschnitt über »Safe Words« fiel mir besonders ins Auge. Ein Wort, das alles stoppen konnte – es war wie ein Sicherheitsnetz in einem Spiel, das immer tiefer und intensiver wurde.

Es war alles viel komplexer, als ich es mir vorgestellt hatte. Und das war ein Thema, das Herr Cheek so beiläufig erwähnt hatte, als würde er über das Wetter reden?

Ich muss wohl vergessen haben zu blinzeln, als meine Augen zu brennen anfangen. Mit einem tiefen Seufzen lehne ich mich zurück.

Auf was habe ich mich hier eingelassen?, denke ich mir, doch gleichzeitig kann ich nicht leugnen, dass mich meine Suche hat neugierig werden lassen.

Herr Cheek hatte etwas erwähnt, von einem Besuch in einem BDSM-Club, falls wir nicht wussten, wie wir etwas darstellen sollen. Außerdem wollte er den Film mit der besten Repräsentation dieses Themas und genau deswegen schätze ich diesen Mann so sehr.

Während Ryu sich von unserer Maskenbildnerin herrichten lässt, hänge ich noch einen Moment länger meinen Gedanken nach. Unser Produzent hat das Treffen mit einer Domina auf heute Abend gelegt. Passend, denn so würde ich wissen, wie ich mich in den zukünftigen Szenen mit Ryu verhalten musste.

Ich erlaube mir einen kurzen Seitenblick in seine Richtung, gerade als er die Augen öffnet und sich unsere Blicke treffen. Schnell sehe ich wieder weg, doch das Phantom seiner Hand um meinen Hals kann ich nicht abschütteln. Er hat mir mit seinem Griff nicht weh getan, aber ich wäre ein Idiot, zu glauben, dass er es nicht gekonnt hätte.

Auch dazu hatte es einen kleinen Absatz in dem Artikel gegeben. »Breath Play« hat es dort geheißen. Das Spiel mit dem Atem einer anderen Person. Die Kontrolle, jemanden entscheiden zu lassen, wie viel oder Wenig Luft du bekommst. Es war ein unheimlicher Gedanke.

Wie von selbst wandert meine Hand zu meinem Hals und ich erinnere mich an unser erstes Treffen im Café. Dort habe ich mich gefragt, wie sich Ryus Hand um meinen Hals wohl anfühlen würde. Jetzt weiß ich es und eigentlich bin ich keinen Deut schlauer.

Herr Cheek klatscht in die Hände und reißt mich aus meinen Gedanken. Okay, diese Szene noch und dann habe ich ein paar Stunden für mich. Zeit, meine Maske zu reparieren, damit ich am Abend funktionieren konnte.

Ein Treffen mit einer echten Domina jagt mir eine Heidenangst ein, wenn ich ehrlich zu mir selbst bin. Das ist ein Thema, mit dem ich außer ein paar Internetrecherchen und dem Buch zum Film nicht viel in meinem Leben zu tun habe.

Aber Zara die Schauspielerin hat keine Angst. Vor nichts. Ich würde mich also auf dieses Treffen vorbereiten, genauso wie ich mich auf eine Rolle vorbereiten würde. Davor muss ich nur durch diese eine Szene mit Ryu ohne mir ständig die Bilder der letzten Nacht oder die Berührungen aus meinem Traum vorzustellen.

Leichter gesagt als getan. Diesmal findet die Szene in einem nachgebauten Schlafzimmer statt. Ryu steht hinter mir, so dicht, dass ich trotz der warmen Scheinwerfer seine Körperwärme spüren kann. Natürlich trägt er kein Oberteil, für die Kamera zählen nur seine Tätowierungen. Ich stehe mit dem Rücken zu ihm, nur mit einem BH bekleidet.

Die Berührung seiner Hände erschreckt mich, aber nicht, weil ich es nicht erwarte. Viel mehr, weil es dieselben Berührungen aus meinem Traum sind. Diesmal kann ich mir nicht erlauben, meinen Emotionen nachzugeben. Oder?

Das hier ist eine gespielte Szene. Ich kann mich in dieses Gefühl lehnen, weil ich der Szene Glaubwürdigkeit verleihen will. Ryu würde keinen Unterschied erkennen. Also schließe ich die Augen und versuche zu vergessen, dass hinter mir der großkotzige Idiot steht und stelle mir stattdessen die warmen Berührungen der letzten Nacht vor, wie seine Hände mich da anfassen, wo es sich gut anfühlt.

Ich kann spüren, wie der Japaner mir meine blonden Haare über die Schulter nach vorne streicht. Dabei berühren seine Fingerknöchel die Seiten meiner Brüste, bevor er seine Hände flach auf meinen Bauch legt. Ein Zittern geht durch meinen Körper, das ich nicht unterdrücken kann.

»Cut!« Die Stimme unseres Produzenten reißt mich aus meiner Starre. Kurz schwanke ich und sehe kleine, schwarze Punkte vor meinen Augen tanzen. Habe ich mich wirklich so gehen lassen?

»Ryu, kannst du deine Ringe ablegen? Christopher Black trägt keine.«

»Natürlich«, entgegnet der Mann hinter mir und ich bin fast soweit zu bitten, dass er sie anbehält. Das kühle Metall hat sich in meinem Traum so gut angefühlt. Bevor ich etwas Blödes sagen kann, beiße ich mir auf die Zunge und beobachte still, wie Ryu sich die Ringe von den Fingern streicht und sie achtlos auf den Boden wirft, wo die Kamera sie nicht mitfilmen kann.

Alles wieder auf Anfang. Die Kameras surren und das Licht blendet mich einen Moment lang, als die Einstellungen noch einmal überprüft werden. Da ist seine Wärme wieder in meinem Rücken und sofort verspanne ich mich.

»Keine Angst, Prinzessin. Hier vor laufender Kamera kann ich dir wohl kaum etwas antun«, höre ich seine dunkle Stimme direkt hinter mir. Die Szene bekommt einen Ton darüber gelegt, deshalb ist es egal ob Ryu spricht oder nicht. Mein Gesicht ist natürlich wieder zu sehen, also habe ich nicht den gleichen Luxus und kann ihm keine Antwort entgegenfauchen. So ein Vollidiot.

Stattdessen trete ich einen beabsichtigten Schritt zurück und steige dem Japaner auf den Fuß. Er trägt keine Schuhe, hoffentlich tue ich ihm weh. Ich höre nur ein kurzes Einatmen und spüre seine Finger, wie sie mich warnend in den Bauch drücken.

Keine Sorge, Großer, dieses Spiel kann man auch zu zweit spielen.

Womit ich nicht rechne ist sein kleiner Finger, der sich unter meine Schlafhose schiebt. Im Drehbuch steht nichts davon, dass der Charakter, den Ryu verkörpert, mich dort berühren soll. Ich will schon unterbrechen, doch da hört der Japaner hinter mir auf seine Hand zu bewegen. Sein kleiner Finger ist immer noch zu nah an dem kleinen Flaum in meinem Intimbereich, aber wenn ich ganz ruhig stehen bleibe, endet die Szene vielleicht schnell.

»Sehr gut, die Aufnahme der Hände haben wir. Ryu, mach bitte noch Zaras BH auf, am besten mit einer Hand, kannst du das?«, delegiert Herr Cheek mit begeisterter Stimme. Anscheinend ist wenigstens er zufrieden mit den Clips, die wir abdrehen.

Dadurch, dass Ryu immer nur teilweise in den Szenen

zu sehen ist, werden die kurzen Ausschnitte, die wir filmen, später zusammen geschnitten und mit Szenen, in denen man Michael sieht, kombiniert.

Wo wir gerade von meinem Schauspielpartner reden: Dieser steht neben Herrn Cheek und starrt uns an.

Meine Augen müssen sich erst an das helle Licht der Scheinwerfer gewöhnen. Dann kann ich Michaels Gesicht genauer erkennen und er sieht nicht gerade glücklich aus. Warum müssen Männer ihr territoriales Verhalten immer heraushängen lassen. Gerade diese beiden sind wie Hunde, die sich um einen Knochen streiten.

Und keiner der Beiden hat irgendein Anrecht auf mich, also können sie ihre blöden Blicke auch gleich lassen.

Meine Konzentration schnappt zurück als Ryu um mich herumtritt und nun vor mir steht. Schon wieder ist dieser tätowierte Körper so nah vor meinem Gesicht. Wenigstens habe ich diesmal eine Ausrede, warum ich nicht wegsehe.

Aus Gewohnheit will ich mir schon die falschen, blonden Haare über die Schulter nach vorne streichen als mich eine seiner Hände davon abhält.

Vielleicht lasse ich es geschehen, weil die Kameras laufen. Oder weil ich Ryu nicht vorgeben will, wie er seine Szenen zu spielen hat. Ich spiele mit ihm und ihm entgegen, wenn die Situation es erfordert.

Gerade eben folge ich ihm, meine Hand fühlt sich nicht an als würde sie mir gehören. Er streicht sie zur Seite und fährt stattdessen wie selbstverständlich unter meine blonden Strähnen. Mit einer flüssigen Bewegung streicht er mir die Haare nach vorne über die Schultern, damit die Kamera bessere Sicht auf meinen Rücken hat.

Eine Gänsehaut durchläuft mich. Okay, jetzt kommt der Moment gegen den ich mich schon hundert Mal gewappnet habe. Mir wurde in vielen Filmen bereits der Rücken gefilmt. Der Verschluss wird aufspringen, ich sorge dafür, dass mir die Träger von den Schultern rutschen und die Szene ist im Kasten. Dafür trage ich am Set auch unter meinem BH Nippel-Pads.

Ryus Hand auf meinem Rücken ist warm. Bilde ich mir das nur ein oder fährt er mit den Fingern meine Wirbelsäule ab? Kaum erreicht seine Hand meinen Verschluss halte ich vor Spannung die Luft an.

Der Japaner schiebt seinen Daumen unter den Haken und ohne Widerstand springt der BH auf. Natürlich kann er das mit einer verdammten Hand. Angeber.

Ich zucke mit den Schultern, damit das verfluchte Ding mir über die Haut rutscht. Endlich ist auch diese Szene im Kasten. Gerade will ich mich darüber freuen, als ich spüre, wie sich unter dem BH auch die Pads lösen. Scheiße.

Die Kameras sind aus, aber ich will mich wegen so einer Kleinigkeit nicht bloßstellen. Aber ganz oben ohne dastehen wäre noch schlimmer.

Unsicher mache ich einen Schritt näher auf Ryu zu, bevor dieser abhauen kann. Nur damit dieser mich abschirmt, bis ich mir den BH wieder richtig angezogen habe.

Leider kann der große Mann keine Gedanken lesen und macht dafür selbst einen Schritt zurück.

»Bleib stehen!«, zische ich und greife nach seinem Oberarm. »Ich muss mir meinen BH wieder anziehen und meine Pads haben sich gelöst«, gestehe ich zwischen zusammengebissenen Zähnen.

Endlich hört der Dunkelhaarige auf sich zu bewegen und ich kann etwas umständlich aber doch hinter mich greifen. Blöder Verschluss.

»Hier, lass mich«, unterbricht mich seine warme Stimme, bevor er genauso einfach den BH wieder verschließt, wie er ihn geöffnet hat. Ich kann spüren, wie mein Gesicht heiß wird.

»Danke«, murmle ich, denn es ist wirklich nett von ihm, dass er das gemacht hat.

Schnell mache ich einen Schritt nach hinten und trete mit bloßen Füßen auf etwas Hartes.

»Autsch!«, entkommt es mir und als ich mich bücke, hebe ich die silbernen Ringe hoch, die Ryu vorhin so achtlos beiseite geworfen hat. Wortlos halte ich sie ihm mit meiner flachen Hand entgegen, so wie man einem Pferd einen Apfel präsentieren würde.

Ryu nimmt die Ringe grinsend, sagt aber nichts. Gerade möchte ich ihm etwas an den Kopf werfen, da tritt Michael zu uns. Ich wäre gerne zu meinem Sessel gegangen, damit ich mir zumindest meinen Morgenmantel wieder anziehen hätte können. Aber dafür ist keine Zeit, da spüre ich schon die Hand des Briten an meinem unteren Rücken.

Sofort wird Ryus Blick eiskalt und ich muss mir ein Augenrollen verkneifen. Die beiden sind wirklich wie Hunde. Mit einem Schritt zur Seite weiche ich Michaels Hand aus, bleibe aber freundlich als ich mich zu meinem Platz entschuldige.

Was glauben die beiden Männer eigentlich, was für einen Anspruch sie auf mich oder meinen Körper haben, nur weil wir zusammen filmen? Grimmig ziehe ich mir meinen Morgenmantel fest zu.

Dabei landet mein Blick wieder auf den beiden Männern. Anscheinend hat Michael etwas gesagt, dass Ryu so gar nicht geschmeckt hat, seinem Blick nach zu urteilen. Selbstgefällig grinse ich vor mich hin.

Ich bin weder auf Michaels Seite, noch auf der Seite von sonst irgendjemandem, aber ich genieße es, wenn knurrende Hunde sich aneinander die Zähne ausbeißen.

Also metaphorisch.

So kann ich die beiden territorialen Idioten sich selbst überlassen und zu unserem Produzenten hinüber gehen.

»Gute Arbeit heute, Zara. Zuerst habe ich mir Sorgen gemacht, als du mir erzählt hast, dass Ryu sich verletzt hat. Aber bis auf den Verband sieht er ganz in Ordnung aus. Wir können die Aufnahmen etwas bearbeiten, bis seine Verletzung verheilt ist.«

Es ist mir schon ein bisschen unangenehm Herrn Cheek so anzulügen. Ich habe ihm erzählt Ryu wäre in seinem Trailer gestürzt und hätte sich an der Schulter verletzt. Meine Geschichte war wohl glaubhaft genug.

»Ich bin froh, dass ihm nicht mehr passiert ist«, entgegne ich freundlich und möchte mich gerade umdrehen und gehen, als die beiden Kampfhunde dazustoßen. Können die mich nicht fünf Minuten in Ruhe lassen?

»Was soll denn passiert sein?«, fragt Michael und lehnt sich nonchalant an die Lehne des Sessels auf dem ich noch vor ein paar Minuten gesessen bin.

Ich kann den Blick des Japaners auf mir spüren. Er soll froh sein, dass ich niemandem die Wahrheit gesagt habe.

Den Briten interessiert nicht wirklich was es mit Ryus Schulter auf sich hat. Sein Grinsen wirkt ganz und gar nicht besorgt. Und Ryus Blick könnte töten.

Männer.

Ich spüre, wie mir langsam der Geduldsfaden reißt.

Um das Ganze etwas abzukürzen, übernehme ich die Erklärung.

»Ryu ist in seinem Trailer gestürzt und da meiner am nächsten zu Seinem steht, habe ich natürlich nachgesehen. Ein Arzt sollte sich deine Schulter ansehen, Ryu. So, wenn mich jemand suchen sollte, ich hole mir etwas zu essen«, bringe ich so entspannt wie möglich heraus, bevor ich mich umdrehe.

Beim Weggehen höre ich noch Ryus Stimme, wie er unserem Produzenten versichert, dass er sich die Wunde von einem bekannten Arzt anschauen lassen wird. Na wenigstens wirft irgendein Mediziner einen Blick drauf. Ich hoffe ich habe nicht zu unordentlich verbunden, eine Entzündung an der Schulter wäre mehr als nur fatal.

Das Stimmengewirr hinter mir wird leiser, bis ich meinen Trailer erreiche. Erst dort hinter verschlossener Tür erlaube ich mir durchzuatmen. Erschöpft falle ich mit dem Rücken zurück auf mein Bett und starre die Decke meines Trailers an. In meinem Bauch ist es immer noch warm. Ein Klopfen reißt mich hoch, doch es ist nur Herrn Cheeks leicht kratzige Stimme von der anderen Seite meiner Tür.

»Vergiss nicht, Zara, heute nach dem Essen treffen wir uns auf dem Parkplatz und fahren zu viert in die Innenstadt. Ich habe ein Treffen mit einer Domina für euch arrangieren können. Ihr könnt sie alles fragen, was euch auf dem Herzen liegt und sie wird euch das eine oder andere zeigen. Ich möchte, dass ihr ohne Scheu an das ganze Thema herangehen könnt.«

Ohne Scheu. Es ist nicht wirklich Scheu oder Scham, das mich zurückhält. Dafür erzählt mir mein Suchverlauf zu viel von der Kombination aus schlaflosen Nächten und meiner Neugier.

Es ist meine Begleitung. Herr Cheek meint es gut, er ist mittelständig, hat eine Frau und Kinder. Er möchte wirklich gute Repräsentation für den Film haben und das schätze ich sehr.

Michael wird sich hoffentlich nicht daneben benehmen, aber ich kann ihn so gar nicht einschätzen. Und unsere Trockenproben haben keinen guten Eindruck bei mir hinterlassen, ich befürchte sogar, dass er dieses Thema vielleicht in den völlig falschen Hals bekommt.

Und Ryu? Dieser Mann ist das größte Geheimnis. Aber gerade er und ich müssen uns für die kommenden Szenen mit diesem Thema beschäftigen, ob wir nun wollen oder nicht.

RYU

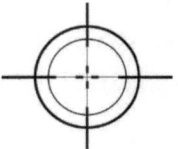

Abendessen am Set wird mir nie gefallen, so viel steht schon einmal fest. Ich mag kein geselliger Mensch sein, aber ein gutes Essen sollte man mit Leuten verbringen, die einem etwas bedeuten.

Ich möchte nicht sentimental klingen, aber mir fehlt Tadashi an manchen Tagen sehr. Da er an den Dreharbeiten nicht beteiligt ist, darf er das Studio nur unregelmäßig besuchen und nach New York kann er nicht mitkommen.

Aber dafür wird er hier in Kalifornien unseren Einfluss stärken. Auf meine rechte Hand kann ich mich verlassen.

Wo wir gerade von meiner rechten Hand sprechen, mit dieser hatte ich ein kurzes Date unter der Dusche, bevor ich mir mein Abendessen abgeholt habe. Lustlos steche ich in meinen Nudeln herum und trommle unruhig mit dem Fuß unter meinem Plastiktisch.

Warum bin ich hart geworden, nachdem wir diese blöde Schlafzimmerszene gedreht haben?

Zara will so gar nicht in mein Beuteschema passen. Sie ist nicht kurvig, hat keine blonden Haare und ein freches Mundwerk, das ich ihr am liebsten stopfen würde. Vielleicht ist es gerade das. Ihre vorlaute Art und das kampfbereite Glitzern in ihren Augen spornen mich nur an sie weiter zu ärgern und zu sehen, wie weit ich sie bringen kann bevor sie explodiert.

Vor der Kamera ist Zara ganz anders. Sie ist immer gefasst und das perfekte Püppchen für das ich sie gehalten habe. Aber hinter ihrer Maske steckt dann doch so viel mehr. Als hätte sie eine versteckte Persönlichkeit. Haben alle Schauspielerinnen das?

Trotzdem ändert das nichts daran, dass unsere Szenen nur gespielt sind. Dass sie sich laut Drehbuch an mich drückt und ihr Körper sich an meinen schmiegt.

Verdammte Scheiße!

Missmutig werfe ich den ganzen Pappteller mitsamt Essen in den Müll. Ich kann spüren wie ich wieder hart werde.

Nach der beschissenen Situation mit ihrem BH und der Unterhaltung mit diesem Großkotz hätte ich nichts lieber getan, als sie direkt vor laufender Kamera zu vögeln. Damit mein Hirn endlich aufhört sich etwas einzubilden und damit dieser Wichser das nächste Mal das Maul nicht so aufreißt.

Tadashi würde mir die Hölle heiß machen, wenn ich noch einmal einem Amerikaner die Nase breche.

Aber Michael war Brite, oder?

Genervt reiße ich die Tür zu meinem Trailer auf und setzte mich davor auf die Stufen um mir eine anzurauchen. Gerade als ich den ersten Zug nehme, geht neben mir eine weitere Tür auf.

Zara springt die drei Stufen ihres Trailers herunter. In der Dunkelheit des Abends scheint sie mich nicht bemerkt zu haben. Ich lasse die Hand mit der Zigarette neben mich sinken, damit das Glühen mich nicht verrät.

Was tut sie jetzt schon draußen? Wir treffen uns erst in einer Stunde für unsere Verabredung mit dieser Domina.

Neugierig verfolgen meine Augen die Schwarzhaarige, wie sie um ihren Trailer herumgeht. Ich kann ihre Silhouette sehen, als sie sich zu irgendetwas vorbeugt.

Es dauert einen Moment, bis mir klar wird, was sie sich ansieht und ich muss grinsen.

Mit der Zigarette im Mundwinkel stehe ich auf und mache selbst eine Runde um meinen Trailer.

»Gefällt dir was du siehst?«, frage ich die junge Frau, die gerade noch über den Sitz meiner Maschine gestreichelt hat.

Überrascht fährt sie zusammen und zieht ihre Hand zurück, als hätte sie sich am Ledersitz verbrannt.

»Ich wollte nur... Ich dachte, also-« Ihr Stottern ist schon fast süß. Also habe ich erbarmen mit ihr.

»Du kannst ruhig aufsteigen, ich halte sie dir sogar«, biete ich freundlich an und mache einen Schritt auf Zara und meine Maschine zu.

»Bleib wo du bist!« Mit einer erhobenen Hand hält mich die zierliche Frau davon ab, näher zu kommen.

Eine meiner Augenbrauen wandert nach oben.

»Du hast mich mit diesem Motorrad entführt, ich sollte dagegen treten bis es im Graben landet«, knurrt sie und verschränkt die Arme vor der Brust.

Ich muss zugeben, dass ich mit dieser Reaktion gerechnet habe, als sie mich blutüberströmt vor meinem Trailer gefunden hat.

Deshalb ist ihre Aussage nicht abwegig. Ich würde es trotzdem bevorzugen meine Maschine kratzfrei zu behalten, sie ist mir doch ans Herz gewachsen.

»Wie wäre es, wenn ich dich als Entschuldigung etwas durch San Francisco fahre? Diesmal richtig, mit Helm und allem.«

Der nächste Satz kommt mir wie von selbst von den Lippen. »Du darfst auch deine Schuhe anbehalten.«

Mit zusammengebissenen Zähnen kann ich sehen, wie sie mein Motorrad anvisiert. Oh nein, Prinzessin, das wirst du nicht.

Bevor sie den roten Lack mit ihrer Attacke zerkratzen kann, habe ich sie mir schon mit einem Arm um ihre Taille geschnappt.

Wie ein wildes Tier beginnt sich die Frau in meinen Armen zu wehren. Diesmal hat sie genug Angriffsfläche und kratzt mir über die Unterarme. Ich spüre ihre Nägel zwar, aber es tut nicht wirklich weh.

»Hey, beruhig dich!«

Ihr Strampeln wird schwächer, aber ich löse meinen Griff um ihre Taille sicherheitshalber noch nicht.

»Lass mich los!«, faucht sie aber ich kann ihre geröteten Wangen sehen und die kommen ganz sicher nicht von den paar Kicks und den paar Kratzern.

Ich lehne mich zu ihrem Ohr und lasse meine Lippen darüberstreichen. Ein Beben geht durch ihren Körper und verdammt, es macht mich an. Scheiß drauf ob sie jetzt blond ist oder nicht.

Ihr Körper wird ganz weich in meinem Griff. Deshalb lockere ich meinen Arm um ihre Taille und greife nach dem Saum ihrer Jogginghose. Mein Daumen hakt sich ein und ich spüre eine bekannte Hitze.

Zara will mich.

Doch bevor ich ihr die Jogginghose von den Hüften reißen

kann, höre ich Schritte von der Vorderseite unserer Trailer. Das Geräusch alleine reißt die Schwarzhaarige so sehr aus, was auch immer wir da gerade hatten, dass sie wirklich gegen mein Motorrad fällt.

Ich lasse Zara los, damit ich mein Motorrad stabilisieren kann. Genau in diesem Moment kommt Herr Cheek um die Ecke.

Zara bringt so viel Abstand zwischen uns wie möglich und einen Moment lang möchte ich beleidigt sein. Aber ihr Anblick allein ist Genugtuung. Ihr hat gefallen, wie ich sie berührt habe und das ohne laufende Kameras.

»Ich wollte euch beiden nur Bescheid geben, dass euer Auto schon bereit steht. Michael ist sich noch umziehen gegangen. Es gibt zwar keinen Dresscode, aber es ist immer noch ein arrangiertes Treffen.«

Der Blick des Produzenten fällt auf unsere Jogginghosen. Okay, das ist eine sehr deutliche Aufforderung, dass wir uns umziehen gehen sollen.

Schade, ich war gerade dabei graue Jogginghosen an Frauen attraktiv zu finden.

Ich nicke einfach und beobachte aus dem Augenwinkel wie die Schwarzhaarige mit geradem Rücken an unserem Produzenten vorbei zu ihrem Trailer geht. Die Kleine ist wirklich eine meisterhafte Schauspielerin. Keine zwei Minuten zuvor wäre sie im Erdboden versunken. Ob sie nur mir gegenüber so ehrlich ist?

Ein Grinsen schleicht sich auf meine Lippen. Vielleicht wäre das ein Experiment wert. Heute Abend sind wir nur zu dritt bei dieser Domina. Es wird mir eine Freude bereiten Zara so weit zu treiben, bis sie ihre Maske fallen lassen muss.

Das Thema BDSM ist mir bekannt allerdings habe ich nie den Sinn dahinter gesehen und es nie ausprobiert. Ich kann mir aber vorstellen, dass unser liebes Schauspiel-Püppchen da weitaus beschämter an die Sache herangehen wird. Und das werde ich auszunutzen wissen.

ZARA

Dieses miese Arschloch.

Am liebsten hätte ich Ryu so fest ins Gesicht geschlagen, dass ihm ein Zahn rausgefallen wäre. Oder seine blöde Maschine in den Dreck gestoßen.

Mit hochrotem Kopf verschwinde ich in meinem Trailer. Erst als die Tür hinter mir zugeht, erlaube ich mir meine Gefühle. Ich schnappe mir den erstbesten Gegenstand den ich in die Finger bekomme und werfe ihn gegen die Wand. Zum Glück ist mein Hausschuh gepolstert und kann nicht wirklich etwas kaputt machen.

Schwer atmend stehe ich also da und starre an den Fleck, den ich mit meinem Schuh getroffen habe.

Langsam wandert meine Hand zu meinem Bauch und drückt leicht gegen die Stelle, wo Ryus Hand gelegen hatte. Ich weiß, dass er mir die Hose runtergezogen hätte, wenn unser Produzent nicht aufgetaucht wäre.

Aber ob ich das zugelassen hätte?

Verdammt, ja. Schon lange hat mich eine einfache Berührung nicht mehr so aus dem Konzept gebracht.

Okay, zugegeben ich habe schon lange keinen Sex mehr gehabt, aber das hat mich bis heute nicht wirklich gestört.

Meine Hand kennt mich sowieso besser als jeder Mann.

Eine Gänsehaut läuft mir den Nacken herunter, als ich an meinen Traum und an die Situation vorhin denken muss. *Seine Hände.*

Schnell schüttle ich den Kopf und beeile mich etwas passenderes zum Anziehen zu finden. Ryu ist für die Zeit hier am Set so etwas wie mein Schauspielpartner und auch hier gilt: Ich fange nichts mit anderen Schauspielern an.

Als ich mir die Jogginghose von den Hüften streiche, stelle ich überrascht fest, dass mein Slip nass an mir klebt. Ein leiser Fluch verlässt meine Lippen. Langsam beginnt Ryus Einfluss auf mich nervig zu werden.

Also ziehe ich nicht nur meine Hose aus, sondern meine Unterwäsche gleich mit.

Ich entscheide mich für ein luftiges Kleid, das mir bis zu den Knien reicht. Ich mag den weichen Stoff sehr und verzichte daher auf einen Pullover. Die Nächte in Kalifornien sind um diese Jahreszeit warm genug dafür.

Als ich zum Auto komme, stehen die beiden Kampfhunde bereits dort. Ich hoffe wirklich die beiden machen keinen Ärger während wir unterwegs sind. Ich möchte nicht Kindermädchen für zwei ausgewachsene Männer spielen müssen.

Wie ein Gentleman öffnet mir Michael die hintere Autotür, als er mich kommen sieht. Ich unterdrücke ein Augenrollen und lächle nur sanft, bevor ich einsteige.

Eigentlich habe ich erwartet, dass Michael derjenige ist, der neben mir einsteigen wird. Für einen Moment bin ich froh, als der Schwarzhaarige die Tür öffnet und neben mir einsteigt.

Ich möchte Michael nicht in so einem schlechten Licht darstellen, aber er hätte bestimmt irgendetwas versucht.

Unsere Fahrt dauert eine Stunde. Der Club, in dem wir die Domina treffen sollen, liegt in San José. Genug Zeit etwas Dummes anzustellen. Als hätte Ryu meine Gedanken gelesen, legt er seine Hand auf meinen Oberschenkel gerade als Michael vorne auf den Beifahrersitz einsteigt.

Ich werfe dem Schwarzhaarigen einen warnenden Blick aus dem Augenwinkel zu und packe so unauffällig wie möglich seine Hand.

Vielleicht habe ich mich getäuscht und eine Fahrt neben Michael wäre besser gewesen. Das hätte ich zumindest nur als nervig empfunden. Aber Ryus Berührung ist wie ein stummes Versprechen. Er bewegt seine Hand nicht, aber ich kann ihre Wärme selbst durch den Stoff meines Kleides spüren. Und unter meiner Handfläche fühle ich das harte Metall seiner Ringe.

Die Fahrt kommt mir wahrscheinlich länger vor als sie ist. Ich versuche mich auf das Gespräch zwischen Michael und dem Fahrer zu konzentrieren. Ryus Hand auf meinem Oberschenkel bewegt sich nicht, selbst dann nicht als ich meinen eisernen Griff löse. Unsere Hände liegen einfach übereinander auf meinem Oberschenkel. Ich lasse meinen Blick langsam zu meinem Sitznachbarn wandern und ziehe eine Augenbraue hoch.

Doch Ryu sieht mich nicht einmal an. Einen Arm am Fenster angelehnt, hat er sein Kinn auf seiner Faust abgelegt und beobachtet den Verkehr. Das Licht der Straßenlaternen spiegelt sich in seinen dunklen Augen. Er hat ein wirklich schönes Profil.

Ertappt wende ich den Blick wieder ab, aber anscheinend habe ich zu offensichtlich gestarrt, denn die ruhige Hand unter meiner beginnt sich zu bewegen. Nicht die ganze Hand, aber sein Daumen beginnt langsame Kreise an der Außenseite meines Schenkels zu streichen. Die Berührung ist nicht stark und irgendwie auch nicht wirklich anzüglich.

Der Japaner verwirrt mich. Ich lasse meinen Blick auf die tätowierte Hand sinken und beobachte seinen Daumen wie er langsam seine Kreise zieht. Die Berührung ist monoton und langsam lässt die Anspannung in meinem Körper nach. Ich sinke zurück in die Lederpolsterung und schließe für einen Moment die Augen.

Als ich sie das nächste Mal öffne, haben wir bereits angehalten. Ryus Hand ist verschwunden und er öffnet die Tür um auszusteigen. Ich beeile mich es ihm nachzumachen.

Wir parken hinter einem großen Gebäude, das schwach von Neonlichtern beleuchtet wird. Genauso habe ich mir das hier auch vorgestellt.

Eine Hand in meinem Rücken überrascht mich so sehr, dass ich kurz aufschreie. Sofort halte ich mir eine Hand vor den Mund und höre Michaels Lachen.

»Nicht so schreckhaft, ich passe schon auf, dass dir nichts passiert.«

Ich mache einen Schritt nach vorn, damit ich seine Hand nicht mehr auf meinem Rücken spüre.

»Du hast mich nur überrascht, lasst uns reingehen«, schlage ich freundlich vor und übernehme die Führung. So kann ich meine Maske wahren. Außerdem bin ich Zara Fletcher, ich habe keine Angst vor einem Sexclub. Aber irgendwie hätte ich gern Herrn Cheek dabei gehabt, so als Ausgleich.

Beim Eingang steht ein bulliger Mann mit einer Security-Jacke. Bisher wirkt es noch wie jeder andere Nachtclub in

Kalifornien.

»Name?«, schnauzt er mich an, aber davon lasse ich mich nicht besonders einschüchtern. Sogar vor meiner Zeit als Zara Fletcher bin ich mit Türstehern klar gekommen. Also hole ich ruhig meinen Ausweis heraus und zeige ihn her.

»Zara Fletcher, wir kommen vom Filmset und haben einen Termin bei einer Frau Athena?« Ich hoffe ich habe ihren Namen richtig ausgesprochen.

Aber der bullige Mann scheint verstanden zu haben, denn sein Blick wandert von mir zu den beiden Männern in meinem Rücken und er grinst.

»Ah, die liebe Athena. Sie hat mich schon vorgewarnt, dass Frischfleisch in den Club kommen wird. Treppe runter und dann gleich links«, erklärt er mir und macht einen Schritt zur Seite.

»Gute Männerwahl, Püppchen«, höre ich noch die Stimme des Türstehers, während ich schon durch die Tür bin. Na, wenn der sich da mal nicht täuscht.

Kaum haben wir das Ende der Treppen erreicht, bemerke ich den schweren Geruch in der Luft und halte aus Reflex die Luft an.

»Entspann dich, Prinzessin, das ist nur der Geruch von Sandelholz. Irgendwo wird so eine Duftkerze herumstehen, um die Gäste in Stimmung zu bringen. Es ist nicht so wie in den Schmuddelfilmen, dass in Sexclubs Drogen geraucht werden. Du bist nicht in Gefahr high zu werden, zumindest noch nicht«, höre ich Ryu hinter mir, bevor er an mir vorbeigeht und den Vorhang zu unserer Linken zur Seite schiebt.

»Pass auf, Sportsfreund, nenn Zara nicht Prinzessin, verstanden?«, knurrt Michael und schon wieder erinnern die beiden mich an Kampfhunde. Bevor einer dem anderen eine reinschlagen kann, gehe ich dazwischen.

Gerade möchte ich sie beide beruhigen, da dringt ein helles Lachen aus der Dunkelheit. Ich werde von Michael nach hinten geschoben und bemerke, wie Ryus Hand nach etwas unter seiner Jacke greift. Hat der Kerl ernsthaft eine Waffe dabei?

»Deine beiden Hunde scheinen schon mal zu wissen, wen sie beschützen müssen.«

Langsam tritt eine Frau an uns heran. Ich könnte ihr Alter nicht erraten, unter den dichten Wimpern und in dem hautengen Aufzug könnte sie alles zwischen 20 und 40 sein.

»Aber du hast sie noch nicht richtig erzogen. Wenn man Platz sagt, müssen sie auch Platz machen.«

Irgendwie möchte ich ihren Satz lächerlich finden. Er sollte albern und gespielt klingen, aber stattdessen jagt ihr Ton mir eine Gänsehaut den Rücken herunter.

»Was heißt hier Platz?«, beginnt Michael sich aufzuregen und macht einen Schritt auf die Frau zu.

»Mit wem glaubst du sprichst du hier?«

Ich kann sehen, wie er sich hineinsteigern will um den Helden zu markieren, aber die Frau im schwarzen Leder verzieht keine Miene.

Stattdessen hebt sie nur ihre Reitgerte und drückt Michael das Ende in die Brust.

»Platz, Hund.«

Mit ihren hohen Absätzen ist sie genauso groß wie der Brite. Etwas überrascht über den ausbleibenden Effekt seiner Aggression, lässt Michael die Schultern sinken und bleibt tatsächlich stehen.

»So ist es gut«, lobt die blonde Frau ihn und schiebt den großen Mann einfach mit ihrer Gerte zur Seite.

Ihr Blick trifft meinen und plötzlich habe ich das Gefühl mich hinsetzen zu müssen. Die braunen Augen der Frau wandern an mir vorbei zu Ryu.

»Bellt dein anderer genauso laut oder beißt er nur?« Was sollen die ganzen Hunde-Metaphern?

Gerade möchte ich sie fragen, ob sie diese Athena ist, als Ryu ihr antwortet: »Finde es doch selbst heraus.«

Ich kann das Grinsen in seiner Stimme hören und verdrehe einmal kurz die Augen, bevor ich mich wieder fange.

»Bist du Frau Athena?«, frage ich direkt, damit wir diese komische Stimmung auflösen können. Ihr Blick findet wieder meinen und sie lächelt.

»Nur Athena bitte, Liebes. Ich nehme an ihr drei seit die Schauspieler, die ich heute herumführen werde?«

Ich nicke als Antwort und bemühe mich keinen Schritt nach hinten zu machen als sie auf mich zukommt. Sie ist einen guten Kopf größer als ich und gibt mir den perfekten Ausblick auf ihren Vorbau. Ein leichter Hauch Vanille kommt mir entgegen.

»Dann möchte ich mich euch richtig vorstellen. Mein Name ist Athena und ich bin die Meisterin hier unten.«

Ich höre Michael hinter vorgehaltener Hand lachen und dann schmerzverzerrt aufkeuchen.

»Was zum Teufel- verdammte Scheiße, du hast mich mit deiner beschissenen Reitgerte getroffen!«

»Und ich werde es wieder tun, wenn ich merke, dass sich jemand respektlos mir gegenüber verhält«, zischt Athena als

Antwort ohne den Blick von mir zu nehmen. Sie hat blind zugeschlagen mit einer Geschwindigkeit, die mich überrascht hat.

»Ich kann dich anzeigen dafür, du miese-«, will Michael schon anfangen, aber Athena unterbricht ihn mit einer erhobenen Hand.

»Vorsicht, Freundchen, euer Arbeitgeber hat mit mir ein Dokument aufgesetzt, das euch zu Schweigepflicht und Kooperation verpflichtet. Hier unten gelten meine Regeln und entweder ihr befolgt sie oder ihr werdet rausgeworfen, irgendwelche Einwände?«

Ich höre Ryu hinter mir leise zwischen die Zähne pfeifen. »Ich mag sie.«

Michael muss wohl erst sein angekratztes Ego verarzten, also antworte ich für uns: »Kein Problem. Es ist für uns alle das erste Mal und wir werden unser bestes geben, damit wir uns an die Regeln halten. Könntest du uns nur einen kurzen Leitfaden geben? Keine Sorge, wir lernen schnell«, versichere ich ihr so charmant wie ich kann.

Aber anscheinend muss ich nicht so dick auftragen. Ihr Blick wird weich, als sie meinem begegnet. Als würde eine große Schwester auf ihre kleine herabsehen.

Dann wandert ihr Blick hinter mich auf Ryu und eine ihrer dünnen Augenbrauen wandert nach oben, als würde sie fragen ob es auch sein erstes Mal hier unten ist. Berechtigte Frage eigentlich. Ich habe den Japaner nicht gefragt ob er sich mit dem ganzen Thema schon auskennt.

Athena unterbricht meine Gedanken, indem sie nach meiner Hand greift und mich mit sich zieht.

»Willkommen im Angel's Pit. Hier unten gebe ich die Regeln

vor. Wer sie befolgt wird belohnt, wer sie bricht wird bestraft.«

RYU

Irgendwie kommt mir diese Athena sehr bekannt vor. Ich bin hervorragend darin mir Gesichter zu merken, deshalb dauert es nur einen Moment bis es mir wieder einfällt.

Diese Frau arbeitet genauso wie ich im Untergrund. Ich habe sie bei meinem ersten Besuch während meinen Kämpfen im Ring gesehen. Damals natürlich nicht in Lack- und Lederkluft, aber nicht weniger einschüchternd.

Vielleicht hat sie mich auch von damals erkannt. Bis sie es nicht anspricht, werde ich mich hüten das Thema zu erwähnen.

Zara weiß noch immer nichts von meinem Hintergrund. Ich möchte sie lieber in dem Glauben lassen, dass ich ein Pornodarsteller bin, als ihr erklären zu müssen, warum sie mit einem Mafioso am Set zusammenspielt. So ist es für uns beide am Sichersten.

Athena führt uns tiefer in den Club, vorbei an geschlossenen Türen hinter denen man leise Geräusche und Stimmen hört. Ich kann Zaras Anspannung an ihren Schultern erkennen. Langsam lehne ich mich zu ihr vor und flüstere in ihr Ohr: »Ist dir das peinlich, Kätzchen?«

Überrascht atme ich ein als ihr Elbogen meinen Bauch trifft. Also hat sie wirklich Krallen. Ich grinse.

Athenas Einfluss scheint ihr Mut zu machen. Außerdem hat sie Michaels Ego genug angeknackt, sodass er grummelnd hinter mir hergeht. Mit eingezogenem Schweif sieht er mich finster an, aber ich fühle bei solchen tödlichen Blicken nichts mehr. Bei den Yakuza-Treffen sieht jeder jeden so an, da lässt mich der Brite ganz kalt.

Athena bleibt stehen und deutet durch eine offene Tür in einen großen Raum, der mit Laternen ausgeleuchtet ist.

Die ganze Situation sollte etwas Lächerliches haben, aber Athena wirkt genauso seriös wie damals im Club. Sowohl in ihrem jetzigen Outfit als auch in einem eleganten Abendkleid strahlt die große Frau eine Ruhe und Ernsthaftigkeit aus.

Sie sieht Zara direkt an, als ob ich und Michael nicht einmal im selben Raum wären. Es amüsiert mich wie sehr das an dem Ego des nervigen Briten nagt.

»Wie viel wisst ihr von BDSM?«, fragt Athena.

Zara zuckt mit ihren Schultern.

»BDSM steht für Bondage, Dominanz and Submission, Sadismus and Masochismus.«, erklärt die Domina ohne groß mit der Wimper zu zucken.

Ich kann hören, wie Michael hinter mir zwischen den Zähnen Luft holt. Wie behütet muss dieser Mann aufgewachsen sein, dass es ihn so aus der Fassung bringt, wenn eine Frau diese Worte in den Mund nimmt?

»Über allem steht die Lust am Spiel, Spaß und Genuss«, fährt Athena fort und geht an die Wand, an der verschiedene Gerätschaften befestigt sind. Ihre schmalen Finger streichen über die ledernen Griffe von verschiedenen Peitschen, einige davon kenne ich vom Sehen.

Aber viele andere Dinge sind sogar mir nicht bekannt. Aus dem Augenwinkel beobachte ich Zaras Reaktion. Ich erwarte einen schockierten Ausdruck, Verwirrtheit oder sogar Ekel, aber nichts dergleichen.

Es ist mir unmöglich, den Ausdruck in ihren Augen zuzuordnen. Bevor ich näher herantreten kann, um einen besseren Blick auf ihr Gesicht zu werfen, tritt Athena zwischen uns. Ich sehe die Frau genervt an, die sich ungefragt zwischen mich und Zara gestellt hat. Ihr Grinsen bestätigt mir, dass sie mich erkannt hat.

»Ich möchte euch nicht mit den Details langweilen. Habt ihr gleich zu Beginn fragen oder soll ich euch das ein oder andere Spielzeug zeigen?«

»Spielzeug?«, höre ich Michael hinter mir abschätzig. »Das hier nennst du Spielzeug? Ich sehe hier nur komische Sachen, die mehr wie Folterinstrumente aussehen als etwas, das ich mit ins Bett nehmen wollen würde.«

Athenas Augen funkeln gefährlich. Sie scheint solche Aussagen zu kennen, denn ihr Gesichtsausdruck verändert sich nicht. Dafür klingt ihre Stimme plötzlich zuckersüß und selbst mir läuft es kurz kalt den Rücken herunter. Mit langsamen Schritten kommt sie auf Michael zu.

»Ich kann jedes einzelne dieser Spielzeuge verwenden, um damit die schönsten Laute aus meinen Partnern herauszulocken. Oder sie dazu verwenden dir die schlimmsten Schmerzen zuzufügen. Aber es ist meine Entscheidung, was von den beiden passiert.«

Zaras Brust hebt und senkt sich schneller, während sie Athena zuhört. Ich glaube der Domina jedes Wort. Mein Blick wandert erneut die Wand entlang.

»Ich muss zugeben, dass ich wahrscheinlich nur die Vorurteile kenne, die mit dieser Szene in Verbindung gebracht werden«, gebe ich schulterzuckend zu und schiebe meine Hände in meine Hosentaschen.

Zum ersten Mal seit wir die Treppe heruntergekommen sind, spricht mich Athena direkt an.

»Wie die meisten Männer. Ihr kommt hier her, weil ihr in Pornos gesehen habt, wie jemand eine Peitsche schwingt oder an den Fesseln zerrt. Aber BDSM ist so viel mehr. Es ist Geruch, Geschmack, Gehör, Gespür. Man muss seinem Gegenüber vertrauen können.«

Bei dem Wort »Vertrauen« spannt sich Zara sichtlich an. Vielleicht vertraut sie diesem Michael, aber ich weiß, dass sie mir nicht vertraut. Warum auch? Sie weiß über mich genauso wenig, wie ich über sie.

Vertrauen ist schwierig, dort wo ich herkomme. Man kann sehr leicht ausgenutzt oder verraten werden. Es gibt wenige Menschen, denen ich wirklich vertraue.

Aber ich kann Vertrauen vorspielen und die kleine Schauspielerin sollte damit auch kein Problem haben.

»Wie wäre es, wenn wir einmal etwas ausprobieren?«, fragt Athena mit einer Freundlichkeit in der Stimme, die mich kurz überrascht.

Sie dreht sich zu Zara und nimmt sie an den Händen.

»Du hast sehr schmale Handgelenke, lass mich kurz nachsehen ob ich etwas Passendes finde.«

Wortlos beobachte ich die Domina, wie sie in aller Ruhe ein paar Handschellen mit schwarzem Plüsch aus einem Schrank holt. Ich weiß, dass es Michael auf der Zunge brennt etwas zu sagen.

In der kurzen Zeit hier unten habe ich mehr über den Briten erfahren als mir lieb ist. Sein Selbstwert beruht auf seinem Mundwerk.

Aber diese Flügel hat ihm Athena gestutzt. Jetzt traut er sich nicht mehr und das macht ihn sauer. Ich bin neugierig, was es wohl braucht, damit er an die Decke geht.

»Hier meine Liebe, lass mich dir die mal anlegen.«

Etwas skeptisch hält Zara ihre Hände hin. Mit einem leisen Klicken rasten die Fesseln ein.

»Sind sie zu fest?«, fragt die Domina sanft und Zara schüttelt den Kopf. Da ist er wieder, dieser Ausdruck in den Augen der Schwarzhaarigen. Aber sonst ändert sich nichts. Die Metallketten zwischen den Handschellen klirren leise, als sie die Hände sinken lässt.

»Seht ihr, das ist der erste Schritt. Damit habt ihr den Einstieg geschafft«, sagt Athena und nimmt eine kurze Gerte von der Wand. Dabei macht Zara einen Schritt zurück und stößt mit der Schulter gegen meine Brust.

Meine Hand zuckt in meiner Hosentasche, aber ich lege meinen Arm nicht um sie.

Die Domina dreht die Gerte in ihrer Hand und hält sie mit dem Griff voran in unsere Richtung.

»Keine Angst, sie beißt nicht. Zumindest nicht, wenn man sie richtig verwendet. Wer möchte es einmal probieren?«

Zara beobachtet die Gerte mit leicht geweiteten Augen, macht aber keine Anstalten nach ihr zu greifen. Bevor ich danach greifen kann, hat Michael schon seine Hand ausgestreckt.

Anscheinend hat er seinen Mut wiedergefunden.

Mit einem Grinsen wedelt er mit der Gerte herum und schlägt leicht nach Zara. Wenn er mich getroffen hätte, wäre die Gerte nicht das einzige gewesen, was kaputt gegangen wäre.

Aber ich kann mich zusammenreißen. Keine Ahnung, welche Bedingungen in dem Vertrag zwischen dem Produzenten und Athena stehen, deshalb halte ich mich lieber zurück.

Athena verzieht die Nase und verschränkt ihre Arme vor der Brust.

»Für den Anfang spiel dich damit, du kannst niemanden ernsthaft damit verletzen. Aber, wenn du deine kindliche Neugier ausgelebt hast, zeige ich dir gerne, wie man sie richtig verwendet.«

Nachdem Athenas Art sich uns Männern gegenüber erwärmt, vergeht die Zeit wie im Flug. Ich muss eingestehen, dass diese Frau ihre Arbeit sehr gut macht.

Bevor wir hergekommen sind waren wir wirklich ahnungslos. Nach diesem Abend kann ich zumindest etwas nachvollziehen, woher diese Begeisterung für das Thema kommt.

Ich lehne mich gegen einen Tisch und rolle Nippelklemmen zwischen meinen Fingern.

Zugegeben, diese Dinger sind immer noch eigenartig, aber wie hat Athena so schön erklärt: »Es muss einem nicht alles liegen, man darf nur Dinge nicht verteufeln, bevor man sie probiert hat.«

Ich lege die Klammern beiseite und sehe auf, gerade als Zara überrascht aufschreit. Eine ihrer Hände liegt um ihren Hals, während sie Michael finster ansieht. Ihr normalerweise ruhiger Ausdruck wirkt aufgebracht. Diese Reaktion gegenüber ihres Schauspielpartners ist neu.

Auch Athena hat den Schrei gehört und eilt zu der Schwarzhaarigen.

»Was ist passiert?«

Bevor Zara antworten kann, hebt Michael abwehrend die Hände. Um zwei seiner Finger baumelt eine silberne Kette.

»Ich wollte ihr nur spaßhalber die Kette umlegen. Ich hätte sie sofort wieder abgemacht, wirklich!«, versichert der Brite. Warum glaube ich ihm nicht?

Die Domina scheint das genauso glaubwürdig zu finden, wie ich.

»Was haben wir zum Thema Einverständnis gesagt?«

»Ich habe ihr doch nicht einmal weh getan! Sag doch etwas, Zara«, versucht Michael sich zu verteidigen.

Die Schwarzhaarige macht einen vorsichtigen Schritt nach hinten und dreht den Kopf um Athena ansehen zu können. Dabei sehe ich ihren Ausdruck etwas besser und beinahe automatisch drücke ich mich von dem Tisch weg, als ich den Blick in ihren Augen sehe. In den grünen Augen spiegelt sich etwas. Hinter der starken Fassade liegt ein Ausdruck, den ich nur zu gut kenne.

Zara hat Angst.

»Ich habe mich nur erschreckt«, presst sie zwischen zusammengebissenen Zähnen heraus. »Entschuldigt mich.«

Damit ist sie aus der Tür.

Athenas Blick bleibt an Michael hängen und wird eiskalt.

»Vorsicht«, warnt sie mit nur einem einzigen Wort.

Ich mache auf dem Absatz kehrt und folge Zara durch die Tür. Warum? Keine Ahnung. Sie ist eine erwachsene Frau, die vielleicht einfach einen Moment Ruhe braucht.

Aber ich möchte. Eigentlich möchte ich Michael eine reinhauen, aber das will ich den ganzen Abend schon. Da laufe ich lieber unserer kleinen Schauspielerin nach.

Ich denke schon, dass sie die Treppen nach oben an die frische Luft gegangen ist, da sehe ich sie alleine in einem kleinen Raum stehen. Sie hat die Arme um sich geschlungen und lehnt an einem Aquarium, das in der Wand eingelassen ist.

Der Raum scheint ein privates Zimmer zu sein, aber außer Zara ist niemand hier. Das Licht des Aquariums reflektiert in ihren Augen und Haaren. Sie wirkt nicht wirklich ruhiger, deshalb gehe ich langsam auf sie zu.

»Alles in Ordnung, Prinzessin?«

ZARA

Als ich Ryus Stimme höre, kann ich nicht anders als überrascht zusammen zu zucken. Ich möchte nicht, dass er sieht,
wie ich zittere. Abwehrend hebe ich eine Hand.

»Bleib stehen.«

Gehorsam bleibt der Japaner stehen, nimmt aber seine
Augen nicht von mir.

Ich versuche so gut ich kann durchzuatmen. Niemand soll
wissen, wie nahe mir die ganze Situation gegangen ist. Also
lächle ich meinen Gegenüber an und sage so ruhig, wie ich
kann: »Es geht gleich wieder. Das Metall war sehr kalt und
ich glaube ich brauchte einfach einen Moment.«

Ryu glaubt mir nicht. Das kann ich ihm ansehen.

Ich möchte, dass er geht, stattdessen streckt er einen Arm
aus und schließt die Türe hinter sich.

Die Stimmung in dem kleinen Zimmer verändert sich
schlagartig.

Ich fühle mich wie ein gefangenes Tier. Zwischen mir und
dem Ausgang steht ein 1,90m Mann, der aber keinen Schritt
auf mich zu macht. Ich ziehe verwirrt die Augenbrauen zusammen. Was soll diese Aktion?

»Jetzt sieht dich niemand und ich denke, dass uns auch keiner hört. Also, was ist los?«, fragt Ryu erneut und verschränkt die Arme vor der Brust. Unter seinem schwarzen T-Shirt spannen sich seine Oberarmmuskeln an.

Ich will ihm sagen, dass er sich zum Teufel scheren soll. Aber ein kleiner Teil in mir ist froh gerade nicht allein zu sein. Zugegeben, er ist nicht meine erste Wahl der Menschen, die ich in so einer Situation gerne bei mir gehabt hätte. Und trotzdem fällt es mir ein bisschen leichter einzuatmen. Vielleicht kann ich ihm einen kleinen Blick auf die Frau hinter der Maske geben.

»Ich bin als Kind oft mit Gegenständen geschlagen worden. Gürtel, Schuhe, Hundeleinen und eben manchmal auch mit Ketten. Nicht jedes Hollywood-Sternchen wächst behütet unter Glitzer und Federn auf.« Nicht die ganze Wahrheit, aber mehr bekommt er nicht.

Ich schenke Ryu ein Lächeln, das meine Augen nicht ganz erreicht. Er lächelt nicht.

»Ich habe mich wirklich nur erschreckt. Gib mir einen Moment und alles ist vergessen«, versuche ich zu versichern.

Als Ryu sich langsam auf mich zubewegt, drücke ich mich instinktiv gegen das Aquarium in meinem Rücken. Sofort bleibt der Japaner stehen.

»Ich tue dir nicht weh.«

Dieser Satz verlor jede Bedeutung, nachdem Anna und ich so oft in Schlägereien geraten waren, dass wir aufgehört hatten mitzuzählen.

Er will mich damit beruhigen. Stattdessen löst es in mir den Wunsch nach Flucht aus, doch wo soll ich hin? Der Raum hat keine Fenster und die einzige Tür liegt hinter der großen Gestalt des Mannes, der langsam auf mich zukommt.

»Bleib stehen«, versuche ich es erneut. Diesmal klingt meine Stimme wie ein Piepsen und überhaupt nicht mehr gefestigt. Trotzdem bleibt Ryu auch diesmal wieder stehen.

Langsam hebt er die Hände und zeigt mir seine Handflächen.

»Ich habe nichts mitgebracht, keine Ketten und kein Halsband. Michael hätte das nicht tun dürfen, immerhin hat Athena uns das mehr als nur ein Mal klar gemacht.«

Meine Augen springen zwischen seinen leeren Händen hin und her.

»Ich glaube nicht, dass ich diese Szenen drehen kann«, hauche ich und schlage mir sofort die Hand vor den Mund. Die Worte sind mir einfach herausgerutscht.

Panik fließt durch meinen Körper und ich drücke mich vom Aquarium weg.

»Sag niemandem, dass ich das gesagt habe!«

Zara Fletcher fleht nicht und doch greife ich nach Ryus Handgelenk. »Bitte.«

Seine dunklen Augen finden meine.

»Du brauchst mich um nichts zu bitten. Ich kann sehen, wie unangenehm es für dich ist.«

Das ist das Ende. Ich muss mich zusammenreißen. Mit Mühe kann ich das Zittern aus meiner Stimme halten.

»Ich brauche einfach ein bisschen mehr Zeit als andere. Ich schaff das schon.« Ich recke meine Nase hoch, aber das selbstsichere Gefühl bleibt aus. In diesem Raum steht nicht die Schauspielerin sondern der naive Teenager aus Whitechapel.

Ryu studiert mein Gesicht und mir wird klar, dass er sich nicht so einfach täuschen lässt wie andere.

Sein Blick wandert an mir vorbei und studiert die Wände

um uns herum.

»Würde es helfen, wenn du diejenige wärst, die diese Ketten hält?«, fragt er mich aus dem Nichts heraus. Es dauert einen Moment bis ich die Frage registriere.

»Was?«

»Ob es helfen würde, wenn du ein Gefühl für die andere Seite bekommst? Vielleicht nimmt es dir die Angst.«

Ich muss ihn wohl ansehen, als würde er japanisch mit mir sprechen.

Seufzend greift Ryu hinter sich und zieht eine Handfeuerwaffe aus seinem Gürtel. Mit aufgerissenen Augen weiche ich zurück.

»Keine Angst, Prinzessin. Wenn ich dich hätte erschießen wollen, hätte ich das längst getan.« Irgendwie beruhigen mich seine Worte nur bedingt. Er legt die Pistole auf den Tisch an der linken Wand des Raumes.

Für einen Moment sehe ich die geschlossene Tür an. Wenn ich jetzt loslaufen würde, könnte ich sie erreichen bevor Ryu sich wieder zu mir umdreht. Aber meine Beine sind wie festgefroren.

»Bevor ich gelernt habe wie man schießt, hatte ich wahnsinnige Angst vor Schusswaffen.«

Ich weiß nicht, ob er lügt, um mich zu beruhigen oder ob er mir die Wahrheit sagt.

»Erst mit meiner eigenen Waffe bin ich mir der Macht dahinter bewusst geworden. Man fühlt sich ein bisschen wie Gott, wenn man über Leben und Tod entscheiden kann.« Sein Lächeln hat etwas Wahnsinniges und schickt mir einen eiskalten Schauer den Rücken herab.

»Ich denke es würde dir auch helfen.« Damit lässt er seine Waffe auf dem Tisch zurück und wendet sich wieder mir zu.

»Ich soll jemanden erschießen?«, frage ich verwirrt.

Ryu lacht leise und legt den Kopf schief.

»Wenn du das möchtest? Aber ich dachte eher daran, dass du diejenige am anderen Ende der Kette sein solltest.«

Langsam beginnen die Worte des Schwarzhaarigen Sinn zu machen.

In meiner Rolle bin ich es, die sich unterwirft und die nachgibt. Es fällt mir schwer Schwäche zu zeigen, weil ich jahrelang schwach gewesen bin. Schmerz war für mich gleichzusetzen mit Angst. Nichts hinter all diesen »Spielzeugen« ruft in mir den Wunsch hervor sie zu verwenden.

Aber unser Produzent hat sich bestimmt etwas gedacht als er den Termin mit Athena ausgemacht hat.

Athena. Die Frau strotzt nur so vor Selbstvertrauen. Mit einem einzigen Wort kann sie einen Raum für sich einnehmen. In ihrer Hand kann ich mir gut vorstellen, dass Ketten anders wirken als auf den Londoner Straßen.

»Wie denkst du soll ich das machen?«, frage ich trotzdem verwirrt, aber zumindest hat die anfängliche Anspannung nachgelassen.

Ryu geht zur gegenüberliegenden Wand und nimmt ein ledernes Halsband und eine Eisenkette herunter. Ohne die Miene zu verziehen drückt er mir die Sachen in die Hand.

Zuerst will ich sie wegwerfen. Als ich in den Raum gelaufen bin habe ich mich gar nicht richtig umgesehen. Erst jetzt fallen mir die Dinge auf, die um uns herum an den Wänden hängen.

Erst Ryus Stimme zieht meine Aufmerksamkeit von den

Spielzeugen zurück auf ihn.

»Wuff.«

Verwirrt sehe ich vom Halsband auf und ziehe eine Augenbraue nach oben. Ein kleines Lächeln zieht an Ryus Mundwinkel. Langsam lehnt er sich vor, wobei sein Blick meinen festhält.

»Ich möchte keine Probleme am Set, die das ganze unnötig verkomplizieren. Außerdem wurde ich angestellt einer gewissen Prinzessin die Dreharbeiten zu erleichtern.«

Am liebsten wäre ich ihm dafür auf den Fuß gestiegen, stattdessen funkle ich ihn finster an. Das scheint Ryu nur noch mehr zu belustigen.

»Da sollte es eine Kleinigkeit sein für heute Abend den Spieß umzudrehen. Leg mir das Halsband an und hake die Kette ein. Vielleicht bekommst du dann ein Gefühl dafür.«

Als wäre es das Natürlichste der Welt, bietet mir dieser Mann an, ihn an die Leine zu legen.

Ich starre Ryu mit offenem Mund an. Dieser rollt nur mit den Augen und drückt mit seinen Fingerknöcheln meinen Mund zu, bevor er das Halsband wieder an sich nimmt.

Ohne viel Mühe legt er sich das schwarze Lederband um den Hals. Es ist nicht verziert und würde unter anderen Umständen bestimmt aussehen, wie ein normales Accessoire.

Mein Blick senkt sich auf die Kette zwischen meinen Fingern. Das Metall hat sich bereits erwärmt und die einzelnen Glieder liegen schwer in meinen Händen.

»Wird das heute noch was?«, fragt er mich ungeduldig. Trotz des Halsbands wirkt er so gar nicht unterwürfig. Vielleicht können das manche Männer einfach nicht.

»Ich glaube nicht, dass es mir hilft, wenn du mich jetzt

stresst«, zische ich genervt und hebe die Hände um nach dem kleinen Ring an seinem Halsband zu greifen.

Ryu lehnt sich mir entgegen, aber ich kann seinen wachsamen Blick auf mir spüren.

Er mag mir zwar Hilfe angeboten haben, aber ich sollte nicht leichtsinnig werden.

Mit langsamen Fingern hake ich die schwere Kette ein, das andere Ende halte ich fest.

»Und?«, fragt Ryu mich und schiebt seine Hände entspannt in seine Hosentaschen.

Ich spiele mit den schweren Ketten zwischen meinen Fingern. Das Geräusch beschert mir immer noch Gänsehaut, aber es ist auszuhalten. Deshalb zucke ich als Antwort mit den Schultern.

»Du wirkst eben nicht so, wie ich mir nach Athenas Erklärung einen Sub vorstelle«, gebe ich schulterzuckend zu. Ich wollte es frech klingen lassen, um damit meine Unsicherheit zu überspielen.

Womit ich nicht rechne ist Ryus Reaktion. Der große Japaner tritt einen Schritt von mir weg und geht vor mir auf die Knie. Das einzige Geräusch in dem Raum ist mein überraschtes Einatmen und das leise Klirren der Ketten.

Ryus Augen funkeln mich von unten herauf an und ich spüre eine leichte Hitze direkt unter meinem Bauchnabel.

»Besser?«, fragt er mit einem schiefen Grinsen.

RYU

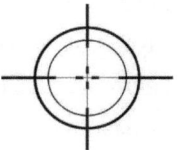

Alleine für Zaras Gesichtsausdruck feiere ich meine geniale Idee. Sie kam mir ganz plötzlich, als ich die Gerätschaften an den Wänden studiert habe.

Einen Moment lang komme ich mir dumm vor, denn welcher Mafia-Boss geht freiwillig auf die Knie? Aber ich sehe etwas in ihren grünen Augen aufblitzen und grinse sie von unten herauf an.

Sie hat Recht, ich bin nicht unterwürfig und in einer Beziehung, so wie Athena sie uns erklärt hat, wäre ich alles andere als ein Sub. Ich mag es nicht, wenn mir jemand sagt, was ich tun soll. Und noch weniger mag ich es anderen Leuten meine Lust zu überlassen.

Aber das hier ist keine sexuelle Beziehung. Ich helfe Zara ihre lächerliche Angst vor Ketten zu überwinden. ›Lächerlich‹ ist ein zu scharfes Wort, immerhin kenne ich den Ausdruck, der vorhin in ihren Augen lag, nur allzu gut. Ich habe sie nicht angelogen, als ich ihr von meiner anfänglichen Angst vor Schusswaffen erzählt habe. Deshalb wird auch sie mich nicht angelogen haben. So viel Ehrlichkeit traue ich der Frau vor mir schon zu.

Zara starrt mich wortlos von oben herab an. Ich ziehe eine

Augenbraue nach oben.

»Wenn das dein Auftritt als Christopher Black sein soll, dann kann der Film nur eine Katastrophe werden.«

»Halt die Klappe!«, faucht sie mich an und ich muss mir auf die Innenseite meiner Wange beißen, damit ich nicht wieder in ein breites Grinsen ausbreche. Irgendetwas hat die Schwarzhaarige an sich, das mich dazu bringt sie ständig provozieren zu müssen.

Langsam wickelt Zara ihr Ende der Kette um ihre Hand. Die einzelnen Glieder fangen an sich zu spannen und ich spüre einen leichten Zug an meinem Hals. Entgegen meiner Erwartung bekomme ich eine leichte Gänsehaut auf meinen Unterarmen. Ich gebe dem Zug etwas nach und lehne mich nach vorne.

Zara über mir atmet hörbar aus.

»Was? So überrascht, dass ich mich hierauf einlasse?«, frage ich sie und rolle meinen Kopf in den Nacken. Langsam beginnt dieses ›Spiel‹ mir Spaß zu machen.

Die Schwarzhaarige nickt und ich kann ihre Verwirrung über ihre Ehrlichkeit in ihrem Gesicht ablesen. Eine Flut an Emotionen scheint über sie hereinzubrechen, jede deutlicher in ihren Augen gespiegelt als die vorige. Es ist ein wahres Schauspiel ihr zuzusehen.

»Okay, lassen wir den Unsinn«, fängt sie an und will schon die Kette loslassen, aber ich habe gerade erst angefangen. Mit einer schnellen Bewegung packe ich Zaras Hand und halte sie mitsamt der Kette fest.

»Hast du nicht selber gesagt, dass du glaubst diese Szenen nicht spielen zu können? Das hier ist dein Übungsfeld. Ich biete es dir ein letztes Mal an. Ich möchte so schnell wie möglich alle nötigen Szenen abdrehen und dafür mache ich alles was nötig ist.« Meine Stimme kam kälter heraus als notwendig, aber sie verfehlt ihre Wirkung nicht.

Zaras Blick fängt meinen, anscheinend sucht sie einen Trick oder eine Lüge. Clever, denn unter anderen Umständen wäre ich jetzt aufgestanden und hätte über die Verrücktheit dieser Idee gelacht. Aber mein Angebot ist diesmal echt.

Dieser Dreh ist das einzige, was zwischen mir und meiner Freiheit in Amerika liegt. Und ich meine es ernst, dass ich bereit bin ein bisschen was von meinem Stolz einzubüßen, wenn sich die Prinzessin vor mir dafür etwas besser fühlt und wir so schneller fertig werden. Ich habe schon Schlimmeres getan, als vor einer Frau zu knien.

Ohne den Blickkontakt zu unterbrechen, öffne ich Zaras Hand und lege sie mir an die Wange. Die Ketten in ihrer Handfläche sind warm während sie mir ins Kiefer drücken.

»Unser Produzent hat eine Verschwiegensheitserklärung unterzeichnet, also bin ich vertraglich verpflichtet die Klappe zu halten. Solltest du das nicht auszunutzen wissen, Miss Fletcher?«, frage ich sie, kann aber den süffisanten Unterton nicht aus meiner Stimme nehmen.

Der dunkle Blick aus ihren Augen ist eine kleine Belohnung und ich drehe den Kopf, um ihr in die Haut zwischen Daumen und Zeigefinger zu beißen. Nicht hart genug, um durch ihre Haut zu kommen, aber mit genug Druck, dass sie überrascht ihre Hand zurückzieht.

Ich mag mich ihr angeboten haben, aber sie soll nicht glauben, dass ich dadurch handzahm werde.

Die grünen Augen der jungen Frau verlieren nichts von ihrer Aufmerksamkeit. Sehr gut, sie hat die Spielregeln verstanden.

»Was möchtest du als meine neue Herrin jetzt tun?«, richte ich mich neugierig an sie und verschränke die Arme vor der Brust.

Ich bin gespannt in welche Richtung sich das hier entwickelt. Aber wir sollten nicht zu viel Zeit verschwenden, bevor einer unserer Begleiter sich auf die Suche nach uns macht. Und einem Vollidioten, wie Michael einer ist, möchte ich ungern erklären müssen wie es zu dieser Situation gekommen ist.

Außerdem würde der Pisser nicht aufhören mir das vorzuhalten und ich kann es nicht leiden, wenn jemand etwas gegen mich in der Hand hat. Und einen Schauspieler seines Kalibers kann ich nicht einfach verschwinden lassen nur weil ich mich in meinem Ego verletzt fühle. Damit bin ich keinen Deut besser, als die Männer mit denen mein Vater zusammenarbeitet.

Der Gedanke an die drei Namen, die mich seit damals mit schlaflosen Nächten quälen, fängt mich ohne Vorwarnung ein. Ich bin wieder zehn Jahre alt und sehe in den Garten hinaus. Auf die Veranda und die mit Blut bespritzten Schiebetüren, wo sich das Rot bereits in das weiße Papier gesaugt hat.

Kazuo Matsumoto

Isamu Kurogane

Akihiko Inoue

Eine warme Hand in meinem Haar zieht mich aus dem eiskalten Wasser meiner Erinnerung und ich blinzle verwirrt, bis sich das dunkle Zimmer um mich herum wieder materialisiert.

»Wohin bist du gerade verschwunden?«, richtet Zara eine Frage an mich, wobei mich die Sanftheit ihrer Stimme überrascht.

Ich schüttle ihre Hand ab, für den kurzen Moment waren ihre weichen Finger zu angenehm in meinen Haaren.

»Ich habe mich nur an etwas erinnert. Mach dir keinen allzu großen Kopf darüber, Prinzessin«, sage ich mit einer ruhigen Stimme, die so gar nicht zu meiner Stimmung passen will. Ich versuche sie davon abzuhalten zu viel von mir zu sehen. Diese Situationen passieren normalweise nicht einfach so.

Nachts, wenn ich es schaffe aus meinem Albtraum zu entkommen, ist Tadashi da. Er ist der Einzige, der mich sehen darf, wenn die Erinnerungen meine Glieder einfrieren.

»Ich kenne diesen Ausdruck«, höre ich ihre Stimme über mir und meine Augen fliegen hinauf in das Gesicht der Schwarzhaarigen. Sie lächelt, aber das Lächeln erreicht ihre Augen nicht.

»Du musst mir nichts sagen, aber ich denke, dass wir doch mehr gemeinsam haben als ich dachte. Okay, ich nehme deine Hilfe an, aber nur dieses eine Mal. Und dann reden wir nicht mehr darüber«, lässt sie mich mit fester Stimme wissen. Anscheinend brechen wir gegenseitig durch unsere aufgebauten Mauern, ohne es wirklich zu wollen. Vielleicht ist da etwas hinter der Schauspielerin Zara Fletcher, das einem Yakuza wie Ryu Asano ähnlich sein könnte.

Also nicke ich und warte gespannt, was die junge Frau vor mir vorhat. Es dauert einen Moment in dem sie einfach nur atmet. Ihr Blick wandert meinen Körper herab, bis sich ihre Augen verdunkeln. Ich kann mir vorstellen, dass sie mir direkt in den Schritt sieht und ich rolle provokativ meinen Kopf zur Seite.

»Gefällt dir was du siehst, Prinzessin?«

»Von jetzt an bist du still«, bekomme ich meinen ersten

Befehl, seit ich auf die Knie gegangen bin. Ihre Stimme zittert immer noch, aber ich denke, wir bewegen uns in eine gute Richtung. Das hier ist eine gespielte Situation und wird ihr helfen.

»Okay«, gebe ich schulterzuckend zurück und sehe abwartend zu ihr auf. Sie überlegt und kaut auf ihrer Unterlippe herum. Ich möchte am liebsten aufstehen, ihr mit dem Daumen die Lippe zwischen den Zähnen wegziehen und sie stattdessen küssen. Der Gedanke kommt so plötzlich, dass ich nicht damit rechne.

Vielleicht bin ich schon zu lange abstinent und mein Hirn wäre bereit alles zu nehmen, was es bekommt.

Nein, das ist nur eine dumme Ausrede.

Ich bin kein sexsüchtiges Monster, das ohne Sex nicht überleben kann. Die Antwort ist nur einfacher sich einzugestehen als der Fakt, sodass ich diese Schauspielerin vor mir anziehend finde.

Zara scheint eine Entscheidung getroffen zu haben und gibt der Kette einen relativ starken Zug, der mich genug überrascht, dass ich das Gleichgewicht verliere und beinahe gegen sie falle. Sie steht immer noch mit dem Rücken gegen das Aquarium, somit kann ich mich mit meinen Händen links und rechts von ihrem Körper abfangen. Trotzdem kommt mein Gesicht ihrem Bauch nahe genug, um den Geruch ihres Parfüms, der an ihrem Kleid hängt in die Nase bekomme.

Sofort beginnt etwas in mir aufzulodern. Fuck, ich werde doch nicht etwa hart?

Zugegeben, ich war noch nie in so einer Situation, aber ich sollte nicht so einfach hart werden, nur weil ich vor einer Frau knie und ihr Parfum rieche.

Vielleicht bin ich doch untervögelt.

Ich möchte mich schon zurücklehnen, doch etwas in ihrem Blick lässt mich innehalten. Es ist ein Ausdruck, den ich nur allzu gut kenne. *Erregung.* Zara will mich genauso wie ich sie. Was passiert hier?

Mein Atem wird flacher, aber entgegen meiner Erwartung schiebt sie mich nicht von sich. Ich müsste meinen Kopf nur ein bisschen nach vorne lehnen und könnte mit meiner Nasenspitze ihren Bauch berühren.

Ich nehme eine meiner Hände vom Glas und lasse sie sinken. Mein Blick wandert ebenfalls an ihr herab, folgt der Form ihrer Taille, bis ich an ihren Beinen hängen bleibe.

Sie trägt keine Strumpfhose unter ihrem Kleid. Das ist mir schon im Auto auf der Herfahrt aufgefallen. Meine Hand bewegt sich schneller als ich nachdenken kann und legt sich an ihren Unterschenkel. Kurz zuckt sie unter meiner Berührung zusammen, entzieht ihr Bein aber nicht meinem Griff. Ihre Haut ist warm und weich unter meiner Handfläche. Ich fahre ihr Bein entlang nach unten, bis ich meine Hand um ihre Ferse legen kann.

Ihre dunklen Pumps stören mich, aber der Moment reicht, damit ich mich etwas zusammenreiße. Ich muss damit aufhören.

Um der Situation etwas Spannung zu nehmen, drücke ich gegen ihre Ferse und stelle mir ihren Fuß auf meinem Oberschenkel. Der Absatz ihres Schuhs drückt in mein Fleisch, aber es hilft mir mich darauf zu konzentrieren, dass diese Situation nur gespielt ist. Wieder sehe ich sie von unten herauf an.

»Ich mag den Ausdruck in deinem Gesicht.« Die Worte fallen

mir so leicht von den Lippen, aber diesmal fehlt der neckende Unterton. Erst da wird mir bewusst, dass es die Wahrheit ist. Es gefällt mir, dass sie mich mit so einem Hunger ansieht.

Mit einem leisen Rasseln lässt sie die Kette los, die neben uns zu Boden fällt. Ich erwarte schon, dass sie mich von sich schiebt. Stattdessen spüre ich wieder ihre langen Finger in meinen kurzen Haaren.

»Bilde dir nicht zu viel darauf ein, aber deine Hilfe ist wirklich... hilfreich.« Für jemanden, der mit einem auswendig gelernten Skript ihr Geld verdient, tut sich die kleine Prinzessin tatsächlich etwas schwer koherente Sätze zu bilden.

Mein Blick senkt sich wieder auf ihren Schuh. Die Anspannung ist aus ihrem Körper gewichen, ich denke die schlimmste Angst ist weg. Mein Ziel war es ja auch, dass sie diese Ketten mit etwas verbinden kann, dass keine Angst auslöst und das habe ich geschafft.

Der Dreh ist gesichert und die Hauptakteurin wieder auf Kurs. Ich sollte ihr Bein von mir heben und aufstehen. Aber ich bin Zara so nahe, dass ich das leichte Zittern ihres Oberschenkels sehen kann.

Mit einer Hand immer noch um ihre Ferse kann ich spüren, dass ihr gesamtes Gewicht auf dem anderen Fuß lastet und ihre Muskeln kaum unter meiner Hand arbeiten. Sie verspannt sich nicht und trotzdem geht ein Beben nach dem anderen durch ihre hellen Schenkel.

Langsam drücke ich mit der Hand ihr Bein nach oben.

»Ryu, was tust du-«, aber ich höre ihr gar nicht weiter zu. Stattdessen drehe ich den Kopf und drücke meine Nase gegen die Innenseite ihres Knies, direkt unter den Saum ihres Kleides.

Ihre Hand verfängt sich in meinem Haar, doch sie schiebt mich nicht von sich. Ich kann sogar spüren, wie ihr Kampf schwächer wird, bis ich den Absatz ihres Schuhs gegen meine Schulter abstellen kann.

Zaras Hand, die nicht in meinem Haar liegt, drückt ihr Kleid herunter, tut aber sonst nichts dergleichen um mich loszuwerden.

»Was denkst du, dass du hier tust?«, fragt sie mich, doch ihre schnelle Atmung verrät sie. Genauso wie meine mich verrät. Wir beide sind nicht blind genug zu ignorieren, was in diesem Zimmer passiert.

»Wir hatten vereinbart, dass ich dir helfe. Schon vergessen, das Wichtigste in einer Beziehung zwischen einer Dominanten und einem Submissiven ist Vertrauen. Vertraust du mir etwa nicht, Kätzchen?« Ich weiß, was sie erwidern wird. Wie sollten wir einander auch vertrauen können? Doch Miss Fletcher überrascht mich mit ihrer Antwort.

»Vielleicht. Beweis mir einfach, dass du nicht nur leere Töne spuckst sondern auch etwas hinter deinen blöden Worten steckt. Hunde die Bellen beißen bekanntlich ja nicht.« Ihr Grinsen löst in mir etwas aus, eine Hitze, die mich aus dem Konzept bringt.

Nie zuvor hat mich eine Frau nur durch ihre Worte und ein einziges Lächeln so in den Händen gehabt.

Sie möchte sehen ob ich nur belle oder auch beiße? Dann zeige ich ihr noch eine dritte Alternative, die ich ihr mit meinem Mund anbieten kann.

ZARA

Ich spiele mit dem Feuer.

Ryus Nase berührt immer noch mein Knie, so nah ist der Japaner mir. Sein Atem schlägt warm gegen meine Haut.

»Was hast du vor?«, frage ich und ziehe meine Augenbrauen zusammen. Vielleicht war es zu voreilig zuzugeben, dass ich Ryu genug vertraue, ihm nicht mein Knie gegen seinen Kopf zu rammen.

Doch der Mann vor mir antwortet nicht. Stattdessen senkt er den Blick und fährt mit seiner Hand erneut mein Bein entlang.

Ryu lässt sich nicht unterbrechen. Mit fast geschlossenen Augen wandert seine Hand weit genug nach oben, bis er seine Fingerspitzen unter den Saum meines Kleides schieben kann.

Panisch greife ich nach seinen Fingern und halte sie fest. Sein Blick scheint mich zu fragen, was ich will, aber was genau ist das? Mein Kopf brüllt mich an, ihn von mir zu stoßen und zurück zu Michael und Athena zu laufen.

Aber mein Körper spricht eine ganz andere Sprache. Es glüht unter meinem Nabel und mein Mund ist ganz trocken.

Ryu ist ein sehr attraktiver Mann, das weiß ich, aber fällt immer noch unter meine Regel keine anderen Schauspieler zu daten. Aber das hier ist ein kleiner Raum in einem Nachtclub. Hier unten müssen wir keine Schauspielkollegen sein. Vielleicht kann ich heute einfach Zara sein.

Langsam lasse ich seine Finger los und lehne mich etwas mehr gegen das Glas in meinem Rücken. Ryu nimmt meine wortlose Zustimmung mit einem Grinsen, das ich nur dieses eine Mal unkommentiert lasse.

Seine Lippen finden ihren Weg auf meine Haut und ich keuche überrascht auf. Ohne meinen Griff hält ihn nichts davon ab, mir das Kleid hochzuschieben und jeden Fleck freigelegter Haut mit seinem warmen Mund zu berühren.

Man muss kein Genie sein, zu erahnen, was der Mann vor mir vorhat. Vielleicht sollte ich ihn doch noch wegschieben. Zögerlich lege ich eine Hand an seine Schulter, doch bevor ich irgendetwas tun kann, öffnet er seinen Mund und ich spüre wie er sich in die Kuhle zwischen meinem Bein und meiner Unterwäsche festsaugt.

»Ryu!«, zische ich seinen Namen, aber ich kann ein leises Stöhnen nicht unterdrücken als der Japaner meinen Hintern mit seiner freien Hand genüsslich drückt.

Mein Bein rutscht nach hinten und hängt nun über seiner Schulter. Beinahe automatisch drücke ich den Schwarzhaarigen mit meinem Absatz enger an mich. Der tiefe Laut lässt meine Knie schwach werden.

Aber da schwebt sein Mund direkt über meiner heißen Mitte, das einzige was uns trennt ein dünnes Stück Stoff. Ich beiße mir auf die Lippen und mein Griff in Ryus Schulter wird nicht schiebend, sondern hart und beinahe zerrend. Seine warme Zunge zieht langsam Bahnen über den Stoff meiner Unterwäsche, als würde er auf etwas warten.

Meine Finger lösen sich und krallen sich stattdessen in sein kurzes, schwarzes Haar. Der Gedanke, dass es Ryu gefällt, wenn ich ihn ein bisschen härter anfasse lässt mich endgültig nass werden.

Der Mann unter mir knurrt leise, aber anscheinend hat er bekommen worauf er gewartet hat. Mit dem Daumen schiebt er den dünnen, nassen Stoff beiseite und ich spüre etwas Weiches zwischen meine Lippen streichen.

Ich beiße mir überrascht auf die Zunge. Es ist kein neues Gefühl, ich werde nicht zum ersten mal oral befriedigt. Aber bisher war es eine schnelle Geschichte, keiner meiner Partner hatte sich wirklich Zeit dafür genommen. Irgendwann war es mir zu umständlich geworden und ich hatte absichtlich darauf verzichtet.

Jetzt nach all der Zeit den Muskel zu spüren, der zielsicher meine Klitoris sucht und auch auf Anhieb findet, lässt ein Beben durch meinen Körper wandern.

Mit einem leisen Klicken fällt mein schwarzer Stöckelschuh von meinem Fuß und landet hinter Ryu auf dem Boden. Ich bemühe mich still zu sein. Keine Ahnung, wie dünn die Wände hier unten wirklich sind. Ryu scheint das egal zu sein, er scheint es darauf angelegt zu haben die Geräusche aus mir heraus zu lecken.

Seine Zunge rollt um mein kleines Nervenbündel und schickt mir einen Stromschlag nach dem anderen über den Rücken. Meine Augen rollen nach hinten und mein Bein erschlafft unter mir.

Ich erwarte, dass ich falle, aber nichts dergleichen passiert. Ryus starke Hand um meinen Po verstärkt ihren Griff und zusammen mit seinem Mund hält er mich aufrecht.

Seine Zurückhaltung scheint zu kippen, als ich seinen Namen leise stöhne und meine Finger tiefer in den schwarzen Haaren vergrabe. Ich kann gar nicht anders.

So lange habe ich mir nicht erlaubt das Mädchen aus Whitechapel zu sein. Jetzt kann sie ein Stück hervorkommen und dieses kleine Geschenk in Form einer talentierten Zunge genießen. Ich muss gar nicht wissen, mit wie vielen Frauen Ryu bereits etwas gehabt hat, um zu verstehen, woher dieses Talent kommt.

Da ist keine Eifersucht, warum auch? Wir sind nichts. Aber für jetzt ist dieses »nichts« genau das, was ich brauche.

Ich ziehe Ryu etwas näher an mich heran und das scheint die letzten Ketten in ihm zu brechen. Wie ein hungriges Tier drückt er sich an mich und ich spüre, wie der heiße Muskel seinen Weg in mich findet.

Einen leisen Aufschrei kann ich nicht zurückhalten bei der Wucht, mit der Ryu sich an mich presst. Mit der Intensität seines Körpers schiebt er mich die Glasfront des Aquariums in meinem Rücken nach oben.

Auch mein zweiter Schuh rutscht mir so von meinem Fuß. Sofort ist da Ryus zweite Hand, die mich in meiner Kniekehle packt und meine Beine auseinander drückt.

Mein Kleid verdeckt, was unter mir gerade geschieht, aber das lässt meine Fantasie nur noch mehr durchdrehen. Der Griff des Schwarzhaarigen ist hart, ich spüre seine Ringe in mein Fleisch drücken. Und gerade das schickt mir einen Schauer den Rücken herab.

Ich erinnere mich an meinen Traum, an die Hände, die

mich überall berührt haben. Jetzt spüre ich nur zwei, eine an meinem Hintern und eine, die mein Bein in der Luft hält.

Aber dafür spüre ich auch eine Zunge, die sich wieder und wieder in mir versenkt, wie ein stummes Versprechen für etwas anderes, größeres.

Abwechselnd leckt er in mich und dann wieder über meine Klitoris. Ich spüre seinen Atem heiß gegen meinen Venushügel schlagen und ich kann nicht anders als meine Hüfte zu rollen, gegen diese sündige Zunge und diesen verfluchten Mund.

Hunde die bellen, beißen nicht, aber sie sind weitaus gefährlicher als ich dachte.

Meine Augen werden glasig mit Tränen, die ich versuche wegzublinzeln. Meine Atmung verrät mich, genauso die Bewegungen meiner Hüften. Ich bin so kurz davor, nur noch ein kleines Stück.

Mit dem Bein über Ryus Schulter drücke ich ihn näher. Vielleicht ersticke ich ihn, aber gerade brauche ich seinen Mund auf mir mehr als er die Luft zum Atmen. Ich spüre wie er den Mund öffnet und seine Lippen um meine Klitoris legt. Dann spüre ich nichts mehr, außer einen Schock, der mir von der Haarspitze bis zur kleinen Zehe geht. Wie durch Watte höre ich Ryu leise Seufzen und das nasse Geräusch seiner Lippen, wie sie an mir saugen.

Überreizt wehre ich mich gegen noch mehr und kämpfe schwach gegen die Person, die mich als einziger davon abhält zu Boden zu fallen. Meine nackten Füße finden den kalten Boden und die Kälte hilft mir runterzukommen.

Ryu taucht unter meinem Rock hervor und schüttelt sich die kurzen Haare. Einige Haarsträhnen kleben ihm an der

Schläfe und ich traue mich nicht zu fragen, ob vom Schweiß oder etwas anderem.

In seinen dunklen Augen flackert immer noch das Verlangen, aber auf seinen Lippen liegt ein zufriedener Ausdruck. Sie glänzen feucht, genauso wie sein Kinn.

Ich kann spüren, wie ich rot werde und drücke meine Schenkel zusammen. Meine Mitte ist immer noch heiß, nass und pulsiert.

»Wir werden kein Wort darüber verlieren, was hier passiert ist, verstanden?«, frage ich sobald meine Stimme nicht mehr so atemlos klingt, wie ich mich fühle.

»Was immer du willst, Prinzessin«, entgegnet mir der Japaner und steht ruhiger auf, als ich es erwartet hätte. Hat ihn die Situation kalt gelassen? So hat es sich nicht angefühlt. Ich habe ihn unter mir gespürt, hungrig und genauso willig, wie ich in diesem Moment war.

Oder hat er die Situation einfach ausgenutzt? Die Hitze in meinen Wangen wandelt sich von Erregung zu Scham. Schnell beeile ich mich meine Haare und mein Kleid in Ordnung zu bringen. Ich erlaube mir dabei keinen Blick in Ryus Richtung, bevor ich etwas in seinen Augen lese, das diese Situation noch schlimmer machen könnte, als sie es bereits ist.

»Ich warne dich, Ryu-«, setze ich an, aber seine Hand um mein Handgelenk unterbricht mich.

»Keine Angst, dein Geheimnis ist sicher. Es wäre auch für mich keine gute Idee damit zu prahlen, dass ich die Hauptdarstellerin meines Films in einem dunklen Spielzimmer geleckt habe.« Ich höre sein Grinsen auch ohne es zu sehen und entziehe ihm meine Hand, um ihm eine Ohrfeige zu geben.

Doch auch diesmal fängt er meine Hand ab.

»Ich meine es ernst, Zara. Du kannst mir vertrauen.«

Meine Augen finden seine. Der dunkle Ausdruck in ihnen ist verschwunden. Sein Gesicht ist immer noch etwas verschmiert und er kommt mir nahe genug, dass ich mich selbst auf seinen Lippen riechen kann. Sofort flammt erneute Erregung hinter meinem Nabel auf, aber ich schlucke sie herunter.

»Okay, ich vertraue dir, zumindest was das betrifft. Spiel nicht mit meinem Vertrauen, ich gebe keine zweiten Chancen«, warne ich ihn bevor ich meine Hand zurückziehe. Er lässt es geschehen, nimmt seinen Blick, aber nicht von mir. Ich spüre ihn in meinem Rücken, als ich mich umdrehe und den Raum verlasse.

RYU

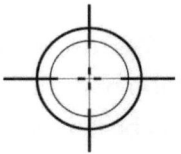

Erst als die Tür hinter Zara ins Schloss fällt, erlaube ich mir einen tiefen Atemzug. Ich rieche nur sie, auf meinen Lippen und ihr Parfum in der Luft. Es ist ein Wunder, dass meine Stimme so fest geklungen hat.

Mein ganzer Körper vibriert noch vor Erregung und ich greife mir jetzt, wo ich allein bin, endlich in den Schritt. Natürlich bin ich hart und mit einem leisen Geräusch ist mein Verschluss offen.

Ich hätte gern eine kleine Revanche gehabt. Ihre hübschen Hände oder auch ihr rot geschminkter Mund hätten mir schon gereicht. Aber so muss ich mich eben mit meiner Fantasie begnügen. Es wäre nicht das erste Mal, dass ich mir Zara so vorstelle.

Ich weiß, dass die Stimme im Trailerpark ihre gewesen ist. Ich hatte ihr leisen Seufzen und das zurückgehaltene Stöhnen gehört.

Und jetzt braucht es nicht viel um mir vorzustellen, wie sie dabei wohl ausgesehen hat. Durch ihr Kleid konnte ich diesmal ihr Gesicht nicht sehen, aber ihr Blick danach genügte, um meinen Schwanz vorfreudig zucken zu lassen. Und ihre Stimme war genauso heiser und versteckt, als würde sie sich selbst nicht erlauben, zu laut zu sein.

Keine Sorge, Prinzessin, ich würde dich noch zum Singen bringen, damit dieser Wichser Michael weiß, von wem er die Finger zu lassen hat.

Mitten in der Bewegung um meinen Schwanz halte ich inne und starre einen Moment auf die nass glänzende Spitze.

Was denke ich da? Ich habe keinen Anspruch oder irgendein verrücktes Recht auf Zara. Sie ist nicht meine Freundin oder sonst etwas. Sie ist die Schauspielerin, die für mein Ticket in die Freiheit sorgt. Das ist alles.

Und trotzdem ist da dieser Wille sie von allen hungrigen Augen zu beschützen. Nicht, dass sie Schutz brauchen würde. Genauso wie Athena ist Zara in der Lage für sich selbst einzustehen. Vielleicht braucht sie dafür mehr als einen Blick, so wie die blonde Domina, aber Zara ist kein kleines Mädchen.

Genau deshalb ist sie auch so wahnsinnig interessant. Die Persona, die sie vor der Kamera annimmt ist so ganz anders als die Frau, die ich hier in diesem kleinen Raum kennenlernen durfte. Hier konnte ich einen kleinen Teil der Frau sehen, die sie anscheinend so dringend verstecken möchte. Aber warum bloß?

Ich schließe meine Augen und stelle mir unsere Trockenprobe noch einmal vor, aber diesmal ohne unseren Produzenten. Wie ich Zara auf den Tisch gehoben habe. Der harte Kuss auf ihre vollen Lippen. Es braucht nicht viel mehr, bis meine Atmung schneller wird.

Mit der Zunge lecke ich mir über die Oberlippe und ihr Geschmack auf meiner Zungenspitze lässt mich mit einem leisen Geräusch in meine Hand kommen. Vielleicht landet etwas auf dem Boden, aber ich bin mir sicher, dass es nicht das erste und auch nicht das letzte Mal sein wird.

Bestimmt hat dieser Nachtclub ein gutes Reinigungsteam. Trotzdem sollte ich hier verschwinden. Ich wische mir die Finger notdürftig ab und beeile mich meine Hose wieder zu verschließen, als die Eisenketten gegen meine Hände schlagen und mir erst da bewusst wird, dass ich ja noch immer diese blöden Ketten und das blöde Halsband trage.

Genervt ziehe ich beides von mir runter und werfe es achtlos auf den Tisch. Dafür schnappe ich mir wieder meine Waffe und schiebe sie zurück an ihren Platz.

Für einen Moment hatte ich erwartet, dass Zara zu dem Tisch laufen und nach der Waffe greifen würde. Stattdessen war es ihr einfach nur wichtig, dass niemand erfuhr was wir hier getan hatten. Dieses Versprechen konnte ich ihr leicht geben.

Natürlich hätte ich gerne geprahlt, welcher Mann tat das nicht gern, aber ich sollte nichts unnötig riskieren. Mein sicherer Weg raus aus dem Clan meines Vaters hat die höchste Priorität für mich. Und der kleinen Prinzessin dafür nicht auf die zarten Zehenspitzen zu steigen, indem ich unser kleines Abenteuer nicht an die große Glocke hänge, ist nur ein angenehmer Nebeneffekt.

Es ist ein wenig schade, dass ich mir Mund und Kinn mit dem Ärmel meines Hemds abwischen musste. Ich würde Zara gerne noch länger auf meinen Lippen schmecken. Aber wenn es nach mir geht, können wir das gerne wiederholen. Mit einem letzten Blick auf das Aquarium in meinem Rücken, schiebe ich meine Hände in die Hosentaschen und verlasse das kleine Zimmer mit einem zufriedenen Grinsen auf den Lippen.

Als ich zu Zara und den anderen zurückkomme ist von der Frau aus dem Spielzimmer nichts mehr übrig. Sie wirkt genauso gefasst wie immer und ist in ein Gespräch mit Michael verwickelt. Vielleicht hat der Arsch sich entschuldigt. Wäre besser für ihn.

Ich erwische mich schon wieder in der Verteidigungshaltung für die Schwarzhaarige und zwinge meine Hände sich in meinen Hosentaschen zu entspannen.

Erst als Athena in mein Gesichtsfeld tritt, kann ich meinen Blick losreißen. Der Blick aus den Augen unter den dichten Wimpern ist durchdringend und erinnert mich daran, dass diese Frau nicht nur zum Spaß spielt.

»Ich dachte ihr drei seid nur Schauspielkollegen?«, fragt sie mich und ich sehe sie für einen Moment überrascht an. Hat Zara ihr gegenüber etwas erwähnt?

»Sind wir auch. Aber wir sind auch... Freunde«, das Wort kommt etwas schwer über meine Lippen und ich kann sehen, dass Athena mir nicht glaubt. Aber das ist egal, denn nach dem Filmdreh bin ich zu niemandem vom Set irgendetwas. »Ich bin Zara nur gefolgt, um sie zu beruhigen«, versuche ich mich noch etwas zu erklären und zucke mit den Schultern. »Das ist alles.«

Jahre in der Mafia lassen mich ohne Mühe lügen und Athena bohrt nicht weiter nach. Stattdessen sieht sie über die Schulter zu Zara und Michael bevor sie näher an mich herantritt.

Reflexartig möchte ich einen Schritt nach hinten machen, aber ihre Hand um meinen Oberarm hält mich zurück. Irgendetwas in ihrem Blick sagt mir, dass sie mir nicht nur Tipps zur Pflege von Spielzeug geben will.

Athena lehnt sich nahe genug zu mir, dass ihre geschminkten Lippen meine Wange streifen.

»Ich weiß nicht, ob deine Begleiter über dich Bescheid wissen.« Ihre Worte schicken einen Schauer der unangenehmen Art über meinen Rücken.

Athena und ich sind uns erst ein Mal begegnet und wir haben kein Geheimnis über unsere Verbindungen zur Unterwelt gemacht. Nachdem sie mit keinem Wort unser Treffen erwähnt hat, sah ich es auch nicht nötig es anzusprechen.

Es jetzt zu erwähnen muss einen guten Grund haben. Ich versuche so entspannt wie möglich dazustehen.

»Sie wissen nicht, dass ich zu den Yakuza gehöre. Zara glaubt bis heute, ich wäre Pornodarsteller, weil ich als Body-Double für ihren Partner agiere. Ich lasse sie in dem Glauben. Nach dem Filmdreh werden wir einander sowieso nie wieder sehen.«

Die Domina sieht über ihre Schulter zu Zara, die uns einen Blick zuwirft, den ich nicht deuten kann. Ist sie etwa eifersüchtig?

»Dann solltest du dich daran halten und aufpassen, mit wem du dich einlässt. Lass mich dir eine Warnung mitgeben.«

Meine Ohren beginnen zu rauschen. Warnungen sind nie etwas Gutes. Und ganz besonders welche, die an Mafiosi gerichtet sind. Ich spüre meine Finger zucken, aber ich zwinge meine Hände zur Ruhe und schiebe sie in meine Hosentaschen, bevor sie zu zittern beginnen.

»Nachdem du begonnen hast ein Netzwerk zu knüpfen, haben einige begonnen nach deinem Namen zu fragen. Zuerst bei den Galas, doch vor drei Tagen hat mich einer meiner Kunden über dich ausgefragt.«

Jemand ist vorab hier gewesen und hat nach meinem Namen

gefragt? Kalter Schweiß beginnt sich auf meiner Oberlippe zu sammeln, aber ich zwinge mein Gesicht zur Ruhe.

»Kennst du diesen Kunden und kannst mir seinen Namen verraten?«, versuche ich ruhig zu fragen, aber Athena hat meine Anspannung sehr wohl bemerkt. Ich sehe den entschuldigenden Ausdruck in ihren Augen, als sie antwortet: »Das kann ich leider nicht, Ryu.«

Die Frau mir gegenüber schlägt die Augen nieder und zum ersten Mal an diesem Abend sehe ich keine Löwin vor mir, sondern nur eine hart arbeitende Frau.

Ich weiß, dass sie unter Schweigepflicht steht und ich bin ihr mehr als nur dankbar, dass sie überhaupt soweit gegangen ist mich zu warnen.

Ich ziehe einen Mundwinkel hoch und gehe an der Blondine vorbei. Dabei streife ich ihren Handrücken mit meinem und flüstere: »Vielen Dank für deine Worte. Ich kann schon selbst auf mich aufpassen.«

Als ich wieder zu Zara und Michael stoße, bekomme ich von der Schwarzhaarigen einen finsteren Blick zugeworfen. Das Kätzchen wird doch nicht etwa eifersüchtig sein? Ich grinse ihr entgegen und sie wendet rasch den Blick ab. So so.

Michael ist derjenige, der die Hände in die Hüfte stemmt und mit lauter Stimme verkündet, dass er genug hat. Ich habe auch für einen Abend genug Neues in Erfahrung bringen können.

Zara verabschiedet sich von Athena und ich kann sehen, wie die Augen der Domina länger auf der Schauspielerin liegen, bevor sie den Blick abwendet. Hat ihr Kunde vielleicht auch nach Zara gefragt? Wenn dem so ist, dann ist sie in Gefahr.

Als wir die Treppen wieder nach oben gehen werfe ich

Athena einen letzten Blick zu, doch ihr Gesicht ist wieder die unleserliche Maske einer Herrin.

»Du und Athena scheint euch irgendwie gekannt zu haben. Bist du dir sicher, dass du nicht doch schon einmal hier unten warst?«, holt mich die schnippische Stimme neben mir aus meinen Gedanken.

Ich lächle Zara an.

»Eifersüchtig?«

»Auf dich oder auf sie?«

Zaras Haare wirken im schwachen Licht der Lampen an den Wänden wie Seide. Für einen Moment möchte ich ihr durch die kurzen Strähnen streichen, fange mich aber rechtzeitig.

»Ich bin ihr vorher in einem anderen Umfeld begegnet, das stimmt schon, aber von ihrem Beruf als Domina wusste ich nichts. Und auch nicht, dass sie diejenige ist, die uns heute empfangen würde.«

Ich weiß nicht, warum ich das Gefühl habe mich verteidigen zu müssen. Nach heute Nacht habe ich mit Zara mehr Körperkontakt gehabt als mit der Domina dort unten.

Der Gedanke an das Spielzimmer lässt meine Nasenflügel kurz beben. Aber diesmal wird das Gefühl schnell von einem anderen abgelöst. Wenn nach mir gefragt wurde, kann leicht eine Verbindung zu ihr und zum Rest des Sets gezogen werden. Ich muss morgen früh dringend mit Tadashi reden.

Zu dritt gehen wir zurück zum Auto, doch kaum haben wir den Club verlassen, werde ich das Gefühl nicht los, dass wir beobachtet werden. Wenn mein Vater oder einer seiner Geschäftspartner mich gefunden hat, könnte das mehr als nur mein Leben in Gefahr bringen.

Tadashis und meine Ankunft in Amerika haben wir so unauffällig wie möglich erledigt. Wir haben uns falsche Pässe besorgt und ich war besonders vorsichtig bei den Käfigkämpfen und den Treffen gewesen.

Wo war uns ein Fehler unterlaufen?

Bis ich nicht weiß, wo die Schwachstelle liegt und wer hinter mir her ist, werde ich doppelt so stark aufpassen, mich nicht zu verraten. Selbst, wenn das bedeutet meine Waffe von nun an im Trailer zu lassen, keine Ausfahrten allein mit meiner Maschine zu unternehmen und ganz besonders nicht mit anderen vom Set außerhalb der Drehorte gesehen zu werden. Das gilt insbesondere für eine gewisse schwarzhaarige Frau mit einem vorlauten Mundwerk.

ZARA

Nach dem Abend bei Frau Athena- nein, nur Athena, verstehe ich die Welt nicht mehr.

Gleich am nächsten Morgen will Ryu unbedingt einen Tag Ausgang haben. Ich kann durch das Fenster seines Trailers sehen, wie er sich mit unserem Produzenten streitet. Ohne Ton hat die ganze Situation etwas Komisches. Beide Männer scheinen nicht von ihrer Meinung abweichen zu wollen. Männer können so stur sein.

Irgendwann stürmt Herr Cheek aus dem Trailer und ich kann an Ryus Gesichtsausdruck erkennen, dass er bekommen hat, was er wollte. Mit leichtem Schritt steigt er die kleinen Treppchen herunter und lässt sich neben mich auf einen der Regiesessel fallen.

»Hast du etwa gelauscht, Kätzchen?«

»Nenn mich nicht so!« Mein Fauchen hilft mir nicht gerade meinen Standpunkt klar zu machen.

Aber ich bin wieder in meiner gewohnten Umgebung. Das hier ist mein Spielfeld und hier bestimme ich die Regeln. Irgendwie scheinen mir Athenas Worte doch unter die Haut gegangen zu sein. Sie hat mir gezeigt, dass auch ich ohne Schwierigkeiten die Zügel in der Hand halten kann. Oder die

Ketten. Sofort ist da wieder das Bild von Ryu, wie er in dem kleinen Raum vor mir auf dem Boden kniet.

Für mich gehört knien zu etwas, dass man in einer Kirche tut. Und die Art und Weise, wie er sich gegen mich gedrückt hat, hätte mich auch beinahe glauben lassen, dass er ein Gläubiger ist, der unter meinem Rock die Erlösung sucht. Aber die Einzige, die Erlösung gefunden hat war ich, oder?

Ich versuche mit langsamen Atemzügen die Hitze aus meinen Wangen zu vertreiben. Der ganze Abend war ein reines Chaos und ich sollte nur das mitnehmen, was mir auch auf dem Set von Nutzen sein wird.

»Du solltest Herrn Cheek nicht so provozieren, er ist immer noch unser Produzent«, versuche ich gefasst und beinahe gleichgültig zu erwidern, während ich in meinem Skript blättere.

»Provozieren?« Ryu lacht.

»Ich habe lediglich um einen Tag Urlaub gebeten, weil ich etwas zu erledigen habe. Das sollte eure wichtige Planung nicht durcheinander bringen. Immerhin braucht ihr mich sowieso nur als Körperobjekt.« Die Art, wie er das mit einem Schulterzucken sagt, lässt mich aufsehen. Seine Augen sind so dunkel wie die Nacht.

»Du bist nicht nur ein Körper sondern genauso Schauspieler wie ich oder Michael. Aber, wenn du etwas Wichtiges zu erledigen hast, dann geh ruhig. Frag Herrn Cheek dafür trotzdem das nächste Mal einfach früher.«

Ich muss wegsehen, denn der Ausdruck in Ryus Augen lässt meine Oberarme kribbeln. Dafür ist der Raum, das Halsband und die Kette noch zu deutlich in meiner Erinnerung.

»Möchtest du wissen, weshalb ich um einen freien Tag

gebeten habe?« Ryus Stimme ist plötzlich ganz nah an meinem Ohr. Ich kann mich gerade noch zurückhalten nicht nach ihm zu schlagen. Das hier ist kein leeres Zimmer, wir sind auf einem Set umringt von Menschen.

Für sie sehen wir aus wie zwei Schauspieler, die sich miteinander unterhalten. Auf meinem eigenen Schlachtfeld so Schach matt gesetzt zu werden gefällt mir nicht. Trotzdem lasse ich mir nichts anmerken und flüstere genauso anzüglich zurück.

»Wirst du es mir denn verraten?«

Daraufhin lacht der Japaner, steht auf und schiebt sich eine Sonnenbrille auf die Nase.

»Vielleicht ein anderes Mal, Kätzchen, aber zuerst muss ich sicherstellen, dass-« Er unterbricht sich selbst und das Lächeln auf seinem Gesicht verschwindet. Bevor ich nachfragen hätte können, hat er mir schon den Rücken zugedreht und ist auf den Parkplatz raus verschwunden, wo er in ein schwarzes Auto steigt und davon fährt.

Für den Rest des Tages höre ich von Ryu nichts mehr. Ich mache mir keine Sorgen um ihn, aber unsere letzte Unterhaltung war so merkwürdig, dass ich mich gar nicht richtig konzentrieren kann.

Als er am späten Abend zurückkommt, wirkt er angespannt. Ich lege keinen Wert darauf zu lauschen, aber genauso wie beim letzten Mal sehe ich ihn auf meinem Weg nach dem Zähneputzen zurück zu meinem Trailer.

Ich bleibe ein paar Meter entfernt stehen, damit die beiden Männer mich nicht bemerken. Ich verstehe nicht, was sie sprechen, aber ich versuche das Gesicht des zweiten Mannes zu erkennen. Er ist Japaner, genauso wie Ryu. Sie sprechen japanisch, deshalb verstehe ich kein Wort.

Der zweite Mann ist gleich groß und sieht Ryu sehr ähnlich. Ein Bruder vielleicht? Ihm fehlen die Tätowierungen, zumindest auf den Hautstellen die ich durch den braunen Anzug sehen kann. Außerdem fehlt ihm das erste Glied seines linken Ringfingers. Kurz läuft mir ein Schauer über den Rücken und ich beeile mich jetzt doch zurück zu meinem Trailer zu laufen.

Ich schlüpfe durch die Tür, ziehe sie aber nicht zu, denn plötzlich höre ich Ryus Stimme, wie er auf englisch antwortet: »Ich weiß, Tadashi, bitte. Nur noch ein paar Monate. Sobald das hier erledigt ist, werde ich mich von ihr fernhalten.«

Mein Herz beginnt lauter zu schlagen. Ein dummer Teil in mir überlegt für einen Augenblick, ob ich damit gemeint bin. Der dumme Teil aus Whitechapel, der ein einziges Mal zugelassen hat, sich gut zu fühlen und jetzt am erstbesten Mann hängt. Ich schüttle den Kopf und ziehe die Tür hinter mir nun doch zu.

Vielleicht meint Ryu mit seinen Worten Athena. Sie schien ihn ziemlich gut zu kennen. Irgendwie wirkte sie besorgt oder sogar traurig, als wir uns verabschiedet haben.

Mit dem Rücken gegen die Trailertür gedrückt stehe ich noch eine Zeit lang da, aber die Geräusche draußen sind verstummt. Ryu und der Mann sind vielleicht in seinen Trailer gegangen oder haben sich verabschiedet.

Ich lege mich auf mein Bett und starre meine Trailerdecke an. Meine Gedanken kreisen immer noch um den Abend in dem Nachtclub. Genervt drücke ich mir meine Handballen gegen die Augen bis ich Sterne sehe.

Es sollte mir nicht so nachhängen. Ein Moment der Schwäche, nichts weiter und trotzdem kann ich ein leichtes Kribbeln in meinen Zehenspitzen fühlen, wenn ich daran denke wie mühelos der Japaner mich am Glas des Aquariums entlang nach oben geschoben hat.

Ich stöhne genervt und presse die Augen zusammen. Ein einziges Mal war ich schwach geworden und das hatte ich jetzt davon! Aber so wie Ryu es gesagt hat, in ein paar Monaten wären die Szenen abgedreht. Danach würden wir einander nie wieder sehen.

Und bis es soweit ist vertraue ich darauf, dass er sein Versprechen hält und unser kleines Geheimnis für sich behält.

RYU

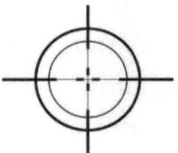

Das Gespräch mit Tadashi hat mich in meiner Vorahnung nur bestätigt. Auch ihm sind einige Gestalten aufgefallen, die Runden um unser Apartment gedreht haben. Sollte mein Vater mich schon so schnell gefunden haben? Oder noch schlimmer einer seiner Geschäftspartner?

Meine Finger streichen über eine vernarbte Stelle auf meiner linken Brust. In verwackelten Zeichen sind mit dunkler Tinte drei Namen in meine Haut tätowiert.

Kazuo Matsumoto

Isamu Kurogane

Akihiko Inoue

Wieder und wieder gehe ich die drei Namen in meinem Kopf durch. Erneut fängt mein Sichtfeld an zu verschwimmen, wie immer wenn ich mich zu sehr in meinen Emotionen verliere. Wenn tatsächlich einer der drei mir auf den Fersen ist, könnte Tadashi und mein Plan in Gefahr sein.

Mein Blick landet auf dem halb ausgetrunkenen Whiskey Glas und meiner Waffe, die daneben liegt.

Alles, was ich angefangen habe aufzubauen könnte sich innerhalb eines Tages in Luft auflösen. Bis ich nicht meinen eigenen Clan gegründet habe, kann ich nichts in Amerika ausrichten. Jeder der drei Männer hätte genug Macht allein durch die Rückendeckung meines Vaters sich die Unterstützung jedes Mafiosi in den ganzen Vereinigten Staaten zu sichern.

Stöhnend lasse ich meinen Kopf in den Nacken fallen und schließe die Augen. Ich muss nachdenken. Solange sich niemand von ihnen zeigt, kann ich niemanden ausschließen.

Ich brauche mehr Zeit, um mich zu festigen und mir ein Netzwerk aufzubauen. Erst nach diesem Dreh können Tadashi und ich eine Staatsbürgerschaft und Immunität beantragen. Danach kann ich einen Clan aufbauen und mich endlich vollständig von meinem Vater lösen und stehe nicht mehr unter seinem Zwang.

Langsam öffne ich meine Augen, aber es dauert einen Moment bis sich mein Blickfeld klärt. Ich schlucke gegen meine trockene Kehle an und kämpfe mich in eine aufrechte Position, damit ich mein Whiskey Glas erreichen kann.

»Du solltest nicht so viel trinken, ich muss dich nachher wieder allein lassen.« Tadashi Stimme dringt aus dem hinteren Teil meines Trailers, nachdem er alles nach Wanzen oder anderen Abhörgeräten abgesucht hat.

»Du klingst mehr wie eine Mutter als meine es je war«, grunze ich ihm auf japanisch zurück, bevor ich mich räuspere und das Glas wieder zurückstelle. Er kann ja wirklich nichts dafür. Tadashi ist der einzige, der mir helfen kann. Ich habe in Amerika niemanden auf den ich mich verlassen kann außer meinen alten Freund.

»Ich brauche etwas, damit ich nicht sofort an Yuki denken muss.« Ich sprechen den Namen meiner ehemaligen Verlobten so selten aus, dass es sich für einen Moment merkwürdig auf meiner Zunge anfühlt.

Tadashi setzt sich langsam neben mich auf die Eckbank und sieht mich einen langen Moment schweigend von der Seite aus an.

»Ich habe nie nachgefragt und werde es auch nicht. Aber ich bin hier für dich«

Emotionen sind ein schwieriges Thema unter uns Yakuza. Sie zu zeigen bedeutet sich zu öffnen. Und das gibt anderen die Möglichkeit dich zu verletzen.

Ich vertraue Tadashi. Wenn es tatsächlich zu einer Konfrontation mit den drei anderen Clan-Anführern kommt, möchte ich, dass er Bescheid weiß. Also erzähle ich ihm von den Geschehnissen vor 22 Jahren.

Ich versuche mich nicht zu sehr in meinen Gefühlen zu verlieren und so sachlich, wie möglich zu bleiben.

Yuki und ich waren Kinder gewesen, als sie mir versprochen wurde. Es ist nicht unüblich zwei Familien oder Clane so zu verbinden und ich hatte mich gefreut, dass es sie gewesen war. Wir beide waren keine Fremden und hatten schon of zusammen gespielt.

Zu spät bemerkte ich, dass es andere Männer gab, die gerne ein Wort bei dieser Vereinigung mitgesprochen hätten. Wie die drei Arschlöcher auf meiner Abschussliste zum Beispiel. Dass Yuki zu diesem Zeitpunkt acht Jahre alt war, störte sie nicht wirklich.

Was genau sie ihr angetan haben, bevor ich ihre Leiche auf der Veranda unseres Herrenhauses in Enoshima gefunden habe, weiß ich bis heute nicht genau. Aber ihr Zustand zu dem Zeitpunkt gibt mir genug Hinweise und schlaflose Nächte über die vergangenen zwei Jahrzehnte.

Wenn ich heute die Augen schließe sehe ich sie deutlich vor mir und manchmal rieche ich das Blut, den Sommerregen und die Kirschblüten aus unserem Innenhof.

Ich schlucke und erkläre Tadashi, dass die drei Bastarde Yuki getötet und mir den Mord an ihr angehängt hatten. Ich vermute, dass sie so versucht hatten mich loszuwerden. Ohne einen Erben wäre es für die drei geldgeilen Säcke einfach unseren Clan unter sich aufzuteilen, wenn mein Vater einmal nicht mehr wäre.

Mein Vater glaubte ihnen mehr, als seinem eigenen Sohn. Ich wurde ausgepeitscht und auf ein Internat in Übersee geschickt. Erst als ich 18 Jahre alt war, durfte ich zurückkehren, aber unsere Vater-Sohn-Beziehung war niemals wieder so wie vor diesem Vorfall.

Mein Vater schweigt zu der ganzen Geschichte, als wäre nie etwas passiert. Aber ich hatte genug Zeit mir Gedanken dazu zu machen. Und so begann meine Planung die drei Monster zu jagen und im richtigen Moment zur Hölle zu schicken.

Ich beende meine Erklärung hier. Mehr kann und will ich Tadashi nicht erzählen. Und mehr braucht er auch nicht zu wissen. Mit dem Daumen drücke ich gegen die Zeichen auf meiner Brust.

»Ich werde jeden einzelnen von ihnen finden und sie solange quälen, bis auch sie seinen Namen nicht mehr vergessen werden.«

»Ich weiß und ich werde bis zum letzten Atemzug an deiner Seite sein, Oyabun.« Die Stimme meines Freundes ist genauso fest, wie an dem Tag als er an meiner Seite in das Flugzeug in Tokio gestiegen ist. Ich bin noch kein Clanoberhaupt, aber der Titel allein lässt mich genug ausnüchtern, sodass mein Blick wieder klar wird. Es steht zu viel auf dem Spiel. Ich kann mir nicht erlauben in Selbstmitleid zu versinken.

»Wir müssen sichergehen, dass sie unser Apartment für unseren Hauptstandort halten. Du musst eine zweite Unterkunft finden von der niemand wissen darf. Finde einen Platz bei dem wir als Untermieter ungesehen bleiben können. Es sind nur noch ein paar Monate, dann können wir die letzten Ketten sprengen und untertauchen.«

Tadashi steht auf und verbeugt sich vor mir. Normalerweise kann ich dieses förmliche Gehabe zwischen uns Freunden nicht leiden, aber in diesem Augenblick sind wir Oyabun und Wakagashira.

Ich sehe meinem alten Freund nach, wie dieser meinen Trailer verlässt und in der schwarzen Limousine verschwindet.

Langsam kann ich mich wieder sammeln. Ich werde nicht zulassen, dass sich jemand zwischen mich und meine Freiheit stellt.

Die kommenden Tage erlaube ich mir keine Fehler. Jede Person, die ich nicht vom Set kenne, könnte ein Spion sein und wird von mir bis ins kleinste Detail durchleuchtet.

Tadashi hält mich mit unserer Wohnungssuche am laufenden, indem er mir codierte Nachrichten durch den Produzenten zukommen lässt.

Gegenüber Zara verhalte ich mich so kalt wie ich nur kann. Solange ich nicht weiß, ob es Untergebene der drei Teufel oder meines Vaters hier gibt, werde ich ihnen keine Möglichkeit lassen mich mit irgendjemanden vom Team in Verbindung zu bringen. Ich werde keine Unschuldigen in meinen Rachefeldzug reinziehen.

Zara scheint meine distanzierte Art zu bemerken, aber sie zeigt keine Anzeichen, dass sie weiß was ich bin. Es gefällt mir nicht, welche Blicke sie mir zuwirft. Trotzdem ist es besser so. Sie soll mich lieber anfangen zu hassen, als Gefahr zu laufen, dass ihr etwas zustößt. Jede Person hier könnte gegen mich verwendet werden.

Ganz besonders die Schwarzhaarige mit dem forschen Mundwerk. Dadurch, dass ich jeden am Set argwöhnisch beobachte, fange ich auch wieder an ihr bei den Dreharbeiten deutlicher zuzusehen.

Sie ist immer noch beeindruckend. Kaum laufen die Kameras, kann sie alles sein, was von ihr verlangt wird. Ihr Spielpartner wirkt oftmals einfach so, als würde er sich selbst spielen. Selbstverliebter Idiot.

Herr Cheek ruft dazwischen, damit er Zara Regieanweisungen geben kann. Ich finde nicht, dass sie das notwendig gehabt hätte, aber was weiß ich schon.

Am Ende des Drehtages kommt es nach langer Zeit mal wieder zu einem gemeinsamen Abendessen. Diesmal bin ich sehr wohl dabei, denn ich muss wissen, ob jemand fehlt.

Es wäre viel einfacher Tadashi hier zu haben. Vier Augen können einfacher ein Set von 40 Menschen beschatten, als ein

Mann allein. Aber bisher ist nichts Auffälliges passiert. Das kann sich aber in einem einzigen Augenblick ändern.

»Normalen« Menschen mag ich paranoid vorkommen, aber solche sind auch noch nie mit einem Pistolenlauf gegen ihren Kopf aufgewacht.

Ich nehme neben Herrn Cheek platz und versuche so locker zu wirken, wie ich kann. Vielleicht bin ich doch ein besserer Schauspieler, als ich dachte, denn unser Produzent geht nicht auf meine kalte Art ein.

»Jetzt, wo ich euch alle zusammen habe, möchte ich etwas verkünden.« Mit erhobenem Glas steht er auf und die Geräuschkulisse verstummt um mich herum. Alle Augen sind auf den Mann am Kopfende des Tisches gerichtet.

Fast alle, denn meine Augen ruhen einen langen Moment auf Zara, aber sie scheint es nicht zu bemerken oder ignoriert mich absichtlich. Es sticht, aber sie ist ein cleveres Mädchen. Je weniger wir hinter der Kamera agieren, desto sicherer ist sie.

»Wir neigen uns mit großen Schritten dem Ende zu.«

Diese Worte lassen mich doch aufhorchen. Die letzten Tage sind für mich ein einziger Strudel und ich gebe zu, dass ich nicht besonders viel geschlafen habe.

Zu hören, dass wir bald fertig sind, lässt mein Herz schneller schlagen. Bald können Tadashi und ich unseren nächsten Schritt angehen. Dann sind wir unsichtbar und können einen Gegenangriff planen.

»Deswegen möchte ich euch alle sehr gerne zu einem Gala-Abend einladen. Es wird eine geschlossene Veranstaltung sein, lediglich ein paar Reporter ausgewählter Zeitschriften werden für Promotion Zwecke dabei sein. Ich konnte dafür ein Penthouse organisieren.«

Sofort gehe ich in meinem Kopf durch, wie sicher so eine Veranstaltung wohl sein würde. Ich komme zu dem Schluss, dass eine geschlossene Veranstaltung mit Reportern einen direkten Angriff ausschließt. Keiner der Oyabun wäre naiv genug, einen offenen Angriff auf so eine zentrale Location wie ein Hotel im Zentrum von Manhattan zu planen.

Trotzdem werde ich mit Tadashi Vorbereitungen treffen müssen. In meinem Vertrag steht ausdrücklich, dass es keine Bilder außerhalb des Sets von mir oder meinem Gesicht gibt. So kurz vor unserem Ziel werde ich mir keinen einzigen Fehler erlauben.

ZARA

Die ersten Tage bemerke ich die merkwürdig abweisende Art des Japaners nicht wirklich. Aber als er beginnt mir absichtlich aus dem Weg zu gehen, fange ich an stutzig zu werden. Was stimmt denn mit ihm nicht?

Nach der Ankündigung der Gala ist Ryu der erste, der den Tisch verlässt. Ich sehe dem Dunkelhaarigen nach und beiße mir auf die Innenseite der Wange. Am liebsten würde ich ihm nachlaufen und ihm eine reinhauen.

Für die Art und Weise, wie er mich plötzlich ignoriert als sei ich Luft. Dafür, dass ich mich seit diesem verdammten Abend zu ihm hingezogen fühle. Und ganz besonders dafür, dass er mir mit seiner Ignoranz deutlich zu verstehen gibt, dass ihm die Situation scheißegal war.

Vielleicht hat er mich wirklich einfach nur verarscht. Ich habe einen Moment der Schwäche zugelassen und er hat es ausgenutzt. Schön, dann werde ich ihn eben genauso ignorieren.

Bis auf die Szenen zusammen, habe ich kein Interesse mehr daran mehr Zeit als notwendig mit ihm zu verbringen. Er ist ein mieses Arschloch und kein bisschen besser als irgendein anderer Mann.

Und genau das macht mich so zornig.

Ryus Art hat mich herausgefordert. Seine Sticheleien haben dem Mädchen aus Whitechapel in mir ein Ventil gegeben. Jahrelang habe ich die Maske der Zara Fletcher getragen. Und dann kommt so ein hübscher Ausländer und lockt mühelos einen Teil meines wahren Selbst hervor.

Ich bin so wütend, dass ich keinen weiteren Bissen runterbringe. Kein Mann sollte so eine Macht über mich haben. Von jetzt an werde ich mich extra bemühen keine Risse in meinen Mauern zuzulassen.

Ryu hat mir eindeutig gezeigt, dass er nur mit mir gespielt hat. Diese Genugtuung werde ich ihm nicht geben. Ich bin seit Jahren Schauspielerin und kann sein, was immer ich will. Und jetzt will ich die selbstbewusste Frau sein, die ich vor seiner Ankunft gewesen bin.

Der Abend der Gala ist schneller da als gedacht.

Ich ziehe mir etwas umständlich allein den Zipper meines dunkelroten Kleides hoch. Einige kurze Strähnen fallen mir dabei aus meiner schlichten Hochsteckfrisur.

Da heute Abend Reporter anwesend sein werden, habe ich versucht so zurecht gemacht wie möglich auszusehen.

Ich verbringe eine gute halbe Stunde damit nach meinen Stöckelschuhen zu suchen, bis ich mich daran erinnere, dass ich sie ja damals auf dem Parkplatz verloren habe. Sofort wellt eine neue Welle Zorn auf, als mir bewusst wird, dass der Bastard einen Trailer weiter daran schuld ist.

Ich wollte der bessere Mensch sein, aber noch sind wir nicht auf der Gala. Bevor ich mir meine Maske wieder aufsetzen kann, möchte ich noch ein Mal explodieren.

Draußen ist es ruhig. Die meisten werden bereits auf dem Weg zum Shuttlebus sein. Ich reiße mit einer Hand die Tür zu meinem Trailer auf, bereit alle möglichen Schimpfwörter, die mir einfallen, dem Japaner an den Kopf zu werfen. Da fällt mein Blick auf ein paar Schuhe, die vor meiner Tür abgelegt worden waren.

Die kleinen Strasssteine glitzern im schwachen Licht, aber ich erkenne sie trotzdem wieder. Es sind meine Schuhe. Und nicht einfach dieselben Designerschuhe sondern wirklich *meine* Schuhe. Ich erkenne das leicht eingedrückte Fersenpolster und den einen Stein direkt über dem Verschluss, der mir vor einiger Zeit aus der Fassung gebrochen war.

Langsam, als könnten mich Schuhe anspringen, hebe ich sie auf. Meine Augen suchen den Platz vor meinem Trailer ab, ich kann aber niemanden sehen. Vielleicht hat Herr Cheek oder Bill jemanden ausgesandt sie vom Parkplatz einzusammeln.

Ich ziehe sie mir über die Füße und muss erstaunt feststellen, dass sogar die Absätze repariert worden sind. Ich kann ein leichtes Lächeln nicht verhindern.

Rasch schnappe ich mir meine Clutch und beeile mich ohne zu stolpern zum Sammelplatz für den Shuttlebus zu kommen. Der Zorn ist für den Moment verraucht. Glück gehabt, Ryu.

Überraschenderweise ist er bereits vor mir da. Meine Schritte verlangsamen sich. Irgendwie habe ich mir für einen kleinen Augenblick gewünscht, dass er hier bleiben würde. Dann wäre es mir einfacher gefallen meine Maske wieder an ihren Platz zu schieben.

So muss ich ihn ansehen und spüre ein leichtes Flattern in meiner Brust, das sofort abgelöst wird von einem säuerlichen Gefühl in meiner Kehle.

Mich so auszunutzen, wie er es in dem Club getan hat und dann zu ignorieren lässt den Zorn in mir wieder aufflammen. Ich schlucke ihn herunter und kämpfe mir einen neutralen Gesichtsausdruck auf.

Natürlich sieht er in genau diesem Augenblick zu mir rüber. Vielleicht bilde ich es mir nur ein, aber da ist ein Ausdruck in seinen Augen, den ich nicht deuten kann. Genauso schnell, wie er gekommen ist, verschwindet er auch wieder.

Langsam kommt er auf mich zu und ich überlege mir einfach wegzulaufen. Ich fühle mich wie ein Reh, das den Wolf gerochen hat.

»Wie ich sehe, hast du mein Geschenk bekommen.«

Seine Stimme ist ein leises Raunen. Er lehnt sich zu mir, aber mein Körper ist wie eingefroren. Trotzdem halte ich den ruhigen Gesichtsausdruck eisern.

»Welches Geschenk? Ich habe nichts bekommen.«

Er ist mir so nahe, dass ich sein Aftershave riechen kann. Meine Kehle wird trocken und ich schlucke ein, zwei Mal.

Mit erhobenem Haupt will ich mich an ihm vorbei zum Shuttlebus bewegen, als ich seine Hand um meinen Oberarm spüre. Es tut nicht direkt weh, aber der Griff ist stark genug, dass ich stehen bleibe und ihn verständnislos ansehe. Sein Blick wandert an mir hinab und meine Haut fühlt sich an, als würde sie in Flammen stehen. Sie prickelt unter meinem Kleid und ich fühle mich, als würde ich nackt vor ihm stehen. Er sieht kurz zu Boden, nur um mich dann direkt anzugrinsen.

»Wenn ich gewusst hätte, dass dir deine Schuhe so egal sind, hätte ich sie auf dem Parkplatz liegen gelassen. Das bekommt man also für seine Nettigkeit.«

Seine Worte brauchen einen Moment bis sie zu mir durchsickern. Meine Schuhe?

Mein Blick folgt seinem etwas verwirrt, bis es klickt. Ryu war derjenige, der meine Schuhe vom Parkplatz geholt und anscheinend auch repariert hat. Meine Augenbrauen ziehen sich unverständlich zusammen.

»Warum?«, frage ich verwirrt und kann das leichte Flattern in meiner Brust nicht ignorieren. Doch er grinst mich nur an und löst den Griff um meinen Arm.

»Brauche ich dafür einen Grund?«, fragt er mich zurück und schiebt sich die Hände in die Hosentaschen.

Hinter uns ist immer noch ein Aufruhr, während wir auf den Shuttlebus warten.

Diesmal bin ich es, die ihn am Arm nimmt und etwas weg von den anderen zieht.

Hinter einem der falschen Hintergründe lehne ich mich mit meinem nackten Rücken gegen das kühle Metall.

»Raus mit der Sprache, Ryu. Was geht in deinem Kopf vor?«, frage ich und ziehe meine Augenbrauen zusammen.

»Ich werde aus dir einfach nicht schlau«, gebe ich leise zu. Es ist die Wahrheit. Dieser Mann vor mir ist ein Enigma.

Zuerst reizt er mich bis ins Unermessliche, dann sie Sache im Nachtclub. Plötzlich ignoriert er mich und dann bringt er mir meine Lieblingsschuhe zurück, komplett repariert. Er war doch erst daran schuld, dass sie überhaupt erst kaputt gegangen sind!

Ryu lacht und kommt einen Schritt auf mich zu. Die Lichter am Set spiegeln in seinen dunklen Augen.

»Du willst wissen, was in meinem Kopf vor sich geht, Süße?«, fragt er gerade heraus und lehnt einen seiner Unterarme direkt neben meinem Kopf gegen das Metall.

Ich schlucke. Da ist wieder dieser schelmische Glanz in seinen Augen und ich weiß nicht, ob ich mich darüber freuen soll, dass er aufgehört hat mich zu ignorieren.

Wir sind keine zwanzig Meter von den anderen entfernt, deshalb sammle ich meinen ganzen Mut zusammen und nicke.

Der Japaner vor mir lehnt sich vor und ich spüre seine Lippen, wie sie gegen meine Wange streichen, bevor er flüstert: »Alles woran ich denken kann ist dir deinen Lippenstift zu ruinieren«, sagt er mich einem Raunen in der Stimme, das meine Knie zittern lässt.

Ryu lehnt sich zurück und sieht von oben auf mich herab. Ich weiß nicht woher die Kraft kommt, aber ich packe ihn vorne an seinem Hemd und zerre ihn zu mir herunter. Kurz flackert Überraschung in seinen Augen auf. Sehr gut, ich habe wieder die Kontrolle.

»Wenn es nur das ist«, hauche ich ihm entgegen und erlaube mir ein freches Grinsen.

So schnell kann ich gar nicht reagieren, wie er meinen Haarknoten packt und meinen Kopf in den Nacken zerrt. Ich keuche überrascht auf und packe seine Hand. Meine Frisur ist nichts Aufwendiges, aber er muss sie trotzdem nicht ruinieren.

»Vorsicht, Kätzchen. Oder ich behalte meine Gedanken das

nächste Mal für mich. Das wäre besser für dich-« Sein Blick wandert einen Moment an mir herab. »Und für deine Knie.«

Ich weiß worauf er anspielt und ich sollte ihn von mir stoßen. Aber die Hitze zwischen meinen Schenkeln wird langsam unangenehm und mein Slip klebt bereits nass.

Fuck it.

Mit meinen High-Heels steige ich auf seine schwarzen Anzugschuhe, damit ich zumindest etwas größer wirke und sehe ihm direkt in die Augen.

»Woher willst du wissen, was besser für mich ist? Du brauchst dich nicht zurückzuhalten. Ich halte das schon aus.«

Vielleicht bin ich etwas zu vorlaut, aber Ryu bringt das Mädchen in mir heraus, dass sie mit Türstehern und der Londoner Polizei angelegt hat.

Der Griff in meinen Haaren wird stärker und grenzt schon fast an schmerzhaft, bevor er mich einfach auf die Knie drückt. Mit einer Hand positioniert er mich genauso, wie er mich haben will und mir wird heiß.

Er drückt mich genau so runter, dass ich mit meinen Knien auf seinen Schuhen ende und nicht auf dem harten Boden.

Ich blinzle die Tränen weg, da ich nicht weiß, ob mein Mascara wasserfest ist und sehe zu ihm auf.

»Du hast wirklich eine Silberzunge und weißt genau, wie du mich zum Äußersten treibst«, sagt er rau und ich kann spüren wie seine Hand in meinen Haaren sich etwas lockert. Nicht lose genug, dass ich mich aus seinem Griff befreien kann ohne an meinen Haaren zu reißen, aber ich will mich gar nicht freikämpfen.

So merkwürdig das gerade klingen mag, ich fühle mich

genau richtig hier vor ihm und für den Moment reicht mir das.

»Ich wusste, dass du einen hinreißenden Anblick angeben würdest, wenn ich dich einmal so vor mir habe.«

Ich will ihm eine Antwort entgegenspucken, aber mein Mund ist ganz trocken. Mit beiden Augen verfolge ich seine zweite Hand, wie sie seinen Reißverschluss öffnet.

Ich atme flach, es ist klar, was er vorhat. Noch kann ich davonlaufen, aber als seine Hand in seiner Unterwäsche verschwindet, öffnet sich mein Mund beinahe automatisch.

»Sieh dich an. Als wärst du dafür gemacht«, lobt er mich und ich will nicht, dass es mir so gefällt.

Athena erklärte uns bei unserem Treffen, dass es Subs gibt, für die Unterwerfung das größte aller Gefühle ist. Und wie gut es sich anfühlen kann, wenn ihr Dom sie dann dafür lobt.

Damals habe ich es nicht verstanden. Heute tue ich es.

Mein Kopf wird ganz leicht, als er weiterspricht.

»Mein hübsches Mädchen. Willst du, dass ich mir hole, was ich mir seit Wochen vorstelle?«, fragt er mich direkt.

Ich überrasche mich selbst, als ich nicke und lege meine Hände an seine Beine, damit ich mich in seine Anzughose krallen kann.

Er lächelt und holt seinen Schwanz raus, dessen Spitze er mir gegen die Unterlippe legt. Sofort fahre ich meine Zunge aus und lecke über die heiße Haut.

»Oh Fuck«, stöhnt er leise und ich erinnere mich an noch eine Lehre der Domina.

Subs mögen sich ihren Partnern unterwerfen, aber sie sind trotzdem diejenigen, mit der Kontrolle.

Ryu so zu sehen und zu hören – und das nur, weil ich meine

Zunge rausgestreckt habe – gibt mir einen Kick. Kann man von diesem BDSM-Zeug high werden? Das habe ich Athena nicht gefragt.

Meine Gedanken werden unterbrochen, als Ryu sich tiefer in meinen Mund schiebt. Ich entspanne meine Gesichtsmuskeln und lehne mich der Bewegung sogar entgegen.

Mit jedem Stoß schiebt er sich tiefer. Entgegen meiner Erwartung nutzt er seine Hand in meinen Haaren nicht um meinen Kopf zu kontrollieren.

Ich rieche Ryus Aftershave und eine leichte Note seines Duschgels als meine Nasenspitze beinahe die Knöpfe seines Hemds berührt.

Gerade fällt reden etwas schwer, also nutze ich eine meiner Hände und lege sie an sein Handgelenk. Sofort stoppt er seine Bewegung und sieht auf mich herab. Es ist der selbe hungrige, aber abwartende Blick, den er damals im Nachtclub bereits hatte.

Ich nicke so gut ich kann und schlucke den ersten Mix aus Speichel und Sperma runter, bevor es mir aus dem Mundwinkel laufen kann. Anscheinend ist das der letzte Tropfen auf dem heißen Stein gewesen.

Ich höre Ryu über mir leise auf japanisch fluchen und dann höre ich nur noch meine Ohren rauschen.

Er beginnt in meinen Mund zu stoßen und hält meinen Kopf fest. Als er das erste Mal tief genug stößt, muss ich würgen. Ich will nicht, dass er aufhört.

Außer meinem Herzschlag höre ich nichts. Mein Blut rauscht in meinen Ohren. Meine Augen werden feucht. Vielleicht erfahre ich jetzt, ob meine Mascara wasserfest ist oder nicht.

Außerdem komme ich nicht dazu genug zu schlucken.

Meine Lippen und mein Kinn fühlen sich nass und klebrig an.

Mein Kopf fühlt sich an, als wäre er aus Watte. Vielleicht ist es der Sauerstoffmangel, aber ich kann nicht sagen, dass es mich stört. Es fühlt sich unerwartet gut an.

Der Weckruf zurück in die Realität kommt für mich, als Ryus Hand in meinen Nacken wandert und mich plötzlich an sich drückt.

Ich kann spüren, wie sein Schwanz sich in mich drückt und mir eine erneute Welle an Tränen in die Augen schießt. Nur am Pulsieren gegen meine Zunge erkenne ich den Orgasmus des Japaners, schmecken tue ich nichts.

Erst als schwarze Punkte in meinem Gesichtsfeld zu tanzen beginnen und ich dringend einatmen muss, drücke ich Ryu von mir weg und huste ausgiebig. Dabei spucke ich eine Mischung aus Sperma und Speichel neben mich auf den Boden, die eine leichte pinke Farbe hat. Wahrscheinlich von meinem Lippenstift.

Ich blinzle die Tränen weg und sehe zu Ryu auf. Dabei bemerkte ich auch Lippenstiftflecken am Saum seines Hemds und der Knopfleiste seiner Anzughose. Selber schuld. Ich grinse zufrieden und treffe den Blick des Schwarzhaarigen. Dieser hat nichts von seinem Hunger verloren.

»Wenn du dich sehen könntest«, raunt er und ich ermahne mich innerlich, als seine Stimme in meiner Brust ein Flattern auslöst. Ich habe ihn dazu gebracht so verklärt zu klingen.

»An einem anderen Abend ohne Gala würde ich dich über die Schulter werfen und in meinem Trailer nehmen, bis deine Beine dich nicht mehr tragen. Und dann würde ich jeden einzelnen Schub, den ich in dir komme, aus deiner tropfenden

Pussy lecken, scheiße...«, stöhnt er und reibt sich über sein Gesicht, bevor er seine Kleidung wieder richtet.

Ich ignoriere das Zittern meiner Oberschenkel. Es wäre noch schöner, wenn allein seine Worte mich zum Orgasmus bringen könnten. Dieses bisschen Stolz behalte ich mir.

Erst, als ich mir sicher bin, dass meine Beine mich tragen, stehe ich wortlos auf und schiebe mich an Ryu vorbei zurück zu meinem Trailer.

Er hält mich nicht auf.

Sobald die Türe hinter mir zufällt, erlaube ich mir ein zittriges Einatmen. Scheiße, war das gut. Verdammt nur, dass *er* es gewesen ist, der mir genau das gegeben hat, was ich gebraucht habe.

Ein Blick auf die Uhr reicht mich aufzuschrecken und aus meinen Gedanken zu reißen. Ich muss mich so schnell wie möglich wieder ansehnlich herrichten.

Vor meinem Spiegel fällt mir fast das Abschminktuch herunter. Mein Lippenstift ist vollkommen verschmiert und hat Spuren auf meinen Wangen hinterlassen. Aber zumindest meine Wimperntusche hat gehalten.

Ryu hat bekommen, was er wollte. Ich sehe vollkommen ruiniert aus. Und es gefällt mir.

Schnell wische ich mir über das Gesicht und trage das Notwendigste erneut auf. Das war eine einmalige Sache. Genauso wie das im Nachtclub.

Obwohl ich weiß, dass der Bus nirgendwo hin fährt, solange ich nicht drinnen sitze, beeile ich mich doch wieder zurück zum Sammelplatz zu kommen.

Wie von selbst falle ich wieder zurück in meinen zurechtgelegten Charakter der Zara Fletcher. Hinter meiner Maske fühle ich mich sicher. Ich kann mich nach dem Abend vielleicht mehr mit dem Gefühlschaos in meinem Inneren befassen. Für die nächsten Stunden bin ich das, was man von mir erwartet.

Die Fahrt vergeht wie im Flug. Mai und Michael halten die Unterhaltung aufrecht und es fällt mir nicht besonders schwer dem Gespräch zu folgen. Es ist sogar irgendwie angenehm.

Nur ein einziges Mal erlaube ich mir über die Schulter auf die hinteren Sitze zu schauen. Ryu starrt wortlos aus dem Fenster. Irgendwie wirkt er... besorgt? Da ist eine strenge Linie zwischen seinen dunklen Augenbrauen.

Mein kleiner Finger zuckt, aber ich zwinge mich wieder nach vorne zu schauen. Ich weiß immer noch nicht, wo genau wir nach diesem Abend im Club stehen. Bisher habe ich Ryu damit noch nicht konfrontieren können.

Aber selbst wenn er damals nur mit mir gespielt und die Situation ausgenutzt hat, wäre ich eine Lügnerin ihn deshalb zu verteufeln.

Es war gut gewesen, sehr gut sogar. Wenn ich die Augen schließe und mir noch einmal vorstelle, wie sich seine Zunge an und in mir angefühlt hat, spüre ich sofort wieder eine feuchte Hitze zwischen meinen Schenkeln. Schnell presse ich meine Beine zusammen und versuche mich wieder auf das Gespräch zu konzentrieren.

RYU

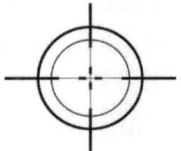

Unter einem Gala-Abend habe ich mir irgendwie etwas anderes vorgestellt. Ich bin nicht per se enttäuscht, aber als ehemaliges Mitglied einer angesehen Familie wirkt dieses Event fast schon lächerlich.

Herr Cheek hat keine Kosten gescheut und das gesamte oberste Stockwerk des Hotels für heute Abend angemietet. Es ist eine geschlossene Veranstaltung, deshalb sind wir so ziemlich unter uns. Ein paar Reporter und einige wichtige Namen der amerikanischen Szene sind für die Publicity vertreten.

Ich kenne diese Art von Treffen sehr gut. Das einzige, das an solchen Abenden zählt, ist gute Miene zu machen, damit einem in der Zukunft ein paar Türen offen stehen.

Es ist nicht meine Aufgabe diesen Film den Reportern und Sternchen schmackhaft zu machen, also habe ich mich mit meiner Champagneflöte an den Rand des Penthouses zurückgezogen. Trotzdem beobachte ich die Menschen um mich genau. Ich bezweifle, dass es jemand ungesehen auf diese Gala geschafft hat, aber ich bin lieber sicher, als das Risiko einzugehen jemanden hier in Gefahr zu bringen.

Mein Blick fällt auf Zara, wie sie mit einer rothaarigen Frau spricht. Beide beginnen zu lachen und es wirkt so natürlich, als hätten sie den Spaß ihres Lebens.

Von dem verschmierten Gesicht zu meinen Füßen ist nichts mehr übrig. Schade eigentlich, ich hätte mir ein Foto davon machen sollen. Aber dann hätte ich vermutlich den restlichen Abend meine Hand nicht mehr von meinem Schwanz bekommen.

Ich spüre die Kohlensäure des teuren Champagners in meiner Kehle. Alles in mir weiß, dass ich nicht so offensichtlich starren sollte. Ich bin schon längst nicht mehr unauffällig. Aber vielleicht habe ich heute Abend die Erlaubnis sie etwas länger anzusehen.

Zara sieht heute Abend wunderschön aus. Das dunkelrote Kleid schmiegt sich an ihre zarten Kurven und fällt in Wellen über ihre Hüften zu Boden. Die kleinen Edelsteine an ihren Schuhen glitzern unter den Lichtern der Deckenlampen.

Die Nacht im Club hat etwas zwischen uns verändert. Sie war dazu gedacht gewesen, dass wir uns mit dem Thema BDSM auseinander setzen und alles woran ich mich erinnern kann, ist das Beben ihrer Schenkel um meinen Kopf, als sie auf meiner Zunge gekommen ist.

Der nächste Schluck Champagner fühlt sich an wie flüssiges Feuer, als er mir durch die Speiseröhre läuft.

Ich versuche tief durchzuatmen und reiße endlich meinen Blick von der schwarzhaarigen Schauspielerin los. Was auch immer für eine Anziehung zwischen uns beiden entstanden ist, sie hat keine Zukunft. Es war ein einziger Moment der Schwäche, der nicht noch einmal geschehen darf.

Tadashi ist sich sicher, dass wir gefunden worden sind. Zara zu lange anzusehen könnte sie bereits in Gefahr bringen.

Meine Finger zittern leicht und ich muss das leere Glas zur Seite stellen bevor es mir durch die Finger gleitet.

Zum ersten Mal liegt meine Sorge nicht darin, dass mein Ticket in die Freiheit bedroht sein könnte. Diesmal kreisen meine Gedanken nur darum, wie ich Zara davor beschützen kann, zur Zielscheibe zu werden.

Wenn mein Vater oder einer der drei anderen Oyabuns einen Zusammenhang zwischen ihr und mir ziehen, könnte ihr weiß Gott was passieren. Ich spüre einen Schauer meine Wirbelsäule entlang nach unten wandern.

Ich muss mich bewegen, also stoße ich mich von der Wand in meinem Rücken ab und gehe zur Glasfront, die auf eine Dachterrasse hinausführt. Überrascht bemerke ich erst draußen, dass auch die Terrasse verglast ist. Etwas enttäuscht lehne ich mich gegen das ziemlich unnötige Geländer und lasse meinen Blick über die Lichter New Yorks schweifen.

»Schon eine eigenartige Entscheidung eine Dachterrasse ohne Frischluft zu bauen, oder?« Ich muss mich nicht umdrehen, um zu wissen, wem die Stimme gehört. Ihre Stöckelschuhe klicken auf den Fliesen und aus dem Augenwinkel sehe ich ihre Form, wie sie sich genau wie ich mit verschränkten Armen gegen das Geländer lehnt. Warum ist sie hier draußen?

Für einen Moment überlege ich sie weiter zu ignorieren. Das scheint etwas zu sein, das sie nicht besonders leiden kann. Und je weniger sie mich mag, desto sicherer ist sie.

Doch dann spüre ich ein sanftes Zittern in ihrem Arm direkt an meinem. Bis jetzt ist es mir nicht aufgefallen, aber selbst durch die verglasten Wände ist es auf der Dachterrasse um einiges kühler als noch im Penthouse. Wortlos ziehe ich meine

Jacke aus und lege sie ihr über die Schultern.

Zuerst sieht es so aus als würde sie die Jacke sofort abschütteln wollen, aber ihre Finger krallen sich in den teuren Anzugstoff und ziehen die Jacke enger an sie.

»Danke.« Und wieder ist es still zwischen uns. Es ist keine angenehme Stille. Ich weiß, dass ihr genauso Fragen auf der Zunge brennen, doch ein Teil in mir hofft, dass sie mich weiterhin anschweigt, weil ich mir selbst nicht sicher bin, wie viele dieser Fragen ich ehrlich beantworten kann.

Zara seufzt lange und ich greife automatisch in meine hintere Hosentasche zu meinen Zigaretten, bis mir einfällt, dass die Terrasse keine Fenster hat. Ich muss mich benehmen und lasse die Hand frustriert sinken.

»Wenn du eine rauchen willst, können wir über die Feuerleiter aufs Dach steigen. Dort sieht dich keiner.« Überrascht sehe ich die Frau zu meiner Linken an, doch die zuckt nur mit den Schultern.

»Das ist nicht meine erste Veranstaltung hier. Früher habe ich auch noch geraucht und brauchte manchmal einen Moment für mich.«

Irgendwie werde ich das Gefühl nicht los, das Zara sich mir gegenüber anders verhält, sobald wir allein sind. Die ersten Male habe ich sie provoziert. Ich habe versucht sie aus ihrer Schale hervorzulocken und zu sehen, was sich hinter dem Namen der Zara Fletcher versteckt.

Heute ist sie ganz allein zu mir gekommen. Ist das nur eine weitere ihrer Rollen, die sie in der Welt des Glitzers und der Sternchen angenommen hat?

Ich will mir wirklich eine Zigarette anzünden, also trete ich vom Geländer weg und mache eine ausladende Geste.

»Nach Ihnen, Mylady.«

Sie rollt mit den Augen, aber ich sehe das Grinsen, das an ihrem Mundwinkel zieht. Allein diese kleine Regung löst etwas von der Anspannung in meinem Körper.

Ich habe ein ganz schlechtes Gefühl und trotzdem folge ich ihr ohne Widerworte über die Dachterrasse zu einer roten Treppe, die sich entlang der Außenwand nach oben windet. Ich spüre den kühlen Nachtwind durch die Luke am Ende der Treppe.

Zara bleibt stehen und beginnt ihr Kleid in einer Hand zusammen zu sammeln. Ich ziehe eine Augenbraue nach oben.

»Kommst du etwa mit?« Meine Frage fällt mir fast wie von selbst von den Lippen.

Sie sieht mich aus kohl-geschminkten Augen an.

»Stört es dich?«, fragt sie mich. Ich will nicken. Dort oben sind wir allein und ich habe immer noch keine Ahnung was zum Teufel zwischen uns passiert.

Nach unserem kurzen Intermezzo vor der Abfahrt, kann ich für nichts garantieren. Aber ich versuche immer noch zu vermeiden, dass Unschuldige wegen mir in Gefahr geraten. Dazu zählt auch die sture Frau vor mir.

Obwohl ich das alles weiß, gehe ich trotzdem in die Knie und hebe Zara auf meinen linken Arm. Mit der rechten Hand auf dem roten Geländer beginne ich den Aufstieg und bringe uns ohne Mühe durch die Luke auf das Dach.

Ich erwarte schon, dass Zara einen Aufstand machen wird so wie die letzten Male bei denen ich sie einfach so hochgehoben habe. Aber die Schwarzhaarige legt einfach einen Arm um meinen Nacken und lässt sich wortlos die Feuertreppe nach oben tragen. Mit der anderen Hand hält sie meine Jacke fest.

Auf dem Dach setze ich sie vorsichtig wieder ab. Der Wind weht hier oben stärker und es gibt keine Absperrungen oder Geländer. Ein Sturz aus dieser Höhe wäre auf jeden Fall tödlich. Mit einem lackierten Fingernagel deutet Zara in die Richtung eines Schornsteins.

»Ich habe mich immer daneben gesetzt, damit der Wind mich nicht so erwischt.« Anscheinend ist sie wirklich schon öfter hier oben gewesen.

»Ich hätte nicht damit gerechnet, dass die Schauspielerin Zara Fletcher so gute Verstecke kennt«, grinse ich und schiebe meine Hände in meine Hosentaschen, bevor ich etwas Dummes tun kann wie eine Strähne aus ihrem Gesicht zu streichen. Die schwarzen Haare haben sich in ihrem roten Lippenstift verfangen und kleben nun an ihrer vollen Unterlippe.

Zu zweit auf dem Dach dieses Hotels, unter uns die Lichter der Stadt und über uns ungesehen ein Himmel voller Sterne. Es könnte so romantisch sein, wenn ich kein Verbrecher wäre und sie keine Schauspielerin.

Trotzdem ändert das nichts daran, dass ich sie in diesem Moment auf den sonst so vorlauten Mund küssen will.

ZARA

Zuerst denke ich, dass Ryu heute Abend gar nicht mehr mit mir sprechen wird.

Die meiste Zeit über ist er wie ein Stalker am Rand gestanden und hat die Besucher der Veranstaltung beobachtet. Zu Beginn hat er sich noch an den Begrüßungen beteiligt und ein paar Worte mit den Reportern gewechselt. Doch dann klebte er wie ein Schatten an den Wänden.

Irgendwann ist er ganz verschwunden. Ich habe ihn draußen auf der falschen Terrasse gefunden.

Warum ich ihm meinen geheimen Platz auf dem Dach gezeigt habe, kann ich nicht mit Gewissheit sagen. Vielleicht war es seine angespannte Haltung oder das Wissen, wie es sich anfühlt ganz dringend eine rauchen zu müssen.

Was auch immer der Grund gewesen war, wir beide stehen jetzt hier oben und der erste Satz, den Ryu an mich richtet, löst in mir das bekannte Gefühl aus, mich verteidigen zu müssen. Ich liebe es.

Der Japaner schafft es einfach immer etwas in meinem Inneren herauszulocken, dass ich all die Jahre versteckt gehalten habe. Er kitzelt so mühelos das Mädchen aus Whitechapel hervor, als hätte es die letzten fünfzehn Jahre nicht gegeben.

Meine Maske, die ich mir so hart erkämpft habe, fällt beiseite, als wäre sie aus Papier.

Meine Augen finden seine Dunklen, die im schwachen Licht fast schwarz aussehen. Ich will ihm keine Antwort geben und gehe stattdessen direkt zu dem Windschutz und setze mich auf den Boden, damit ich mich mit dem Rücken dagegen lehnen kann. Dass dabei mein Kleid ganz dreckig wird, ist mir dabei herzlich egal.

Aus dem Augenwinkel sehe ich Ryu, wie er sich zu mir gesellt und die kleine Flamme seines Feuerzeuges aufflackert. Der Rauch ist nicht unangenehm und er atmet in die andere Richtung aus. So sitzen wir zusammen und schweigen.

Es ist kein unangenehmes Schweigen, aber ich weiß, dass ich über die Nacht im Club reden will. Ich muss wissen wie wir zueinander stehen, damit ich meinen Tanz auf dem Drahtseil fortführen kann.

Genau deswegen habe ich meine Regel keine Schauspieler zu daten überhaupt erst eingeführt. Dinge werden kompliziert und übertragen sich natürlich dann auch aufs Set.

Ich möchte eine einfache Antwort, damit ich wieder zu meiner Normalität zurück kann.

»Tut dir nicht langsam der Kopf weh?« Ryus Stimme überrascht mich, als er ohne Vorwarnung anfängt zu sprechen. Verwirrt sehe ich ihn von der Seite aus an.

»Wie bitte?«, frage ich.

»Ob dir bei der ganzen Grübelei nicht schon der Kopf raucht, habe ich dich gefragt«, gibt der Japaner zurück und irgendwie klingt ein Wort wie »Grübelei« mit seinem leichten Akzent süß.

Dass Ryu bemerkt hat, wie versunken ich in meine Gedanken gewesen bin, ist schon etwas peinlich. Aber jetzt ist vielleicht der beste Zeitpunkt meine Frage zu stellen.

»Wir müssen reden«, fange ich an und drehe meinen Oberkörper, damit ich den Mann neben mir besser ansehen kann.

»Oh? Das klingt als hätte ich etwas angestellt.« Da ist es wieder, sein freches Grinsen, dass meine Zehen kribbeln lässt.

»Vielleicht hast du das, deshalb müssen wir ja auch reden.«

Meine Worte wischen ihm das Lächeln vom Gesicht und sein Ausdruck wird ernst. Jetzt habe ich seine volle Aufmerksamkeit.

»Unser Besuch bei Athena.« Kaum habe ich den Namen der Domina ausgesprochen scheint sich Ryus ganzer Körper zu verspannen. Vielleicht hatte ich recht und da läuft wirklich etwas. Dann soll er die Eier haben und es mir sagen. Ich bin ein großes Mädchen, ich verkrafte das.

»Und der Blowjob bevor wir losgefahren sind.«

»Was ist damit?«, fragt er mich mit einer Stimme, die mir eine Gänsehaut die Arme hoch jagt.

»Was damit ist?«, wiederhole ich perplex.

Eine seiner Augenbrauen wandert nach oben.

»Prinzessin, falls du darauf anspielst, was zwischen uns beiden passiert ist, kann ich dir versichern, dass ich mein Versprechen gehalten habe. Niemand außer dir und mir weiß was in diesem Nachtclub passiert ist.«

Oh. Ich erinnere mich daran, dass ich ihm das Versprechen abgenommen habe niemandem davon zu erzählen und auch nicht darüber zu sprechen. Peinlich berührt kann ich spüren, wie meine Wangen heiß werden.

»Aber anscheinend brennt dir ja noch etwas auf der Zunge, also raus damit.«

»Hat es dir gefallen?« Jetzt glüht mein ganzes Gesicht.

Ich wollte die Frage besser formulieren, aber unter seinem fordernden Blick kamen die Worte völlig ungefiltert heraus.

Die Überraschung steht ihm für einen Moment ins Gesicht geschrieben, bevor er beginnt zu lachen. Ein lautes Lachen, direkt aus seinem Bauch.

Ich will schon mein Kleid zusammensammeln und wieder gehen, da fängt er sich einigermaßen wieder.

»Das ist, was dich so beschäftigt hat, Kätzchen? Ob es mir gefallen hat dich zu lecken, bis du auf meiner Zunge kommst? Oder deinen Lippenstift mit meinem Schwanz zu verschmieren?«

Seine Worte sind ohne Scham und ich spüre sie direkt zwischen meinen Schenkeln. Unbewusst drücke ich meine Beine zusammen.

»Ich wollte wissen, ob es für dich eine einmalige Sache war und ich einfach gerade da. Du weißt es vielleicht nicht, aber ich date keine anderen Schauspieler.«

Kurz sieht er mich einfach wortlos an, bevor er wieder lächelt. Doch diesmal erreicht es seine Augen nicht ganz.

»Natürlich hat es mir gefallen. Ich bin mir sicher die Fische im Nachtclub hatten einen fantastischen Ausblick auf meine Hand um meinen harten Schwanz.«

Ich weiß nicht, wie dieser Mann solche Sachen sagen kann, ohne dabei auch nur rot zu werden.

»Und falls es dir entgangen sein sollte, Süße, ich bin in deinem Mund gekommen. Denkst du wirklich, dass es mir nicht gefallen hat deine verfickte Kehle zu ruinieren? Und wenn ich es noch einmal könnte, würde ich es wieder tun.«

Bilde ich mir das nur ein oder ist seine Stimme gerade dunkler geworden? Genau wie damals, kommt in mir das Gefühl des gefangenen Hasen vor der giftigen Schlange auf. Diesmal habe ich kein Aquarium im Rücken, sondern nur den kalten Beton des Rauchfangs.

»Würdest du das wollen, Prinzessin? Dass ich hier am Dach dein Kleid hochschiebe?«

Ryu hat sich bisher nicht von der Stelle bewegt. Und ich weiß, dass das auch so bleibt, wenn ich jetzt mit dem Kopf schütteln würde. Auch ohne Halsband und Leine gibt er mir die Sicherheit die Spielleiterin zu sein.

»Ich date keine Schauspieler«, versuche ich ein weiteres Mal die Situation in eine ungefährlichere Richtung zu lenken. Meine Stimme ist nicht mehr als ein Hauchen und trotzdem senke ich meinen Blick auf die geschwungenen Lippen meines Gegenübers, die sich zu einem Grinsen verziehen.

»Ein Glück bin ich kein Schauspieler.«

Bevor mein Hirn mit den Worten etwas anfangen kann, spüre ich seine warme Hand in meinem Nacken und seine Lippen auf meinen. Er schmeckt immer noch nach der Zigarette, die irgendwo vergessen über das Dach rollt.

Das ist der erste Kuss außerhalb des Sets und es ist alles andere als ein Filmkuss. Seine Zunge schiebt sich in meinen Mund und ich vergrabe meine Zähne in ihr. Das darauffolgende Raunen geht mir direkt unter den Bauchnabel und entzündet ein kleines Feuer in meinem Unterleib.

Der Griff in meinem Nacken ist nicht hart oder grob, ich könnte mich von ihm lösen und trotzdem kämpfe ich mich etwas umständlich auf meine Knie. Mein Kleid wird dreckig und ist mir gerade im Weg, aber das ist mir egal. Ich möchte einfach, dass Ryu mich noch einmal küsst.

Der Japaner hilft mir, indem er mich zu sich zieht. Ich schwinge eins meiner Beine über seine und finde mich in seinem Schoß wieder.

Die Alarmglocken in meinem Kopf schrillen alle gleichzeitig, aber ich spüre eine Gänsehaut nach der anderen. Den Teufel werde ich tun, jetzt aufzuhören.

Ryu schmeckt nach Sünde und Gefahr, seine Finger hinterlassen brennende Bahnen auf meiner Haut. Seine Hände schieben den Saum meines Kleides nach oben und packen meine Schenkel. Ich stöhne überrascht, nicht weil es weh tut, sondern weil es ein Gefühl in mir auslöst, das ich nicht beschreiben kann.

»Vorsicht, Prinzessin. Du magst irgendwelche Moralvorstellungen haben, aber ich bin kein guter Mensch. Du kannst jetzt noch aufstehen und von diesem Dach steigen. Ich gebe keine zweiten Chancen.«

Die Warnung liegt offen in seiner Stimme, ich höre es in der kehligen Tonlage und seinem schnellen Atem. Trotzdem bleibe ich sitzen.

Ryu hebt seine Augenbraue und ein leichtes Grinsen umspielt seinen Mundwinkel. Ich möchte es ihm vom Gesicht schlagen. Stattdessen packe ich sein Gesicht mit beiden Händen und küsse ihn hart auf den Mund.

RYU

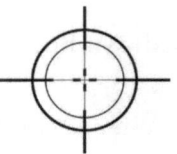

Ich bin wirklich kein guter Mensch, aber ich habe Zara eine Wahl gelassen. Als sie mich so küsst, glaube ich für den Moment, dass sie mich so sehr will, wie ich sie.

Ihre Frage nach der Einmaligkeit war berechtigt und eigentlich sollte es das gewesen sein. Ein kleiner Patzer. Ich hatte nicht geplant mich mit einer Frau einzulassen, die so ein wichtiger Teil meines Plans ist.

Wenn ich es mir mit der Hauptdarstellerin verspiele, könnte ich nicht nur mich sondern auch Tadashi in Gefahr bringen.

Und trotzdem habe ich die Schwarzhaarige auf meinem Schoß und lasse mich küssen. Meine Hände finden ihre Taille und passen perfekt in ihre Kurven als ich ihre Seiten entlang nach oben streiche. Sie atmet zitternd gegen meine Lippen und ich spüre, wie meine Hose beginnt eng zu werden.

So habe ich mir den heutigen Abend nicht ausgemalt. Niemals hätte ich mir vorgestellt allein mit der Hauptdarstellerin auf dem Dach zu sitzen und nach dem Verschluss ihres Kleides zu suchen.

Meine Finger finden den Metallhaken und der Reißverschluss gibt ihre Haut für mich frei. Ihr Rücken ist durch den Stoff ihres Kleides ganz warm. Ich kann spüren, wie meine

Finger eine Gänsehaut auf ihrer Haut hervorrufen.

Ihre Finger finden die Knöpfe meines Hemds und öffnen sie geschickt. Ich grinse gegen ihre Lippen. Sie mag aussehen, wie eine kleine Prinzessin, aber ich habe schon im Nachtclub bemerkt, dass da mehr in dieser hübschen Frau steckt, als man auf den ersten Blick sieht.

Ihre Hände wandern weiter an mir herab, bis sie etwas grob an meinem Gürtel zieht.

»Du wirkst abgelenkt? Bin ich dir schon langweilig geworden?«, fragt sie mich und ich muss tatsächlich lachen.

Irritiert sieht sie mich an und ich kann sehen, dass mein Lachen sie verunsichert. Beruhigend streiche ich ihr über den nackten Rücken.

»Ich habe nur an den Nachtclub zurückgedacht«, entgegne ich und genieße für einen kurzen Moment das Spiel der Gefühle auf ihrem Gesicht.

»Keine Angst, meine Gedanken haben sich nur um dich gedreht, Kätzchen.«

Zara hat kein Pokerface, ihr Gesicht spiegelt alle Emotionen, die in der jungen Frau wirbeln nur allzu deutlich wider. Es gibt mir ein Gefühl der Genugtuung.

»Dann denk weniger und hilf mir lieber oder willst du doch nicht?«, faucht sie genervt.

Der Rotton auf ihren Wangen genügt, damit ich endlich das ganze Denken sein lasse und blind nach meinem Gürtel greife, damit ich endlich meine Hose öffnen kann. Mein Stöhnen geht in ihrem Mund unter, als sie eine Hand ohne zu zögern um meinen heißen Schwanz legt und sie einmal hoch und runter bewegt.

»Süße«, fange ich an, doch ein Biss in meine Unterlippe unterbricht mich. Sie hat recht, weniger denken und mehr handeln.

Ich schiebe ihr Kleid nach oben und hake meine Daumen in ihre Unterwäsche.

»Schieb sie einfach zur Seite«, höre ich ihre atemlose Stimme direkt an meinem Ohr. Zuerst glaube ich mich verhört zu haben, doch Zaras eindeutige Hüftbewegungen, zeugen von ihrer Ungeduld. Okay.

Ich packe sie bei den Hüften und ziehe sie an mich. Sie keucht überrascht auf, legt aber willig ihre Arme um meinen Nacken. Ihr Blick sagt mir, dass ich mich besser beeilen soll.

Irgendwo in meinem Kopf schreit eine Stimme, wie gefährlich es ist, was wir hier oben gerade tun. Aber meine Haut brennt und ihr Geruch ist einfach überall. Meine Lippen hungern für ihre und wenn ich ihren Blick richtig deute, geht es ihr nicht anders.

Etwas umständlich greife ich zwischen uns und schiebe zwei Finger durch die warme Feuchtigkeit zwischen ihren Beinen.

»Bitte, Ryu, ich bin soweit«, versichert sie mir und allein ihre Stimme genügt, dass mir klar wird, wie kurz ich davor bin, ihr alles zu geben, was sie will.

Ich will sie von mir schieben, damit ich nach dem Kondom in meiner Brieftasche greifen kann, als ich ihre hübsch lackierten Fingernägel in meinem Unterarm spüre. Verwirrt ziehe ich eine Augenbraue hoch.

»Ich hab echt keine Lust mir hier oben eine Lungenentzündung zu holen, also beeil dich bitte. Keine Sorge, ich verhüte und war auch brav bei meinem letzten Gesundheits-Check.«

Diesmal kann ich ein lautes Lachen nicht unterdrücken. Niemand außer dieser Frau würde in dieser Situation so reagieren. Aber wie sie möchte.

Mit einer Hand schiebe ich ihre Unterwäsche beiseite. Zara ist diejenige die sich auf mich sinken lässt und ich lasse es einfach geschehen. Ich möchte, dass sie das Tempo vorgibt. Sie soll mir zeigen was sie braucht. Das ist für mich ein erstes und wahrscheinlich auch letztes Mal, also gehe ich darin völlig auf.

Die Bewegungen der Schwarzhaarigen sind zuerst etwas abgehakt und kurz überlege ich ob die Position vielleicht unangenehm ist, doch nach ein paar Sekunden dürfte sie den perfekten Rhythmus gefunden haben. Seufzend legt sie den Kopf in den Nacken und drückt sich an mich.

Ich sehe ihre Kehle und vielleicht bilde ich es mir nur ein, aber ich kann ihren Herzschlag durch die dünne Haut an ihrem Hals erkennen.

Ich bin kein Vampir, aber ich bin auch nur ein Mann. Wie in Trance lehne ich mich vor und küsse ihren Hals bevor ich sie in die weiche Haut beiße. Ihren überraschten Aufschrei stoppe ich mit einer Hand über ihren Mund.

»Leise, Prinzessin.« Wenn Blicke töten könnten, wäre ich auf der Stelle zu Staub zerfallen. Ich kann ein freches Grinsen nicht zurückhalten und stoße einmal hoch in sie. Die Töne aus ihrem Mund dringen nur gedämpft durch meine Hand, aber ich spüre wie sie um mich herum zuckt, als ich ihr mit meinen Bewegungen entgegen komme.

Meine Hände sind überall auf ihrem Körper. Das Kleid ist bereits von ihren Schultern gerutscht und bauscht sich um ihre Taille. Im kühlen Nachtwind sind ihre Nippel hart und es braucht nicht mehr, damit ich mit den Daumen darüber streiche. Das nächste Mal werde ich sie zwischen meine Zähne nehmen.

Das nächste Mal? Es wird kein nächstes Mal geben. Wir beide kosten heute Nacht, was wir brauchen. Nach der Filmpremiere wird sie sich nicht einmal mehr an meinen Namen erinnern.

Ich versuche diese Gedanken auszublenden, denn in diesem Moment kann ich die warme, weiche Frau in meinen Armen halten und spüren, wie ihr Innerstes mich willkommen heißt.

»Ryu.« Die Art, wie sie meinen Namen sagt, schickt einen Stromstoß bis zu meinen Zehen. Alles, sie kann alles von mir haben, wenn sie nur noch einmal meinen Namen stöhnt.

Aber bevor es so weit kommen kann, spüre ich ihren Körper gegen mich fallen und wie ihre Schenkel um mich zucken. Etwas enttäuscht, dass sie wohl wirklich keine laute Partnerin im Bett ist, konzentriere ich mich eben darauf sie noch einmal kommen zu lassen, bevor ich dran bin.

Die schwarzen Strähnen fangen bereits an sich aus ihrer Frisur zu lösen, das sollten wir noch beheben, bevor wir uns wieder nach unten begeben.

Meine Lippen finden eine Stelle zwischen ihrer Schulter und ihrem Nacken. Ich lecke ihr über die salzige Haut, bevor ich zubeiße. Wütend boxt sie mich gegen die Schulter, aber ich muss dabei nur schmunzeln. Meine Hände finden ihren Hintern und packen das feste Fleisch etwas härter an.

Sie reagiert darauf mit einem leichten Zittern. Langsam beginne ich die Sprache ihres Körpers zu verstehen.

Allein mit der Kraft meiner Arme halte ich sie, damit ich

von unten besser in sie stoßen kann. So zwinge ich einen zurückgehaltenen Laut nach dem anderen heraus.

Zara versteckt ihr heißes Gesicht in meiner Halsbeuge, als ob sie so ihre Lust verheimlichen könnte. Sie ist gegen mich geschmolzen und nur das Beben ihrer Schenkel zeigt mir, wie kurz sie vor ihrem zweiten Orgasmus steht.

Mein eigener, rascher Atem verrät mich selbst als ich sie um mich herum zucken spüre. Ich schlucke hart und es kostet mich eine Menge, den warmen Körper der Schwarzhaarigen von mir zu heben.

Sofort beginnt sie zu protestieren.

»Was soll das? Ich dachte«, aber ich unterbreche sie, indem ich ihr meine Lippen aufdrücke. Dabei schiebe ich eine Hand unter ihr Kleid und greife nach mir selbst mit der anderen.

Drei meiner Finger finden leicht den Weg in sie, während mein Daumen gegen das kleine Nervenbündel über ihrer Öffnung drückt. Auch wenn wir beide gesund sind und sie verhütet, kann ich nichts riskieren. Am allerwenigsten ein Kind.

Das scheint auch Zara zu verstehen, denn ihre Einwände verstummen und sie rollt ihre Hüften gegen meine Hand genauso, wie sie sich vorher gegen mich bewegt hat.

Gieriges Mädchen, nur deshalb sollte ich also nicht aufhören. Ich grinse gegen ihre geöffneten Lippen und bewege meine Hand, die bereits heiß und feucht geworden ist. Ich möchte sie unbedingt gegen meinen Mund austauschen. Allein die Erinnerung daran und das Gefühl der warmen Flüssigkeit auf meinen Fingern ist genug, damit ich mit einem dunklen Geräusch aus meiner Brust in meiner eigenen Hand komme.

Der Orgasmus zählt nicht zu meinen besten, aber der Moment danach, in dem ich Zaras überraschtes Einatmen höre, schiebt ihn dann doch im Ranking ein bisschen nach oben.

Ich wische meine Hand an der Innenseite meines Hemds ab, wo der Fleck am wenigsten zu sehen sein wird, bevor ich fast schon genötigt meine Hand zwischen ihren Beinen hervorziehe. Zara bewegt sich meiner Bewegung entgegen, als ob sie nicht wollen würde, dass ich sie da wegnehme.

»Gierig?«, frage ich süffisant, aber meine eigene Stimme ist noch ganz belegt und das bemerkt die Schwarzhaarige leider. Frech grinst sie mich an und nimmt mein Handgelenk. Ohne den Blickkontakt mit mir zu unterbrechen, hebt sie meine Hand und schiebt sich die drei Finger, die vor einer Minute noch in ihr waren, in ihren Mund.

Ich erlaube mir nicht zu blinzeln, während ich sie beobachte, wie sie sich selbst von meinen Fingern leckt. Meine Fingerspitzen berühren den hinteren Teil ihrer Zunge und bei allem, was mir heilig ist, wenn ich könnte würde ich sie sofort noch einmal nehmen.

Als ich ihr meine Hand entziehe, kostet es mich weitaus mehr Willenskraft, als ich gedacht habe, aber jetzt haben wir beide das bekommen, was wir wollten und können uns wieder auf unsere jeweiligen Ziele konzentrieren.

Grinsend öffnet Zara die Lippen und zeigt mir einen silbernen Ring, den sie zwischen den Zähnen hält.

Völlig aus dem Konzept gebracht sehe ich auf meine Hand und bemerke den fehlenden Ring an meinem linken Zeigefinger.

Zara spuckt den Silberring in ihre Hand und legt ihn in meine Handfläche.

»Jetzt habe ich ja deine völlige Aufmerksamkeit, oder? Würdest du mir helfen mich einigermaßen wieder herzurichten?«, fragt sie und dreht sich mit dem Rücken zu mir als hätte sie mir nicht gerade das heißeste gezeigt, das ich je gesehen habe.

Vor einigen Wochen noch dachte ich, dass nichts an der Schwarzhaarigen sexy wäre. Ich habe mich noch nie so getäuscht und ich halte viel von meiner Menschenkenntnis.

Also schließe ich gehorsam und wortlos den Reißverschluss ihres Kleides und kämpfe gegen den Wunsch an, sie auf ihre nackte Schulter zu küssen.

Das war eine Sache der Begierde. Alles darüber hinaus fällt in eine Kategorie, die ich mir nicht leisten kann.

Vor allem nicht mit der Hauptdarstellerin des Films, der mich in die Unabhängigkeit bringen soll.

ZARA

Ich erlaube mir genug Zeit, damit ich mich einigermaßen vorzeigbar herrichten kann. Der Wind auf dem Dach beginnt bereits meine verschwitzte Haut auszukühlen und ich fange an zu frösteln.

Wortlos legt mir Ryu seine große Jacke wieder um meine Schultern.

»Du wolltest doch keine Lungenentzündung, oder?«, fragt er mich mit einem süffisanten Grinsen. Ich möchte ihm eine schnippische Antwort geben, aber ein einziger Blick in sein Gesicht lässt mich verstummen.

Seine Lippen sind gerötet und aufgebissen, die schwarzen Haare verwuschelt und es liegt ein Schleier über seinen Augen, wie ein Raubtier, das gut gefressen hat. Ich schlucke und beiße mir auf die Zunge.

Was hier oben auf dem Dach passiert ist, war eine einmalige Sache. Ich fange mir nichts mit Leuten vom Set an.

In diesem Moment beginnt in meiner kleinen Handtasche mein Handy zu läuten. Annas Name leuchtet mir in großen Buchstaben entgegen. Ich kann den Blick des Schwarzhaarigen über meine Schulter spüren.

»Wirst du schon vermisst?«, fragt Ryu während er sich

lässig den silbernen Ring wieder zurück an den Finger schiebt. Meine Augen sind nur eine Millisekunde von dieser Bewegung abgelenkt, bevor ich mich wegdrehe, ohne auf seine Frage einzugehen. Ich drücke auf annehmen und höre sofort Annas warme Stimme.

»Hallo, Liebes, entschuldige ich weiß gar nicht wie spät es bei dir gerade ist. Aber ich musste dich sofort anrufen. Gute Neuigkeiten: Bills Frau war so lieb mich von der nächsten Probe abzuschreiben, damit ich dich am Set besuchen kommen kann!« Die Stimme meiner besten Freundin überschlägt sich fast, als sie mir aufgeregt ins Ohr plappert.

Natürlich freue ich mich darüber, dass sie die Erlaubnis bekommen hat nach Amerika zu fliegen und wir uns endlich wiedersehen zu können. Aber mein Bauchgefühl sagt mir, dass es keine gute Idee, sie auf ein Set zu holen, auf dem die Spielregeln noch nicht klar sind.

Der heutige Abend hat das Gleichgewicht ins Wanken gebracht und ich weiß zum ersten Mal nicht, wie ich damit umgehen soll.

Also schiebe ich meine selbstsichere Maske vor. Etwas, von dem ich mir geschworen habe es niemals mit Anna zu tun. Sie ist die Person auf der ganzen Welt, die mich am besten kennt. Aber bis ich nicht selber weiß, was gerade zwischen Ryu und mir passiert, muss ich die Distanz wahren.

»Das ist großartig, Anna! Ich freue mich riesig dich zu sehen. Weißt du denn schon, wann du ankommen wirst?«

»Das weiß ich leider noch nicht, aber Bill hat angeboten mich vom Flughafen abzuholen und zu euch ins Hotel zu bringen. Er meinte ihr hättet ein Shooting auf einem Golfplatz in ein paar Tagen, aber ich schätze, dass ich erst danach ankommen werde.«

Der Golfplatz ist eine der letzten Shootinglocations und sollte uns nicht zu viel Zeit kosten. Wir liegen sehr gut in unserem Filmplan.

Mit dem Versprechen sie morgen noch einmal anzurufen, lege ich auf und stecke das Handy wieder ein.

»Wir bekommen Besuch?«, fragt Ryu, der sich in der Zwischenzeit eine Zigarette angezündet hat. Dass er auch schon hätte nach unten gehen können, scheint ihm entfallen zu sein.

»Eine alte Freundin aus England kommt mich besuchen«, erkläre ich schlicht und drehe mich um, damit wir endlich von diesem Dach runterkommen. Ryu und Anna sollten sich besser nicht begegnen oder ich laufe Gefahr , dass einer der beiden zu neugierig auf den anderen wird.

Zusammen gehen Ryu und ich die Feuertreppe wieder herunter und versuchen so unauffällig wie möglich von der Terrasse ins Innere zu gelangen.

Wir waren wohl länger dort oben als gedacht. Die meisten der Gäste sind bereits verschwunden. Als Herr Cheek uns entdeckt, kommt er zu uns herüber und lächelt leicht. Er scheint sich gut amüsiert zu haben, eine leichte Fahne schwingt mir entgegen als er vor mir stehen bleibt.

»Zara, Ryu, da seid ihr ja! Plötzlich habe ich keinen von euch mehr gesehen.«

Ich bete, dass seine Fahne den Geruch nach Schweiß und dem Aftershave des Mannes hinter mir überdeckt.

»Ich war kurz frische Luft schnappen und bin auf Ryu gestoßen. Er war so freundlich mir seine Jacke zu borgen.«

Artig lächle ich und zupfe am Kragen der schwarzen Jacke um meine Schultern. Sie ist wirklich warm und vielleicht ist es auch sie, die so riecht, dass meine Knie kurz zittern. Ich kann mich zusammenreißen, immerhin bin ich eine erwachsene Frau.

»Verstehe. Wie dem auch sei, der Abend war ein Erfolg wir konnten genug Werbung machen, damit wir für die Premiere ein Billboard bekommen, ist das nicht wunderbar?« Herr Cheeks Augen glänzen, als er mir das erzählt und ich kann nicht anders, als ihn ehrlich zurück anzulächeln. Für ihn ist dieser Film etwas Großes und ich möchte ihm helfen, wo ich nur kann.

»Aber es ist schon spät, hier sind eure Zimmerkarten. Nehmt einfach den Aufzug runter. Wir treffen uns morgen nach dem Frühstück und fahren gesammelt direkt zum Golfplatz.« Der kleine Mann drückt uns zwei goldene Karten in die Hand.

Anscheinend drehen wir die Szene früher als erwartet. Soll mir nur recht sein. Je mehr wir geschafft bekommen, bevor Anna kommt, desto mehr Zeit können wir zusammen verbringen.

Ich nehme meine Karte dankend an und will mich schon umdrehen, als ich eine warme Hand um mein Handgelenk spüre. Ryu sieht mich an und in seinen Augen flackert kurz etwas auf, das ich auf dem Dach in ihnen gesehen habe. Aber so schnell wie es gekommen ist, verschwindet es auch wieder.

»Bekomme ich meine Jacke noch zurück?«

Richtig. Ich schiebe den schwarzen Stoff von meinen Schultern und hoffe, dass mein Kleid genauso sitzt, wie zu Beginn der Veranstaltung.

Grinsend nimmt der Schwarzhaarige die Jacke und geht ohne ein weiteres Wort zum Aufzug.

Ich verwickle Herrn Cheek noch in ein kurzes Gespräch, damit ich Ryu nicht noch im Aufzug oder auf dem Hotelflur begegnen muss, bevor ich es auch endlich in mein Zimmer schaffe.

In dieser Nacht erlaube ich mir nach einer Dusche nur zwei Orgasmen zu der Vorstellung des warmen Körpers vom Dach unter mir. In meinem Kopf stelle ich mir die nackte Haut mit den Tätowierungen vor und komme mit meinem Gesicht gegen das Kissen gedrückt.

Ein Glück sind die meisten Nacktszenen zwischen uns schon abgedreht, sonst könnten mir meine Fantasie und meine Libido einen deutlichen Strich durch die Rechnung machen. Ich muss damit aufhören. Ryu ist immer noch mein Schauspielpartner und ein Arschloch.

Sobald der Filmdreh beendet ist, werden wir einander wahrscheinlich nie wieder sehen. Und deshalb kann ich mir auch keine Fehler oder unnötigen Gefühle erlauben.

Ich will keine Gefühle für den Japaner haben, aber das Herz ist ein verräterischer Muskel.

Was wir heute am Dach erlebt haben, ist nur körperlich gewesen, rede ich mir stur ein. Wir haben einander gegeben, was wir gebraucht haben. Das ist alles.

RYU

Ich weiß nicht, was ich mir von einem Golfplatz-Shooting erwartet habe. Sobald wir ankommen, laufen bereits fünfzig Leute in den Shirts des Filmsets herum wie Bienen.

Ich halte mich im Hintergrund und beobachte das rege Treiben. Mein Handy vibriert in meiner Hosentasche. Ein kurzer Blick genügt, damit ich weiß, dass Tadashi mich heute Abend abholen wird. Vielleicht hat er mehr Informationen zu den Oyabuns und deren Plänen.

Nachdem ich mein Handy zurück in meine Tasche geschoben habe, beginnen die Dreharbeiten und ich finde meinen Platz neben Herrn Cheek hinter dem Bildschirm.

Zuerst verfolge ich die Handlung über das Filmmaterial, aber Zara wirkt in echt eben besser. Langsam lehne ich mich zurück und sehe mir die Szene über den Bildschirm hinweg in Echtzeit an. Ich verschränke die Arme vor der Brust und beobachte die Schwarzhaarige, wie sie an Michaels Seite über das Set läuft.

Heute trägt sie einen kurzen, schwarzen Rock und ein Polo-Shirt mit Pullover, der ihr über die Schultern hängt. Sie wirkt wie ein reiches Mädchen und so stereotypisch wie das Outfit wirkt, an ihr sieht es irgendwie nicht fehl am Platz aus. Michael trägt eine knielange Bermuda-Shorts, doch im Gegensatz zu Zara sieht er einfach lächerlich damit aus.

Wahrscheinlich könnte sie alles tragen und es würde richtig an ihr aussehen.

Die Lichter werden gedimmt und die Szene beginnt.

Zara verwandelt sich vor meinen Augen wieder in den Charakter aus dem Skript.

Sie hält den Golfschläger mit verkrampften Fingern, während Michael hinter ihr steht, nur eine Armlänge entfernt.

»Locker lassen«, sagt er mit leiser Stimme, kaum mehr als ein Flüstern. Trotzdem nehmen die Mikrofone um sie herum das Gesagte mühelos auf.

Michaels Hand gleitet über Zaras, um ihren Griff zu korrigieren. Meine Finger spannen sich ein wenig an. Ich bin nicht eifersüchtig. Zara und ich sind kein Paar, ich habe keinen Grund eifersüchtig zu sein. Außerdem ist das ein Filmset. Nichts, was hier passiert ist echt.

Die Schwarzhaarige dreht sich ein wenig, gerade genug, um ihren Spielpartner anzusehen. Ihre Augen, ein wenig nervös, ein wenig herausfordernd, treffen seine. Er hält ihren Blick fest.

»So?«, fragt sie leise.

Der Blonde lächelt schief. »Fast«, antwortet er und lässt seine Hand über ihre Taille gleiten, um ihre Hüfte ein Stück nach vorn zu schieben. Sie reagiert darauf und lässt sich in Position schieben.

Mein Blick hängt an ihrer angespannten Haltung und der Hand an ihrer Hüfte. Unter meiner Hand war ihre Haut warm und weich, nachgiebig und willig.

Es dauert einen langen Moment, bis ich mich aus der Erinnerung reißen kann und weiter zuschaue.

»Jetzt schwing«, sagt Michael und tritt einen Schritt zurück, um ihr Raum zu geben.

Ihr Schwung ist gespielt unsicher, nicht besonders präzise, aber der Ball fliegt. Ein leises Lachen entkommt Michael, von dem ich nicht weiß, ob es echt ist.

»Nicht schlecht«, sagt er seinen Text und sieht auf sie hinunter. Sie steht da, den Golfschläger noch in den Händen, leicht außer Atem, und dreht sich zu ihm um.

»Vielleicht solltest du das nächste Mal weniger reden und mich mehr zielen lassen«, entgegnet sie und grinst dabei herausfordernd. Der Blonde neigt den Kopf, ein schelmisches Funkeln in den Augen.

»Oder vielleicht solltest du mir einfach vertrauen«, erwidert er und zwinkert ihr zu.

Ich rolle mit den Augen. Das Skript in dieser Szene ist wirklich furchtbar, aber es klingt eben wie die Vorlage. Ich habe das komplette Buch gelesen, sie hatten wirklich nicht viel, womit sie arbeiten konnten.

Mein Blick fällt wieder auf den Bildschirm. Zaras Gesicht ist in Großaufnahme zu sehen und sie lächelt. Sie hat ein so bezauberndes Lächeln. Es genügt, um mich genug abzulenken, sodass ich die roten Punkte auf dem Bildschirm erst bemerke, als einer davon direkt auf Zaras Stirn tanzt.

Meine Augen weiten sich und ohne nachzudenken, springe ich auf. Ich ignoriere den Mann neben mir, der versucht mich zurück zu zerren.

Alles was zählt ist, dass ich Zara erreiche und sie mit mir zu Boden reiße. Gerade rechtzeitig, denn kaum habe ich sie in den Armen, höre ich Pistolenschüsse. Das ganze Set um uns herum bricht in Chaos aus.

Ich zerre die Schwarzhaarige mit mir, bis wir uns hinter einem umgestürzten Tisch verstecken können.

»Was zum Teufel ist hier los?«, brüllt sie mich an und hält sich im nächsten Moment die Ohren zu.

Ein kurzer Blick über die Kante genügt, um einen Überblick über das Chaos zu bekommen. Keiner der Schützen hat sich bisher gezeigt. Auch die Schüsse sind verklungen. Soweit ich das beurteilen kann, ist niemand schwer verletzt worden.

Das hier war eine Warnung. Und ich weiß auch genau, an wen sie gerichtet war. Ich drehe den Kopf zu Zara und begegne ihrem Blick. Die Angst hat bereits nachgelassen und der Verwirrung Platz gemacht. Ich schüttle den Kopf. Es ist besser, wenn sie nicht die Wahrheit weiß.

Unter dem Deckmantel der Massenpanik bringe ich Zara in Sicherheit. Ihre Hand ist warm in meiner und unsere Finger verschränken sich ineinander, als wir über den Golfplatz zum Bus zurücklaufen.

Vielleicht bilde ich es mir nur ein, aber sie drückt meine Hand, bevor sie in den Bus steigt. Ich erlaube mir einen letzten prüfenden Blick über die Schulter, doch es ist niemand zu sehen.

Die Schüsse wurden nicht von Amateuren abgegeben. Sie waren gezielt abgefeuert worden, um niemanden zu verletzen. Ich habe die Warnung deutlich genug mitbekommen.

Am liebsten würde ich mich direkt von Tadashi abholen lassen, damit wir mit unserer Jagd auf die anderen Oyabuns starten können. Sie haben das Feuer auf fremden Boden eröffnet, also wäre es nur gerecht, wenn wir uns revanchieren würden.

Aber solange ich nicht weiß, wer genau dahintersteckt, sind mir die Hände gebunden. Und Tadashi ist über sein Handy auch nicht zu erreichen. Zuerst befürchte ich das Schlimmste, aber er wäre nicht meine rechte Hand, wenn ihm so einfach etwas passieren könnte. Er wird schon einen guten Grund haben.

Gehorsam fahre ich mit den anderen zurück zum Hotel. Herr Cheek ist am Boden zerstört, dass sie die Golfplatz-Szene komplett streichen oder noch einmal neu drehen müssen. Außerdem regt er sich darüber auf, wer so dreist sein könnte, so einen Streich zu spielen.

Ich unterdrücke ein Augenrollen und starre weiterhin aus dem Fenster. Diese Amerikaner. Mit ihren Waffen ist alles ein Streich oder ein Spiel. Ob er wohl anders reagiert hätte, wenn heute jemand gestorben wäre?

ZARA

Bis ich wieder allein in meinem Trailer bin, lasse ich mir nicht anmerken, wie sehr mich der heutige Tag mitgenommen hat.

Schießereien gehörten für Anna und mich lange Zeit zum Alltag. Aber nach all den Jahren plötzlich wieder Schüsse zu hören, ging dann doch durch Mark und Bein.

Laut Herrn Cheek wurde niemand getroffen. Er geht von Sabotage oder einem Streich aus. Aber ich habe es in Ryus Blick gesehen. Da muss mehr dahinterstecken.

Wie konnte er so schnell am Set sein? Hat er damit gerechnet, dass eine Kugel losgehen würde?

Während ich mir in meinem Trailer weiterhin den Kopf zerbreche, klopft es plötzlich an meiner Tür.

Ich bin nicht wirklich überrascht, als ich das Gesicht des Japaners vor mir sehe. Die Müdigkeit zerrt an mir und ich lasse ihn erschöpft herein.

»Wie geht es dir?«, fragt er mich sofort und setzt sich an meinen Tisch, als wäre es das Normalste der Welt. Beinahe beiläufig beginnt er mit einem Stift, den ich dort liegen habe, zwischen den Fingern zu spielen.

Normalerweise würde mich seine gleichgültige Art reizen, aber ich bin einfach nur müde. Ich reibe mir über die Augen.

»Wie soll es mir schon gehen?«, gebe ich fast ein bisschen patzig zurück. »Auf uns wurde geschossen.«

Ich hebe den Blick und sehe Ryu direkt an.

»Du weißt, wer es gewesen ist oder?«, frage ich sofort. Ich bin nicht dumm. Der Schwarzhaarige muss mehr wissen als er zugibt. Er war sofort da, noch bevor der erste Schuss gefallen ist.

Außerdem verhielt er sich merkwürdig, als müsste er auf jeden ein Auge haben. Ich habe ihn einfach für paranoid gehalten, aber vielleicht steckt da mehr dahinter.

»Hätte die Kugel dich treffen sollen? Bist du doch ein Verbrecher? Weiß Herr Cheek davon?« Weiter komme ich nicht, da ist Ryu vor mir und drückt mir seine Hand auf den Mund. Die Wucht überrascht mich genug, damit ich nach hinten stolpere und mit dem Rücken hart gegen die Trailerwand schlage.

Ein kalter Schauer läuft mir über den Rücken, als ich den warnenden Blick sehe. Die kalten Ringe an seinen Fingern drücken sich in meine Lippen.

»Dreh nicht durch, Prinzessin. Das hat nichts mit dir zu tun und je weniger du weißt, desto besser.«

Ryu ist mir so nah, dass ich seinen Atem auf meinem Gesicht spüren kann. Meine Augen finden seine und ich kann mein Hirn nicht davon abhalten auf Hochtouren zu laufen. Ryu gibt mir immer mehr Rätsel auf, ich weiß langsam nicht mehr, was ich glauben soll.

»Wer bist du?«, versuche ich es mit einer Frage, auf die er mir sicher keine Antwort geben wird.

Wie erwartet sieht er mich einfach nur an. Dann bekommen seine Augen wieder diesen hungrigen Ausdruck und mir stockt der Atem.

Ich hatte gehofft, dass unsere Eskapade auf dem Dach mir Genugtuung verschafft hat. Aber ich denke, ich habe es nur schlimmer gemacht. Verdammte Scheiße.

Langsam lässt Ryu seine Hand von meinem Gesicht sinken und lehnt sich vor, dabei bleibt sein Blick auf meinen leicht geöffneten Lippen hängen.

Ich möchte nicht, dass er mich küsst. Und im selben Moment weiß ich, dass das eine Lüge ist.

Vielleicht hat das Universum Mitleid mit mir oder Spaß daran mich noch etwas mehr aus der Bahn zu werfen. Denn kaum streifen Ryus Lippen meine, geht plötzlich die Tür zu meinem Trailer auf.

Meine erste Reaktion ist es den Japaner von mir zu drücken, doch seine breite Brust bewegt sich unter meinen Händen kein Stück. Eigentlich will ich ihn anfauchen, aber ich besinne mich darauf, dass wir nicht länger allein sind. Ich richte meinen Blick zurück zu meiner Tür und erstarre.

Aus blauen Augen starrt mich meine beste Freundin an, bis das dumpfe Geräusch ihrer fallengelassenen Reisetasche die Stille durchbricht.

»Oh. Wenn ich gewusst hätte, dass du deine eiserne Regel doch einmal gebrochen hast, hätte ich draußen gewartet.«

Ich kann spüren, wie mein Kopf hochrot anläuft. Wütend greife ich nach dem erstbesten Gegenstand, den ich in die Finger bekomme und werfe ihn nach Anna. Leider weicht sie den fliegenden Stift geschickt aus.

»Da sitze ich einen ganzen Tag im Flugzeug und das ist die Begrüßung, die ich bekomme?« Die Brünette schnalzt mit der Zunge, macht aber keine Anstalten die Tür hinter sich zu schließen.

Endlich lehnt sich Ryu zurück und ich kann mich an ihm vorbeidrängen. Meine Kopfhaut prickelt immer noch, aber ich war Anna noch nie so dankbar für ihre Existenz wie in genau diesem Moment.

Ich schlinge meine Arme um sie und vergrabe für einen langen Moment mein Gesicht in ihrer Halsbeuge. Ryus Blick bohrt sich in meinen Rücken, aber das ist mir im Moment egal.

Anna scheint zu bemerken, wie es mir geht und schlingt einen beschützenden Arm um mich, während sie mit dem anderen endlich die Tür wieder zu zieht.

»Was ist los, Mäuschen? Hat der Typ dir wehgetan oder sich dir aufgedrängt?« Ich kann hören, wie der Mama Bär aus meiner besten Freundin hervorkommt und muss grinsen.

»Nein, alles okay. Heute war nur wirklich ein Scheißtag und ich bin richtig froh dich zu sehen«, erwidere ich und löse mich langsam. Das Gesicht meiner besten Freundin zu sehen war genau das, was ich gebraucht habe.

Nach einem kurzen, aber tiefen Atemzug wende ich mich wieder Ryu zu. Dieser lehnt an der Tischkante mit den Händen locker in den Hosentaschen und sieht uns beide an. Ich fühle mich ein bisschen wie seine private Soap Opera, schüttle den Gedanken aber sofort wieder ab.

»Anna, das ist Ryu. Er ist Michaels Stuntdouble für den Film«, stelle ich den Schwarzhaarigen vor und kann in Annas Gesicht die Lämpchen angehen sehen. Sie kann eins und eins zusammenzählen. Ich hoffe sie hält einfach den Mund. Ich habe Glück, denn sie streckt nur artig die Hand aus.

»Freut mich.«

»Gleichfalls.« Zu sehen, wie Ryu die Hand meiner besten Freundin schüttelt ist ein merkwürdiges Bild. Aber zumindest ist die komische Spannung und das Missverständnis geklärt.

»Aber solltest du nicht erst morgen oder so kommen?«, frage ich verwirrt und greife nach Annas Tasche, damit ich sie einstweilig zur Seite stellen kann.

Als wäre es das Natürlichste überhaupt, greift die Brünette nach meinem Wasserkocher und beginnt sich einen Tee aufzusetzen. Bitte sehr, sonst noch jemand, der sich in meinem Trailer wie zuhause fühlt?

»Es war auch so geplant, aber ich habe eine frühere Maschine bekommen und wollte dich nach deinem Drehtag überraschen. Anscheinend ist es andersherum passiert.«

Ich ignoriere ihr Grinsen in Ryus Richtung, während ich ihr den Wasserkocher abnehme und das heiße Wasser in ihre Tasse schütte. Ungefragt leere ich auch etwas in zwei weitere Tassen und stelle eine wortlos vor Ryu auf den Tisch. Ich weiß nicht, ob ich will, dass er geht oder bleibt.

Das Universum hat heute einen besonders großzügigen Tag und nimmt uns die Entscheidung ab.

Zum zweiten Mal an diesem Abend klopft es an meiner Trailertür. Ich seufzte, langsam beginnt es eng in meinem kleinen Anhänger zu werden. Trotzdem öffne ich artig die Tür und sehe in das Gesicht eines Mannes.

»Ja bitte?« Es dauert einen Moment, bis mir einfällt wo ich das Gesicht schon einmal gesehen habe. Ich weite die Augen und sehe über die Schulter zu Ryu, der erst jetzt den neuen Besuch zu erkennen scheint.

Noch nie habe ich so einen erschreckten Ausdruck im Gesicht des Japaners gesehen. Ich wusste gar nicht, dass er so entsetzt aussehen kann.

Sofort ist Ryu auf den Beinen und an meiner Seite.

»Tadashi, was ist los?«

»Ich habe versucht dich am Handy zu erreichen, aber es ist niemand rangegangen. Ich habe von der Schießerei gehört und mir Sorgen gemacht, also bin ich sofort losgefahren.«

Ich sehe verwirrt zwischen den beiden Männern hin und her. Wer ist dieser Mann und warum weiß er von dem Angriff auf unser Set? Wir haben alles in die Wege geleitet, damit die Informationen geheim bleiben und wir keine Aufmerksamkeit oder schlechte Publicity auf uns ziehen. Wer ist dieser Mann?

Ich kann meine Frage leider nicht stellen, denn Anna kommt mir zuvor. Mit einer entsetzten Stimme fragt sie aus dem Hintergrund: »Auf euch ist geschossen worden?« Richtig, davon habe ich ihr noch nichts erzählt.

Mit einem leisen Geräusch lässt sie ihre Tasse fallen, die auf meinem Trailerboden zerspringt. Die Tasse war ein Geschenk von Bill gewesen.

Daraufhin bricht Chaos aus.

RYU

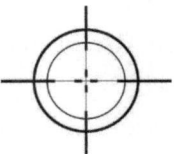

Genau die Situation, die ich zu verhindern versucht habe, ist eingetreten und noch dazu in der schlimmsten Version.

Tadashi, Zara, ihre Freundin und ich sitzen in ihren Trailer und es fühlt sich an, wie bei einem Verhör. Vielleicht ist es das auch.

»Wer hat auf euch geschossen?«, fragt die Brünette Frau mich.

»Keine Ahnung«, gebe ich schon zum zweiten Mal zur Antwort. Tadashi straft mich mit einem Blick von der Seite. Was soll ich seiner Meinung nach tun? Den beiden Frauen die Wahrheit sagen?

Ich bin der Sohn eines Yakuza und drei alte Säcke haben es auf meinen Kopf abgesehen, bevor ich ihnen die Kehle aufschneiden kann. Entschuldigt bitte, dass ich euch ins Kreuzfeuer gezerrt habe, das war nicht beabsichtigt gewesen.

Mein Blick wandert zu Zara, aber in ihren grünen Augen liegt nur ein Blick der ruhigen Musterung. Anscheinend beginnen die Puzzleteile in ihrem Kopf langsam Sinn zu machen. Ein bisschen schade ist es schon, dass sie mich jetzt nicht mehr als Pornodarsteller sehen wird.

»Ich möchte, dass du ehrlich bist, Ryu.« Ihre Stimme ist so klar und ruhig, wie der Klang einer Koto.

»Wenn mein Leben in Gefahr ist und das ist es nach heute wohl offensichtlich, möchte ich zumindest wissen, warum?«

»Warum?« Ich schiebe die inzwischen leere Teetasse von mir. »Möchtest du die zensierte Version? Ich denke nicht, dass eine kleine Schauspielerin die grausame Geschichte in allen Einzelheiten hören will.«

Die Spannung in dem kleinen Trailer ist bis zum Zerreißen gespannt.

Tadashi legt eine Hand auf meinem Arm.

»Ryu, die junge Frau Fletcher hat recht. Solange du hier auf dem Set bist, kann es jederzeit zu einem weiteren Anschlag kommen.«

Ich will nicht, dass er recht hat. Ein tiefes Seufzen entkommt meiner Kehle.

»Oh bitte, ich heiße Zara«, bessert die Schwarzhaarige Tadashi aus und lächelt ihn auch noch an. Als sie mich wieder ansieht, ist der kühle Ausdruck in ihre Augen zurückgekehrt.

Ich kann es ihr nicht wirklich übel nehmen. In ihren Augen bin ich ein Lügner. Aber sie hat mich nie direkt gefragt und ich habe sie nie wirklich angelogen. Dann spielen wir eben von jetzt an mit offenen Karten.

Ich wende mich ihrer brünetten Freundin zu.

»Ich weiß wirklich nicht, wer die Schüsse abgegeben hat, aber das Ziel war nicht Zara oder sonst jemanden zu töten. Es war eine Warnung und zwar an mich. Ich komme aus einer strengen Familie und habe mir drei Geschäftspartner meines Vaters zum Feind gemacht.«

Das muss an Wahrheit reichen. Tadashi sieht das anders, sagt aber nichts, weil er sich niemals offen gegen mich stellen würde.

Anna kneift die Augen zu zwei kleinen Schlitzen zusammen.

»Warum sollten diese Geschäftspartner eine Schießerei beginnen? Mit was für Leuten umgibt sich dein Vater? Mit Verbrechern?«, fragt sie aufgebracht und ich unterdrücke ein Augenrollen.

»Und ich dachte wir hätten diesen ganzen Blödsinn hinter uns lassen können« murmelt die Brünette und lehnt sich in ihrem Sessel zurück.

Ich kann sehen, wie Zara ihr unter dem Tisch gegen das Schienbein tritt und ziehe eine Augenbraue leicht nach oben. Jetzt ist meine Neugier geweckt und ich sehe die junge Frau neben mir an.

Anscheinend ist heute der Tag der Wahrheit, denn nach einer kurzen Sekunde des Überlegens stößt Zara die Luft zwischen den Zähnen hervor.

»Anna und ich haben früher unsere Zeit auf den Straßen von Whitechapel verbracht.« Mit ihren grünen Augen sieht sie mich direkt an. »Waffen sind für uns nichts Ungewöhnliches, genauso wenig wie Verbrecher. Ich muss dich enttäuschen, aber deine kleine Schauspielerin hat keine Angst vor einer grausamen Geschichte.«

Das überrascht mich.

Die zierliche Frau vor mir sieht nicht aus, wie ich mir eine kleine Rumtreiberin aus Whitechapel vorstelle. Ihre Freundin ebenso wenig. Die beiden sehen aus wie Models aus einem Katalog. Wobei mir Zara dann doch noch etwas besser gefällt.

Zara reckt das Kinn hoch und sieht mich trotzig an.

»Wenn du nichts mehr zu sagen hast, dann kannst du gehen. Ich möchte mich für den morgigen Drehtag noch etwas vorbereiten.«

Ich will schon aufstehen, als ich Tadashis Hand um meinen Arm spüre.

»Ryu, ich denke du schuldest Zara noch etwas mehr.«

Er lässt mir gar keine andere Wahl. Ohne ein weiteres Wort bietet er Anna höflich seine Hand an und führt die Brünette nach draußen.

Ich kann in ihrem Blick die Unsicherheit sehen, die sie packt Zara und mich alleinzulassen. Und nicht ohne Grund. Zara kann sich glücklich schätzen, dass sie so eine gute Freundin hat, die sie noch vor der ausgehenden Gefahr eines Verbrechers schützen möchte.

Als die Tür hinter den beiden ins Schloss gefallen ist und ich mit Zara allein bin, kehrt das Gefühl des Verhörraums wieder zurück.

Um nicht mit mir reden zu müssen, steht die Schwarzhaarige auf und beginnt noch einmal Wasser aufzukochen und die Tassen einzusammeln.

»Keine Angst, Tadashi wird deiner Freundin schon nichts tun«, versuche ich es grinsend.

»Ich mache mir um Anna weniger Sorgen. Sie hat schon Männer, die doppelt so breit waren wie dein Angestellter mühelos umgeschlagen«, entgegnet sie mir schnippisch und lehnt sich gegen die Küchentheke.

»Ihr seid also kleine Prinzessinnen der Slums?«

»Das scheint dich sehr zu überraschen?«, stellt sie mir die Gegenfrage. Das tut es tatsächlich. Zara will einfach nicht in das Bild eines Vorstadtmädchens passen, das Abends vor der

Polizei davonläuft.

»Und du bist der Sohn eines Kriminellen?«, fragt sie mich direkt heraus. Ich bin gewillt einfach zu nicken. Aber Tadashi hat leider recht. Es bringt nichts um den heißen Brei herum zu reden.

Ich kann nicht weitermachen, wie bisher. Vielleicht kommt das kleine Kätzchen auf dumme Gedanken und bringt sich selbst in Gefahr. Ich werde ihr so viel verraten, wie nötig, damit ihr bis zum Ende der Dreharbeiten nichts passiert.

»Mein Vater ist ein Yakuza und seine Geschäftspartner fürchten mich als Nachfolger. Ich bin nach Amerika gekommen, um dem ganzen eine Weile lang zu entfliehen.«

Ich kann sehen wie die Zahnräder in ihrem Kopf zu arbeiten anfangen.

»Du bist weggelaufen?«

Wenn sie das sagt klingt es fast niedlich. Wie ein kleiner, trotziger Junge, der von zu Hause weggelaufen ist. Nur ist dieser Junge hier über 30.

Ihr Blick gleitet meinen Hals und meine nackten Unterarme entlang. Sie studiert meine Tattoos. Ich bin es gewohnt, dass Menschen mich deswegen anstarren, weil sie die wahre Bedeutung dahinter nicht kennen. Aber unter Zaras Blick stellen sich die kleinen Haare auf meinen Armen auf.

Als sie bemerkt, dass ich sie wieder einmal beim Starren erwischt habe, dreht sie sich zum Wasserkocher um und schaltet ihn aus.

»Okay also hast du uns alle in Gefahr gebracht, weil Attentäter es auf dich abgesehen haben?«

»Es ist ja nicht so, dass ich sie angerufen habe, damit sie

aufs Set kommen. Ich habe doch bereits gesagt, dass ich extra aus Japan geflohen bin, damit ich ihnen entkommen kann. Ich weiß auch nicht, wie sie mich so schnell finden konnten.«

Meine Schläfe fängt an zu pochen. Genau deshalb wollte ich die Wahrheit für mich behalten. Es ist zu kompliziert es Menschen erklären zu müssen, für die meine Welt so unverständlich ist.

Ich drehe mich schon zur Tür, als ich Zaras Stimme hinter mir höre.

»Ryu, warte!« Ich sehe sie über meine Schulter hinweg an, bleibe aber brav stehen.

Sie beginnt auf ihrer vollen Unterlippe herum zu kauen und ich würde sie am liebsten am Kinn nehmen und ihr meine Zähne in ihrer Lippe vergraben. Aber ich presse die Hitze in meiner Magengrube hinunter.

Unsere Eskapade am Dach hat anscheinend nicht ausgereicht meine verrückten Fantasien los zu werden. Irgendetwas hat diese Frau an sich, das mich festhält.

So tief in meinen Gedanken vergraben, verpasse ich fast warum sie mich überhaupt aufgehalten hat.

»Weiß Herr Cheek Bescheid?«

»Er weiß, dass ich eine kriminelle Vergangenheit habe. Sein Anwalt war derjenige, der mich im Gefängnis besucht hat, um mich als Stunt-Double zu engagieren. Aber er weiß nichts von meiner Familiengeschichte und auch nicht, dass der Angriff am Set eine Warnung an mich gewesen ist.«

»Wieso bist du dir so sicher, dass es eine Warnung war? Er könnte auch einfach verfehlt haben.«

Ihre Worte bringen mich zum Lachen.

»Jemand, der ausgeschickt wurde um mich zu finden würde nicht daneben schießen, wenn er mich wirklich töten wollen würde.«

»Du denkst wohl, die Welt dreht sich allein um dich.« Ihre Worte kommen mit einem Augenrollen.

Ich drehe mich auf der Stelle um und bin in zwei Schritten direkt vor ihr. Meine Hand schießt nach oben und ich packe sie an der Kehle. Mit der anderen Hand drücke ich zwei Finger gegen ihren Bauch.

»Peng. Du wärst jetzt tot. Vorsicht, Prinzessin. Ich mag dir dieses Gesicht zeigen, aber du hast keine Ahnung wer ich wirklich bin. Und du weißt nicht, wie viel auf dem Spiel steht. Mein Kopf ist die Kugel auf dem Roulette-Tisch der japanischen Unterwelt.«

Ich flüstere die Worte während mein Griff um ihren Hals stärker wird. Ich kann sie gegen meine Handfläche schlucken spüren und ihre Augenlider flattern einmal kurz.

Langsam lasse ich sie los und ich kann sehen, wie ihr Gewicht gegen die Küchentheke hinter ihr sackt.

Das hier ist keine dunkle Fantasie sondern Realität. Ich habe sie in eine Fehde reingezogen, die sie nicht versteht.

Aber ich werde dafür sorgen, dass ihr nichts passiert bis ich verschwinde. Und danach sehen wir einander nie wieder.

Ich ziehe meine Hand von ihrem Bauch weg und mache einen Schritt zurück.

»Ja, es könnte einen weiteren Angriff geben oder eine andere Art der Warnung. Yakuza können sehr kreativ werden.«

Es dauert einen Moment bis sie mir antwortet. Ich beobachte ihren Kehlkopf, wie er hüpft, als sie hart schluckt.

»Was können wir dann tun? Sollen wir die Polizei einschalten oder Security engagieren?«

Ihre Ideen sind süß, aber zeigen mir nur noch mehr, wie wenig sie die Art und Weise des Untergrunds versteht.

»Das würde nichts bringen. Die Polizei kann nichts gegen Schatten ausrichten und mehr sind wir auf amerikanischem Boden nicht. Außerdem weiß ich nicht ob die Geschäftspartner meines Vaters bereits angefangen haben ein Netz mit der amerikanischen Mafia zu bauen. Dann ist es für uns unmöglich, sich zu wehren.«

Ihre Augen weiten sich ängstlich.

»Keine Angst, Kätzchen, ich sorge dafür, dass dir nichts passiert. Und sobald ich weg bin, seid ihr alle in Sicherheit.«

»Warum gehst du dann nicht gleich?«

»Autsch, willst du mich denn so dringend loswerden?« Ich weiß, woher ihr Gedanke kommt. Es wäre am einfachsten den Parasiten im Nest loszuwerden, bevor der ganze Organismus in Gefahr ist. Aber ich brauche meine versprochene Staatsbürgerschaft und ein besseres und sicheres Netz, wenn ich in Amerika überleben will.

»Tut mir leid, dass du es noch bis zum Ende der Dreharbeiten mit mir aushalten musst, Süße, aber ich habe einen Vertrag unterschrieben. Doch ich werde dafür sorgen, dass niemandem auf dem Set etwas zustößt. Ich kann dir versichern, dass niemand zu Schaden kommt. Das können sie sich nicht leisten, wenn sie sich nicht eine Blutfehde mit einem der amerikanischen Clane anfangen wollen.«

»Blutfehde?« Ich glaube, jetzt habe ich sie komplett verloren.

Seufzend reibe ich mir mit dem Zeigefinger die Schläfe.

»Nicht so wichtig. Du musst nur wissen, dass keine wirkliche Gefahr besteht. Sie werden weitere Warnungen schicken, aber die gehen nur mich etwas an. Der einzige, der wirklich in Gefahr ist sind ich und Tadashi.«

Sie glaubt mir nicht.

»Würdest du dich sicherer fühlen, wenn ich dir zeige, wie du dich im Notfall selbst schützen kannst?«

»Ich weiß, wie man eine Waffe feuert.«

Der Gedanke sollte mich überraschen, aber seit heute Abend weiß ich, dass ich nicht mit einer Hollywood-Diva spreche sondern mit einem Troublemaker. Ich grinse.

»Gut zu wissen, aber ich dachte eher an Namen und Zeichen, damit du weißt was eine Warnung ist und was eine wirkliche Gefahr sein könnte.«

ZARA

Ryus Angebot klingt im ersten Moment, als würde er mich verarschen. Aber vielleicht ist die Idee gar nicht schlecht. Wenn ich weiß, was eine echte Gefahr ist, kann ich entsprechend darauf reagieren.

»Einverstanden. Aber, wenn auch nur eine einzige Person zu schaden kommt-«

Der Japaner unterbricht mich, indem er eine Hand auf meine Lippen presst. Seine Handfläche ist warm und ich spüre ein Kribbeln an meinem Hals.

Sein plötzlicher Griff hat mich überrascht und ich ignoriere das plötzliche Pochen zwischen meinen Schenkeln.

»Keine Sorge, es sind nur noch ein paar Drehtage bis du mich los bist. Ich denke, das sollte kein Problem sein.«

Ryu hat Recht. Wir haben die kommenden Tage viele Meetings wegen Änderungen oder Plänen für die Premiere. Richtige Filmtage kann ich an einer Hand abzählen. Die Wahrscheinlichkeit, dass noch etwas passiert, liegt beinahe bei null.

Ich nehme Ryus Handgelenk und zerre seine Hand von meinem Mund.

»Okay gut. Ich kann es kaum erwarten, wenn ich nicht

mehr um mein Leben fürchten muss, weil sich ein Mafiosi bei uns am Set versteckt.«

»Yakuza«, bessert er mich aus und hat auch noch den Nerv seine Arme vor der Brust zu verschränken. Arschloch.

»Ist mir egal.« Ich bin müde und genervt. »Also, wie hast du dir die Lehrstunden vorgestellt.«

Ryus Augen blitzen auf und ich weiß genau, dass er an etwas ganz anderes denkt. Ich schlage ihm mit der Faust gegen den Oberarm.

»Verschwinde aus meinem Trailer!«

Er nimmt mich am Arm und sein Griff ist so hart, dass es fast weh tut.

»Entschuldige, du hast recht, das ist kein Thema über das ich Scherze machen sollte. Ich werde dir einige Dinge erklären, dafür braucht es keine eigenen Lehrstunden. Es gibt kleine Zeichen, die man verstehen muss. Dir wird nichts passieren, ich verspreche es.«

Seine Stimme hat einen merkwürdigen Klang. Vielleicht liegt es daran, dass wir allein in meinem kleinen Trailer stehen. Aber seine Stimme klingt belegt. Seine Worte klingen rau und beinahe verletzlich. Das bilde ich mir bestimmt nur ein.

Die Art wie er mich ansieht, lässt etwas in meiner Brust flattern, das ich nicht möchte. Es lässt meine Knie weich werden und mich sicher fühlen. Als könnte die ganze Welt brennen und ich würde von keiner einzigen Flamme berührt werden. So ein Schwachsinn.

Ich schüttle den Kopf und schiebe mich an Ryu vorbei.

»Wie auch immer. Solange unser Dreh nicht darunter leiden muss.«

Ich bin beeindruckt, dass meine Beine nicht zittern, als ich zu meiner Tür gehe und sie aufmache. Mit einer Hand deute ich nach draußen.

»Gute Nacht, Ryu.«

Ohne ein weiteres Wort geht der Japaner an mir vorbei. Es ist alles gesagt und doch gäbe es noch so viele Dinge, die mir von der Zunge fallen würde, wenn ich nicht auf sie beißen würde bis ich die Tür hinter ihm schließen kann.

Seufzend sinke ich mit dem Rücken gegen meine Tür gelehnt zu Boden. So eine blöde Scheiße.

Ryu ist seinem Wort treu. Zuerst denke ich, dass er mich auf den Arm nimmt, aber seine Erklärungen fangen langsam an Sinn zu machen.

Er beginnt mir die Symbolik hinter seinen Tattoos zu erklären. Am Anfang klang es als würde er einfach angeben wollen, aber ich denke er möchte diese sogenannten »Zeichen« einfach für mich visualisieren.

Ich denke nicht genauer darüber nach, wie viel Mühe er sich macht und greife stattdessen nach seinem Kinn und drehe es etwas weg von mir, damit ich einen besseren Blick auf das dunkle Schriftzeichen direkt unter seinem Ohr werfen kann.

»Und das? Hast du dir auch einfach das Wort Freiheit oder Stärke tätowieren lassen? Du kannst es wenigstens lesen im Gegensatz zu den Leuten, die das sonst machen«, ziehe ich ihn grinsend auf und lasse sein Kinn los.

In seinen Augen liegt wieder dieses Feuer als er den Kopf zurück dreht und mich ansieht. Sofort drücke ich meine Schenkel zusammen. Inzwischen kann ich zumindest meinen Gesichtsausdruck kontrollieren, wenn ich den Funken zwischen meinen Beinen spüre.

Es sind ganze acht Tage seit unserem Gespräch im Trailer vergangen. Die meisten Szenen sind im Kasten und nur kleinere Änderungen, die wir in einem nachgebauten Set erledigen können, sind noch offen.

Ryu und ich haben unsere letzte gemeinsame Szene gedreht. Ein einfaches Aufwachen, mit meinem Kopf auf seiner Brust. Kein Text nur drei oder vier Kameras, damit der Shot aus jeder Richtung aufgenommen wird.

Ich habe sie gut ignorieren können, da ich mich einfach auf den Herzschlag unter meinem Ohr konzentriert habe. Ryus Herz hat laut und gleichmäßig geschlagen, und ich wäre beinahe wirklich am Set eingeschlafen.

Nach ein paar Minuten habe ich angefangen die bunten Muster auf seiner Brust mit dem Zeigefinger nachzufahren, damit ich nicht wegschlafe. Anscheinend fand Herr Cheek das so süß, dass er das unbedingt in der letzten Version haben möchte.

»Das ist der Name meiner Mutter.« Was?

Oh richtig, das Schriftzeichen unter seinem Ohr.

»Sorry, ich dachte-«, okay, das war peinlich.

»Vergiss es, was ist das direkt darunter?«, versuche ich das Thema zu wechseln.

Meine Augen folgen den Linien und Mustern. Es ist ein

kleines Säckchen mit Verzierungen. Ein bisschen erinnert es mich an ein speckiges Lesezeichen.

»Das ist ein O-Mamori-Charm. Ein Glücksbringer. Ich will, dass meine Mutter beschützt ist«, erklärt er mir ohne das Gesicht zu verziehen. Irgendwie merkwürdig so liebevoll über die eigene Mutter zu reden, ohne dabei Emotionen zu zeigen.

»Das ist süß von dir.« Mehr fällt mir dazu nicht ein.

Meine Augen verfolgen seine Bewegungen, als er sich sein Shirt wieder über den Kopf zieht.

»Sind wir fertig?«, rutscht mir die Frage heraus ohne, dass ich wirklich darüber nachdenke.

Ryu grinst auf mich herab und ich kann spüren wie meine Wangen heiß werden. Aber bevor ich etwas sagen kann, schüttelt der Japaner den Kopf.

»Es wird langsam kühl und ich zeige dir die anderen Dinge gerne später, Süße.«

Das nächste Mal schlage ich ihm für diese Aussage und diesen blöden Namen direkt ins Gesicht. So beobachte ich ihn einfach still, während er über das Set in Richtung der Toiletten geht.

Langsam wird es etwas kalt auf der Parkbank, auf der wir gesessen haben. Ich reibe mir fröstelnd über die Oberarme. Eine Gänsehaut läuft mir den Nacken hinab.

In dem Moment, in dem ich aufstehen will, sehe ich eine Bewegung im Augenwinkel. Doch bevor ich auch nur einen Laut herausbringe, spüre ich einen dumpfen Schlag und alles um mich herum wird schwarz.

RYU

Das ganze Set ist ein absolutes Chaos.

Zaras Verschwinden löst eine Massenpanik aus. Der Moment, in dem ich bemerke, dass meine Schauspielpartnerin nirgendwo auffindbar ist, lässt mir das Blut in den Adern gefrieren.

Ich weiß, dass es sich nicht um einen dummen Zufall handelt. Aber diesmal sind die drei alten Säcke zu weit gegangen.

Die Schüsse am Golfplatz waren eine Warnung und ich habe sie nicht ernst genug genommen. Aber, dass sie wirklich so weit gehen würden und eine bekannte Schauspielerin entführen, überrascht selbst mich.

Mit ihrer Aktion gehen sie das Risiko ein sich mit der amerikanischen Polizei und in weiterer Folge mit dem amerikanischen Untergrund anzulegen.

Ich habe sofort Tadashi ausgeschickt, damit er die Clane, mit denen ich in den letzten Wochen zu tun hatte, kontaktiert. Wenn einer von ihnen mit meinem Vater oder den drei Mistkerlen zusammenarbeitet, würde ich einen nach dem anderen an ihren silbernen Zungen aufhängen.

Aber laut meiner rechten Hand war keiner von ihnen involviert. Bis ich mehr weiß, glaube ich ihnen. Als nächstes konzentriere ich mich darauf, was ich tun soll. Aber meine Gefühle sind genauso chaotisch, wie das Filmset um mich herum.

Mein Vater hat mir bereits als Kind eingetrichtert, dass Emotionen nur eine Schwäche sind und das rationale Denken verhindern. Jetzt weiß ich, was er damit gemeint hat.

Wenn ich könnte, würde ich meine Waffe nehmen und im Alleingang die Ostküste nach ihr absuchen, egal wie wahnwitzig diese Idee auch ist.

Stattdessen versuche ich so gute Schadensbegrenzung zu leisten, wie ich kann. Herr Cheek hat als Regisseur und Boss die Polizei eingeschalten.

Ich bezweifle, dass sie irgendetwas finden werden, aber als Zivilist ist es wohl die beste Entscheidung in seiner Position. Außerdem versucht er die Informationen vor den lästigen Reportern geheim zu halten.

Dieser Mann hat meinen vollen Respekt.

Nachdem Tadashi wieder zurück ist, finden wir uns zusammen in meinem Trailer ein.

»Denkst du die drei Oyabun arbeiten zusammen?«, fragt er mich während er mir eine Tasse Grüntee vor die Nase stellt. Ich brumme nur als Antwort.

Möglich wäre es, immerhin verfolgen sie alle das selbe Ziel: Mich mundtot zu machen, bevor ich den Platz meines Vaters einnehmen kann.

Aber danach werden sie sich wie Wölfe zerreißen, wer meinen Platz einnehmen soll. Vielleicht können wir das zu unserem Vorteil nutzen.

Gerade will ich einen Vorschlag machen als meine Tür auffliegt und eine brünette Frau wie ein Sturm herein fegt.

»Wo ist sie?«

Ich sehe Anna ruhig an.

»Weg. Aber keine Sorge, ich werde sie zurückholen«, gebe ich so beruhigend wie ich kann zur Antwort.

Das scheint das Temperament der jungen Frau nicht sonderlich zu bremsen. Mit ihren 1,80m ist sie eine weitaus imposantere Frau als Zara.

Diesmal ist es Tadashi, der einen Schritt nach vorne macht und Anna mit warmer Stimme einlädt sich einmal hinzusetzen.

Ich ziehe überrascht eine Augenbraue hoch, sage aber nichts. Tadashi ist keine Maschine, er ist ein Mann aus Fleisch und Blut. Aber er ist auch nie besonders emotional gewesen. Diese Wärme ist neu.

Ich beobachte, wie er ihr gut zuredet und ihr eine Tasse Tee in die Hand drückt. Er mag meine rechte Hand sein, aber er hat sein eigenes Leben. Mit wem er zu tun hat, kann er selbst entscheiden.

Und ich wäre schon ein großes Arschloch ihm vorzuhalten an einer Schauspielerin interessiert zu sein, wenn ich selbst nur an eine schwarze Katze mit scharfem Mundwerk denken kann.

Wieder zurück beim Thema kehrt auch das Schuldgefühl zurück. Ohne mich wäre Zara nie in Gefahr gewesen und auch nie entführt worden.

Aber warum ausgerechnet sie? Auf dem Set habe ich nicht viel Zeit allein mit ihr verbracht. Es war immer jemand von der Crew dabei oder zumindest in der Nähe.

Kurz wird mir kalt als ich daran denke, dass uns vielleicht jemand auf dem Dach des Penthouses gesehen haben könnte. Ich schiebe diese Möglichkeit vorerst zur Seite.

Wichtig ist jetzt nur, Zara so schnell wie möglich zurück-zuholen.

Annas Stimme reißt mich aus meinen Gedanken.

»Also weißt du, wer meine beste Freundin entführt hat?«

Ich seufze. »Ich weiß, wer es gewesen sein »könnte«.«

Anna einzuweihen könnte sich als Fehler herausstellen, aber Tadashi scheint ihr zu vertrauen. Und sie kennt Zara besser als wir, vielleicht kann sie uns helfen.

»Drei Geschäftspartner meines Vaters kommen dafür in Frage.«

»Die drei, die versuchen dich zu töten, weil du der Sohn eines Yakuza bist?«

Mein Blick wandert zu Tadashi, der sofort die Augen ab-wendet. Er hat geplaudert? Das Mädchen muss wirklich gut mit dem Mund sein oder eine goldene Pussy haben.

Aber so muss ich zumindest nicht noch einmal die ganze Geschichte erzählen.

»Ja, die drei haben noch eine offene Rechnung mit mir offen. Oder ich mit ihnen. Wie man es sehen möchte. Auf jeden Fall wollen sie mich tot sehen und hoffen über Zara an mich heranzukommen. Tadashi und ich nehmen an, dass sie für dieses Ziel zusammenarbeiten. Für einen allein sind die Vorgänge zu unterschiedlich.«

Anna zieht die Augenbrauen zusammen.

»Was meinst du?«

Und wieder jemandem, dem ich die Wege des japanischen Untergrunds erklären muss.

Diesmal ist es Tadashi, der antwortet.

»Kazuo Matsumoto ist der älteste der drei und hält an den

Traditionen fest. Er würde niemals etwas so riskantes wie eine Entführung unternehmen. Aber wir haben einen Brief mit einer schwarzen Haarsträhne hinter unserem Trailer gefunden. Zaras Entführer muss den Umschlag als Drohung dagelassen haben.«

Ich kann sehen, wie Anna kreidebleich wird. Schnell füge ich so sanft wie ich kann hinzu: »Nur eine Haarsträhne, kein Blut oder sonst irgendwelche Flüssigkeiten. Er will nur sichergehen, dass wir den Ernst der Lage erkennen. Und das tun wir. Tadashi und ich überlegen uns bereits, wie wir ihren Aufenthaltsort aufspüren können. So einfach können sie mit einer Entführten nicht das Land verlassen.«

Ich hoffe meine Worte beruhigen sie. Ich bin nicht sonderlich gut darin. Aber es kehr etwas Farbe in das Gesicht der brünetten Frau zurück.

Mit ihren haselnussfarbenen Locken hat sie wirklich ein hübsches Gesicht. Ich kann Tadashi verstehen.

»Okay und diese anderen beiden Männer, von denen ihr geredet habt?«, fragt sie, nach einem großen Schluck von ihrem Tee.

»Isamu Kurogane und Akihiko Inoue. Die beiden könnten die größeren Gefahren darstellen. Sie sind beide skrupellos und gefährlich. Ich traue ihnen sowohl die Warnschüsse als auch die Entführung zu«, erkläre ich vorsichtig. Hoffentlich wird sie nicht ohnmächtig. Aber Anna überrascht mich.

Außer ihr harter Griff um ihre Tasse wirkt sie sehr gefasst für die Situation.

»Okay. Die Polizei wird keine große Hilfe sein, nehme ich an?«

Ich schüttle den Kopf. Schlaues Mädchen. Bei so etwas bringen die genauso viel, wie ein Sieb beim Wasserschöpfen. Vielleicht habe ich Anna und Zara ganz falsch eingeschätzt.

Zumindest die Frau, die mir gegenüber sitzt, wirkt gerade wie jemand, den das nicht gänzlich aus der Bahn wirft und das respektiere ich.

»Was sind dann die nächsten Schritte?«, fragt Anna berechtigterweise. Ich weiß nicht ob es so schlau ist, sie einzuweihen.

Aber auch diesmal ist Tadashi offener.

»Wir versuchen über den Untergrund herauszufinden, wo sie sein könnte.« Ich werfe einen kurzen Blick in seine Richtung. Ich hoffe, dass sein Vertrauen nicht verraten wird.

»Oh, okay, und gibt es etwas wobei ich helfen kann? Ich kann kaum ruhig sitzen, wenn ich weiß, dass meine Zara in Gefahr ist.«

Das verstehe ich leider nur zu gut. Es kribbelt in meinen Fingern nach meiner Waffe zu greifen und einfach jedem eine Kugel zwischen die Augen zu jagen, der mir nicht sagen kann, wo sich mein Mädchen befindet.

Halt. Stop. Pause.

Mein Mädchen?

Zara ist nicht mein Mädchen. Sie gehört mir nicht und ich will sie einfach in Sicherheit wissen. Es ist meine Schuld, dass sie entführt wurde und ich möchte das richtig stellen. Nicht mehr und nicht weniger.

»Wir bräuchten vielleicht die Hilfe einer talentierten Schauspielerin, wenn wir an Informationen heranwollen. Aber es könnte gefährlich sein«, warne ich die junge Frau vor mir.

»Das ist mir egal. Für Zara würde ich durchs Feuer gehen

und ich weiß, dass sie dasselbe für mich tun würde.«

Auch das kann ich nur allzu gut nachvollziehen und ich mache mir selbst Angst mit diesem Gedanken.

ZARA

Als ich die Augen öffne, ist alles um mich herum immer noch dunkel. Mein Nacken und meine Schulter brennen. Vielleicht bin ich gestürzt, als man mich bewusstlos geschlagen hat.

Ich bin nicht naiv, es ist deutlich, dass ich entführt wurde. Die Frage ist nur von wem?

Meine Gedanken rasen und ich muss mich zwingen ruhig zu bleiben.

Ein Stück Stoff wurde über meine Augen gebunden. Ich kann also nicht sehen, wo ich bin. Meine Hände sind mit Kabelbindern hinter meinem Rücken zusammengebunden und der Boden auf dem ich liege ist hart und kalt.

Steinboden, vielleicht ein Keller oder eine Lagerhalle.

Ich kann um mich herum nichts hören, aber es riecht nach abgestandener Luft, also höchstwahrscheinlich auch keine Fenster.

Okay, ruhig bleiben, Zara, wenn sie dich hätten töten wollen, hätten sie das schon längst getan. Wer auch immer mich entführt hat, will etwas von mir. Und ich werde solange ausharren, wie ich kann.

Bill hat bestimmt schon alle Hebel in Bewegung gesetzt mich zu finden. Ich bin nicht umsonst Schauspielerin. Ich muss nur ruhig bleiben und herausfinden, weshalb gerade ich entführt worden bin. Dann spiele ich meine Rolle hoffentlich gut genug, bis Bill mich hier rausholen kann. Oder bis ich erschossen werde. Was auch immer zuerst passiert.

Ich hoffe wirklich Ersteres.

Das Geräusch einer sich öffnenden Tür schreckt mich aus meinem Halbschlaf hoch. Ich versuche ruhig liegen zu bleiben und achte auf die Schritte, die sich mir nähern. Ein Paar Schuhe. Ich höre, wie die Metallkappen gegen den Steinboden klicken, bis ihr Träger direkt bei meinem Kopf stehen bleibt.

Unterbewusst halte ich den Atem an. Einen langen Moment ist es still, bevor ich die kalte Schuhspitze gegen meine Wange gedrückt bekomme. Überrascht zucke ich zurück.

Über mir höre ich eine Männerstimme auf Japanisch sprechen. Vielleicht hat er ein Telefon oder etwas Ähnliches dabei, denn ich bin mir sicher, dass wir allein sind.

Wenn er mit mir spricht, muss ich ihn leider enttäuschen. Mein Japanisch ist ziemlich eingerostet.

Mit einem schweren Akzent beginnt der Mann auf englisch zu sprechen.

»Du bist also Zara Fletcher. Ich habe mir unter einer amerikanischen Schauspielerin etwas anderes vorgestellt.«

Als ich schlucke, brennt meine Kehle. Vielleicht ist es der Durst oder mein Versuch die Angst zu überspielen, aber meine Antwort kommt fast wie von selbst.

»Entschuldigen Sie, ich habe meine blonde Perücke und meine aufblasbaren Brüste im Auto vergessen. Dürfte ich sie kurz holen gehen?«

Ich hätte es wissen müssen. Meine vorlaute Art wird mir vielleicht mehr schaden, als sie mir hilft.

Der plötzliche Tritt in meine Seite nimmt mir die Luft zum Atmen und ich würge den sauren Mix meiner Magensäure mit meinem Speichel hoch und spucke ihn auf den kalten Boden unter mir.

»Vorlaut auch noch? Ryu hatte immer schon einen schlechten Geschmack bei Frauen.«

Am liebsten würde ich diesem Drecksack noch etwas an den Kopf werfen, aber mir ist schlecht und ich muss mir auf die Zunge beißen. Erst nach zwei langen Atemzügen drehe ich mein Gesicht in die Richtung aus der ich die Stimme vermute.

»Sie wissen wer ich bin und kennen anscheinend auch Ryu. Mit wem habe ich das Vergnügen?«

Wenn ich mich richtig erinnere, muss er einer der drei Geschäftspartner von Ryus Vater sein. Ich muss ihn nur lange genug hinhalten und so tun, als wäre mein Leben wichtig genug, damit er mich nicht umbringt.

»Das musst du nicht wissen, Kleines. Du musst nur still sein. Hab keine Angst, dein Retter ist bestimmt schon auf dem Weg hierher und sobald wir haben, was wir wollen erschießen wir dich.« Er redet so gelassen darüber, als hätte er mir vom Fußballspiel seines Sohnes erzählt. Ich schlucke nervös und schmecke den Dreck vom Steinboden auf meiner Zunge.

Ryu wird nicht dumm genug sein hier aufzutauchen. Bill sollte die Polizei eingeschaltet haben und ich muss nur lange genug durchhalten, bis ich hier rausgeholt werde.

Ich unterdrücke ein Zittern und versuche meine rasenden Gedanken zu sortieren, aber da entfernen sich die schweren

Schritte wieder. Eine Tür fällt ins Schloss und ich bin erneut allein in der Dunkelheit.

Ich beiße mir auf die Zunge, aber meine Augenbinde wird trotzdem nass durch meine zurückgehaltenen Tränen. So eine Scheiße. Wäre ich Ryu doch nie begegnet.

Allein in der Dunkelheit des Raumes werden mir drei Dinge sehr deutlich bewusst:

1. Ich habe absolut kein Zeitgefühl. Wie lange ich schon in diesem stickigen Raum liege weiß ich nicht.

2. Anscheinend fürchten meine Entführer nicht, dass ich versuchen könnte abzuhauen.

Nach meinem ersten Gespräch, habe ich versucht die Augenbinde abzubekommen und konnte sie tatsächlich lösen. Als ein fremder Mann den Raum betrat, um mir Essen zu bringen, schien er nicht überrascht, dass ich etwas sehen konnte. Er hat mich nur angegrinst und wortlos das Essenstablett neben mich gestellt. Mit am Rücken gefesselten Händen konnte ich nur aus der Schale essen, wie ein Tier.

In diesem Raum ist wenig von der Schauspielerin Zara Fletcher übrig geblieben.

Aber am Wichtigsten war der dritte Punkt:

3. Sie würden mich nicht sterben lassen, bis entweder Ryu hier auftauchen würde oder die Polizei mich fand. Das würde ich zu meinem Vorteil auszunutzen wissen.

Das Essen ist warm und frisch, das Wasser klar und erfrischend. Ich bin immer noch eine Gefangene und bekomme diesen Luxus in langen Abständen, aber ich bleibe zumindest durch die Mahlzeiten bei Verstand.

Und dieser arbeitete auf Hochtouren. Ich erinnere mich an Ryus Lektionen über die Zeichen und Bedeutungen.

Vielleicht war es Zufall, aber er hatte sehr oft seine Mutter und Großmutter erwähnt. Wann immer er von den beiden Frauen sprach, war seine Stimme ganz warm geworden. Er muss diese beiden Frauen sehr lieben.

Er hat ein stylisiertes Tattoo einer wunderschönen Frau auf dem Unterarm. Zuerst dachte ich, das sei vielleicht eine ehemalige Freundin oder Liebhaberin, aber ich wurde ganz schnell eines besseren belehrt. Die Frau stellt Ryus Großmutter da, in ihrem Hochzeitsgewand. Sie war die ranghöchste Frau im ganzen Clan.

Entgegen meiner Vorstellungen ist eine Frau nicht nur da um die Blutlinie zu erhalten. Einige Frauen bringen ihre eigenen Werte und ihr eigenes Vermögen nach der Ehe mit. Und genauso eine Frau soll Ryus Großmutter gewesen sein.

Sie soll so willensstark gewesen sein, dass ihr Ehemann sie als rechte Hand ernannt hatte. Somit war sie unantastbar geworden, wenn ich Ryus Erklärung glauben kann.

Inzwischen konnte ich mich aufsetzen. Mit dem Rücken gegen die kühle Wand gelehnt studiere ich zum hundertsten Mal den Raum, aber es gibt außer der Tür und einer schwach leuchtenden Neonröhre nichts.

Ich rolle den Kopf in den Nacken und starre an die Decke. Die Frau eines wie hatte Ryu das Oberhaupt genannt - Oyabun?

Mir kommt eine Idee, die so riskant ist, dass sie mich vielleicht tatsächlich töten könnte, aber mir bleibt nicht viel anderes übrig, oder?

Als die Tür das nächste Mal aufgeht, zwinge ich meine steifen Knochen dazu, dass ich mich aufrichten kann. Ich versuche das kälteste Gesicht aufzusetzen, das mir möglich ist.

»Schick mir deinen Oyabun, es gibt da etwas, das er wissen sollte.«

Ich bete, dass der Japaner vor mir englisch spricht und dass diese Geschäftspartner selbst Clan-Anführer sind, sonst ist meine Lüge direkt durchschaut.

Anscheinend scheint meine Farce zu funktionieren, denn der junge Mann mir gegenüber weitet die Augen und verschwindet. Kurze Zeit später geht die Tür ein weiteres Mal auf und ich bekomme endlich den Träger der Metallkappenschuhe zu Gesicht.

»Versuch nichts Dummes, Kleine.«

Ich versuche es.

RYU

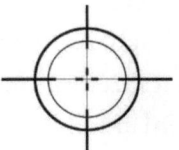

Ich habe vergessen, dass Anna genauso wie Zara eine Schauspielerin ist. Laut Tadashi steht sie auf den Londoner Theaterbühnen. Und ich werde gerade Zeuge ihres Könnens.

Wir Männer halten uns im Hintergrund, es wäre zu auffällig, wenn ich mein Gesicht hier im Casino zeigen würde. Aber dieser Ort ist die beste Spur, um herausfinden wohin Zara gebracht worden sein könnte.

Dieses Casino läuft als gewöhnlicher Ort des Spiels, aber für Wissende fundiert es als Ort der Information. Der Inhaber ist ein Mitglied der Cosa Nostra. Ich habe seinen Kontakt durch eine Bekanntschaft aus einem meiner Ringkämpfe. Wir haben miteinander bereits mehrfach gesprochen und ich hoffe ihn als Partner in der Zukunft zu gewinnen.

Aber wenn meine Onkel mir zuvorgekommen sind und bereits begonnen haben ihr eigenes Netz in Amerika zu spinnen, wäre es zu gefährlich mein Gesicht direkt zu zeigen. Und da kommt Anna ins Spiel.

Ich kann Tadashis Anspannung neben mir spüren, er macht sich tatsächlich Sorgen um sie. Hoffentlich bringt seine kleine Verliebtheit unseren Plan nicht in Gefahr.

Ich gönne meinem besten Freund sein Glück, immerhin ist

er auch nur ein Mann. Aber eine Frau könnte ihn alles kosten. Sofort denke ich wieder an Zara.

Bevor sich meine Schuldgefühle weiter durch meine Adern fressen können, konzentriere ich mich wieder zurück auf die junge Frau am Roulette-Tisch. Anna trägt ein eng anliegendes, rotes Abendkleid und hat ihre braunen Locken hochgesteckt. Sie wirkt absolut nicht fehl am Platz und leuchtet genauso wie der gläserne Kronleuchter an der Decke.

Anna ist wirklich hübsch und ich kann Tadashi verstehen, aber erst als ich mich an Zara in dem Kleid der Gala erinnere, beschleunigt sich mein Herzschlag. Ich kann mich nicht mehr lange selbst belügen.

Mein Fokus ist sofort zurück, als Anna sich vom Tisch abwendet und mit gelassenen Schritten zu unserem Versteck zurückkommt. Sie hat ihren Auftrag perfekt ausgeführt.

Mit zitternden Fingern schiebt sie mir einen Zettel in die Hand. Sofort schlingt Tadashi beruhigend einen Arm um ihre Taille. Ich wende mich ab und schirme die beiden etwas mit meinem Körper ab. Das ist etwas, das mich nicht angeht, aber ich muss ihnen nicht im Weg stehen.

Vorsichtig öffne ich die Nachricht und sehe Koordinaten. Das hilft mehr, als ich gedacht hätte. Überrascht sehe ich auf und mein Blick findet den, des Mannes am Roulette-Tisch. Er weiß, dass ich hier bin.

Doch statt Zorn wandert ein belustigtes Lächeln über sein Gesicht und er nickt mir zu.

Vittorio »Victor« Amuso ist der Kopf der Lucchese-Familie und trotz seines Alters ein lebhafter Mann. Ich habe die Liste seiner Taten und Opfer gesehen und konnte sie nicht mit dem

Mann vor mir in Verbindung bringen.

Bei unserer ersten Begegnung nach meinem Ringkampf war ich mir sicher gewesen, diesen Mann zu meinem Verbündeten zu machen.

Vielleicht interpretiere ich zu viel in unsere Begegnung hinein, aber er war stets freundlich zu mir. Ich schulde diesem Mann etwas für den kleinen Zettel, den ich in meiner Faust zerdrücke. Langsam nicke ich dem Mann zu, der sich wieder seinem Spiel widmet.

Auf unserem Weg nach draußen bestelle ich bei einem Kellner noch schnell ein Glas Whiskey für den Mann am Roulette-Tisch und folge Tadashi und Anna hinaus ins Freie.

»Haben wir bekommen, was wir brauchen?«, fragt Anna nervös, während sie auf dem Rücksitz von Tadashis Wagen ihren Haarknoten löst. Ich sehe durch den Rückspiegel zu ihr nach hinten.

»Dank dir haben wir den besten Hinweis auf Zaras Aufenthaltsort bekommen, den wir hätten kriegen können.«

»Worauf warten wir dann noch, lasst uns sofort da hin fahren!«, ruft sie und lehnt sich zwischen Tadashis und meinem Sitz nach vorne.

Reflexartig hebe ich die linke Hand, damit sie nicht nach vorne fällt. Ich lasse sie aber sofort wieder sinken. Wann bin ich bitte zum Babysitter und Menschenfreund geworden? Anscheinend hat Zaras quirlige Art auf mich abgefärbt. Oder ich will ihre beste Freundin nicht in Gefahr bringen. Das würde sie mir nie verzeihen.

Vorausgesetzt ich finde sie und hole sie da raus.

»Also du fährst schon mal nirgendwo hin«, sage ich über

die Schulter.

»Tadashi und ich werden Zara da raus holen. Du würdest dich nur unnötig in Gefahr begeben. Es könnte sein, dass uns dort drei Clane erwarten, die mich unter allen Umständen tot sehen wollen.«

Es laut auszusprechen lässt sogar mir eine Gänsehaut über die Arme laufen.

Ich habe vor einem Jahr jede Verbindung zu meinem Vater gebrochen, damit ich mir selbst etwas aufbauen kann. Wenn er stirbt, wird es keine offene Jagd auf meinen Kopf geben. Ich kann innerhalb der Familie niemandem vertrauen und brauche meine eigenen Männer und Frauen, wenn ich nicht im Schlaf erschossen werden will.

Mit einem amerikanischen Netz und genug Verbindungen zu anderen Mitgliedern aus dem japanischen Untergrund sollte das alles kein Problem sein. Aber ich hatte nicht damit gerechnet, dass die drei Mistkerle mutig genug waren, mich auf amerikanischem Boden zu jagen.

Meine Augen weiten sich leicht als mir eine Idee kommt, wieso. Wenn mein Vater tot ist, könnte das der Startschuss für die Jagd auf meinen Kopf gewesen sein. Erst mit meinem Tod ist die Clanfolge unterbrochen.

Für einen kurzen Moment sticht es in meiner Brust. Ich hasse meinen Vater nicht, aber viele seiner Ansätze waren veraltet und als ich ihn damals gebraucht habe, hat er weggesehen. Sollte er wirklich verstorben sein, würde ich keine Chance haben bei seinem Begräbnis dabei zu sein und das tat höllisch weh.

Ich hebe meine Hand und streiche über den tätowierten

Glücksbringer hinter meinem Ohr.

Aus dem Augenwinkel beobachte ich Tadashi, der über die Schulter hinweg mit Anna spricht. Ich muss leicht lächeln. Er scheint das Mädchen wirklich zu mögen. Vielleicht möchte er mit ihr zusammen sein und hier in Amerika ein neues Leben beginnen. Ich kann es ihm nicht verübeln. Er ist nur dank mir auf der Flucht.

Tadashi ist keine direkte Bedrohung für irgendjemanden. Auf dem Papier klebt kein Blut an seinen Händen und sein Name taucht nirgends auf. Vielleicht kann ich mich nach all den Jahren endlich richtig bei ihm bedanken.

»Tadashi, halt an. Bring bitte Anna zurück zum Set und sag dem Produzenten, dass es bei mir später werden könnte. Mir ist gerade etwas eingefallen, das ich noch zu erledigen habe.«

Ich kann im Gesicht meines besten Freundes sehen, dass er mir nicht ganz glaubt. Aber das ist okay. Er wird es verstehen und aus welchem Grund ich das tun musste.

Als das Auto anhält steige ich aus und nicke den beiden zu. »Ich beeile mich, keine Sorge.«

Ich wende mich ab, weil ich Tadashi nicht ansehen kann. Erst als das Auto wieder auf die Landstraße auffährt, kontrolliere ich die Waffe an meinem Gürtel und atme tief durch.

Ich bin kein Idiot. Die Chancen stehen mehr als schlecht. Ich bin ein einziger Mann, der sich einem Rudel mordlüsterner Wölfe aussetzt. Aber wenn ich so Zaras Leben retten und Tadashi ein schönes Leben ermöglichen kann, werde ich alles dafür tun.

Meine kleine Prinzessin ist nur wegen mir überhaupt erst in dieser Gefahr und ich werde sie da rausholen, selbst wenn es mein Leben kostet.

Ich werde Himmel und Hölle in Bewegung setzen, um sie zu befreien. Und, wenn ich dafür die Welt in Brandstecken muss, dann werde ich genau das tun.

ZARA

»Eure Gastfreundschaft für die Frau des Oyabun lässt zu wünschen übrig.«

Ich weiß, dass ich verdammt hoch pokere und der Einsatz ist mein Leben. Trotzdem versuche ich so ruhig, wie möglich zu bleiben.

Laut Ryus Erklärung war seine Großmutter ein Mädchen vom Land und vom Clan nicht akzeptiert. Aber er hat sie trotzdem geheiratet und sie damit unantastbar gemacht. Ich hoffe ich habe die Geschichte nicht falsch verstanden.

Aber dem Gesicht des Mannes mir gegenüber nach zu urteilen, scheine ich zumindest sein Interesse geweckt zu haben.

»Ryus Frau? Da war der Kleine aber schnell jemanden aus diesem verdammten Land zu heiraten. Er ist wohl etwas nervös geworden und hat das erstbeste Mädchen genommen. Aber, dass es eine Schauspielerin ist, verwundert mich dann doch.«

Seine Worte sollen mich verletzen, aber ich übergehe sie, immerhin ist meine Geschichte gelogen. Ryu ist nicht verzweifelt und er hat auch nicht das erstbeste Mädchen geheiratet, zumindest weiß ich nichts davon.

Oh nein, vielleicht hat er das und ich lüge nicht nur mich in Gefahr sondern auch eine unbekannte Frau? Verdammt.

Die nächsten Worte des älteren Mannes vor mir stoppen meine Gedanken, bevor sie zu chaotisch werden.

»Seit Yukis Tod hat er keine Freundin mehr gehabt, vielleicht ist ihm endlich klar geworden, dass er ohne eine neue Frau keine Nachkommen bekommen kann.«

Den Namen Yuki höre ich zum ersten Mal. Vielleicht eine erste Liebe, die ihn verlassen hat? Ich muss jede Information, die ich bekommen kann ausnutzen.

»Ach du meinst diese Yuki? Ich denke, er ist endlich über sie hinweg. Warum sonst sollte er mich geheiratet haben?«, versuche ich so entspannt, wie ich kann zu antworten. Meine Lippen sind ganz trocken, aber ich erlaube mir nicht meine Maske der Gleichgültigkeit zu verlieren.

»Vielleicht aus Verzweiflung.« Der Mann spuckt neben sich auf den Boden und diesmal kann ich eine Grimasse nicht unterdrücken. Das war einfach widerlich.

»Du kannst froh sein, dass ich keine Blutschuld an meinen Händen kleben haben will. Vorerst bist du in Sicherheit, Fräulein Fletcher. Aber gewöhn dich nicht daran.«

Mit diesen Worten ist er verschwunden.

Als ich mir sicher bin, dass ich wieder allein bin, atme ich tief durch und kämpfe gegen eine aufsteigende Panikattacke an. Okay, fürs Erste bin ich nicht mehr im Begriff zu sterben. Aber wer weiß, wie viel Zeit ich mir mit meiner Lüge erspielt habe?

Zumindest hat sich das Verhalten der Männer, die mir Essen und Trinken bringen verändert.

Jedes Mal, wenn die Tür aufgeht und ich mich schnell aufrichte, nehme ich die Maske der Frau eines Mafiabosses an.

Die Männer stellen mir das Essen vor die Füße, verbeugen sich höflich und verschwinden wieder.

Nach dem dritten Besuch dieser Art, kommt ein junger Mann herein, den ich bisher noch nie gesehen habe. Er trägt einen Armani-Anzug und wirkt sehr gepflegt.

»Du bist also die Frau von der Kazuo gesprochen hat als er Ryus Wakagashira erwähnt hat.«

Dieser Begriff ist mir absolut unbekannt, aber ich behalte meine ruhige Art und sehe den Mann einfach wortlos an. Vielleicht wird er sich durch irgendetwas verraten.

»Vor dir gab es nur eine einzige Frau, die diesen Posten besetzt hat und das war Ryus Großmutter. Anscheinend hat er sich zu viel von ihr abgeschaut.«

Die Erwähnung von Ryus Großmutter beruhigt mich, bisher scheine ich alles richtig gemacht zu haben.

Aber dieser Mann wirkt, als würde er nicht nur Ryu sondern auch sie hassen. Mutig lehne ich mich etwas aus dem Fenster mit meiner nächsten Frage.

»Mit dem ersten Oyabun hatte ich bereits das Vergnügen und du bist?«

Doch der junge Mann lacht nur und kurz wird mir eiskalt. Meine Lüge ist ein Drahtseilakt, ein falscher Schritt und es könnte mir den Kopf kosten.

»Ryu hat gute Arbeit geleistet, eine kleine Amerikanerin, die unser Vokabular kennt.« Langsam beginnt er zu klatschen und es wirkt wie eine Verhöhnung. Ich bin einfach nur dankbar, dass ich nichts Dummes gesagt habe.

»Also?«, hake ich nach und hoffe, dass ich trotz mangelnder Hygiene und Schlaf immer noch genug Selbstbewusstsein ausstrahle.

»Mein Name ist Isamu Kurogane. Merk dir den Namen, Schätzchen. Wenn das alles vorbei ist und ich Ryus Kopf in den Sumida geworfen habe, komme ich auf dich zurück. Du bist hübsch, selbstbewusst und scheinst kein Problem damit zu haben, dir die Hände dreckig zu machen. Ich mag das in einer Frau.«

Er kommt näher und streichelt mir durchs Haar. Seine Finger verfangen sich in den Strähnen und ich ziehe den Kopf weg. Mein Blick ist eiskalt, genauso wie meine Worte, die ohne nachzudenken über meine Lippen kommen.

»Fass mich nicht an.«

»Oh? Temperamentvoll. Ryu scheint wohl ein besseres Gespür für Frauen bekommen zu haben.«

Irgendwie werde ich das Gefühl nicht los, dass es auch hier um diese Yuki geht. Wer ist sie? Sie scheint wichtig zu sein, wenn zwei dieser Bosse sie bereits erwähnt haben.

»Entschuldige die grobe Behandlung, Liebes. Aber wir können nicht riskieren, dass du dir weh tust. Durch den Akt der Blutschuld können wir dir kein Leid zufügen, aber das heißt nicht, dass du dich nicht verletzen kannst. Aber ich werde dafür sorgen, das du Leben kannst wie es sich für eine Frau des Bosses gehört.«

Seine Worte klingen nett, aber seine Stimme und sein Blick sind eiskalt. Ich vertraue diesem Mann kein Stück.

Aber er hält, was er verspricht. Nach unserer unangenehmen Begegnung ändern sich meine Verhältnisse.

Meine Fesseln werden durchgeschnitten und ich kann endlich wieder wie ein normaler Mensch essen.

Ich bekomme eine Waschschüssel, die zusammen mit meinem Essen immer gewechselt wird. Beinahe fühlt es sich an, wie in einem Luxushotel.

Nur die Besuche auf die Toilette bleiben wie bisher mit Augenbinde und Eskorte. Ich habe angefangen meine Schritte zu zählen und darauf zu achten ob sich die Gerüche oder Geräusche verändern.

Die Toilette ist schlicht und hat ein einziges, schmales Fenster mit dickem, dunklen Glas. Würde ich versuchen, das einzuschlagen, würde ich zu viel Lärm machen und nicht einmal eine Delle hinterlassen.

Aber ich nehme, was ich kriege. Bis Bill oder die Polizei mich findet, muss ich so über die Runden kommen.

Mit jeder Mahlzeit schwindet meine Hoffnung ein bisschen. Mein Zeitgefühl ist komplett ruiniert und die Mahlzeiten sind so klein, dass ich mich nicht an einen Zyklus gewöhnen kann. Vielleicht bringen sie mir sechs Mal am Tag etwas zu essen, vielleicht auch nur drei Mal.

Wenigstens werde ich durch die regelmäßigen Besuche immer wieder an meine Rolle erinnert.

Ohne eine Augenbinde kann ich mir zumindest meinen Raum etwas genauer ansehen. Aber er ist komplett leer, bis auf die Neonröhre und die Tür. Ohne eine Waffe wäre ein Ausbruchsversuch reiner Selbstmord.

Ich bin gerade dabei mein Gesicht zu waschen, als ich zum ersten Mal Pistolenschüsse höre. Sofort drehe ich mich zur Tür, aber sie bleibt fest verschlossen. Dafür fallen weitere Schüsse.

Was passiert da draußen?

Ich nähere mich vorsichtig der Tür, damit ich mehr höre,

aber außer Schüsse und Rufe auf japanisch kann ich nicht viel ausmachen.

Ist die Polizei endlich da? Aufregung jagt durch meinen Körper und ich beginne wie wild gegen die Tür zu schlagen.

»Ich bin hier!« Meine Lunge brennt, als ich zum ersten Mal nach so langer Zeit aus vollem Hals schreie, aber das ist mir egal. Ich schreie so lange, bis meine Stimme versagt, doch die Tür öffnet sich nicht. Vielleicht sind die Schüsse zu laut.

Als wieder Stille einkehrt, will ich es noch einmal versuchen, aber außer einem Krächzen bekomme ich nichts heraus. Scheiße. Trotzdem hämmere ich wie wild gegen die Tür.

Das Geräusch eines Schlüssels lässt mich innehalten und ich mache einen vorsichtigen Schritt zurück. Die Tür öffnet sich und gibt mir die Sicht auf diesen Kazuo frei, der mich beinahe belustigt anlächelt.

»Keine Sorge, meine Liebe, dir passiert schon nichts. Aber deinem Klopfen nach zu urteilen möchtest du gerne Teil unserer Willkommensfeier werden.«

Was für eine Feier?

Ist noch jemand bei dieser Entführung beteiligt?

Ich habe nicht die Zeit meine Maske aufzusetzen und nachzufragen, als mir bereits ein feuchtes Tuch aufs Gesicht gedrückt wird und ich das Bewusstsein verliere.

RYU

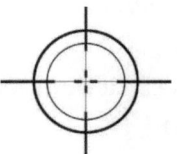

Ich weiß nicht, was ich mir vorgestellt habe, was passieren würde. Ein naiver Teil in mir dachte, es wäre einer der drei Arschlöcher und ich könnte ihn mühelos erschießen.

Scheiß auf den Yakuza-Code, das hier ist Amerika, hier wird mit Waffen gesprochen und nicht mit Kodexen.

Die weitaus wahrscheinlichere Möglichkeit war ein Tauschgeschäft. Mein Leben gegen Zaras.

Als die ersten Schüsse fielen, war ich mir sicher, dass es auf den Tausch herauslaufen würde. Ich würde mich stellen und sie könnte gehen.

Doch kaum hatte ich die ersten Handlanger aus dem Weg geräumt, hatte mich etwas am Hinterkopf getroffen.

Jetzt öffne ich meine Augen und bin mit Ketten an einen Sessel gebunden. Wie lange war ich bewusstlos?

Das noch warme Blut in meinem Nacken gibt mir das Gefühl, dass es nur ein paar Minuten gewesen sein können.

Ich kämpfe gegen die Ketten und rufe in die Dunkelheit um mich herum: »Feiglinge! Kommt heraus und beendet, was ihr angefangen habt. Nehmt meinen Kopf, wenn er euch so wichtig ist, aber lasst die Schauspielerin gehen.«

Meine Antwort ist eine unangenehme Stille.

Wenn sie mich hätten töten wollen, hätten sie es bereits getan. Da ist doch irgendetwas faul.

Die Ketten um meine Arme rasseln laut, als ich eine Bewegung aus der Dunkelheit bemerke. Sofort sind alle meine Sinne messerscharf.

Ein Mann tritt in das Licht der Deckenlampen und ich erkenne das Gesicht sofort.

Isamu Kurogane

Mein Blut beginnt zu kochen, als ich das kalte Lächeln auf seinem Gesicht sehe. Es ist dasselbe, dass er an dem Tag von Yukis Beerdigung trug. Und das nur, weil sie sich für mich und gegen ihn entschieden hatte.

»Shine!« Das Wort rutscht mir heraus ohne, dass ich groß darüber nachdenke und ich wünsche mir nichts sehnlicher, als diesen Mistkerl endlich zum Teufel schicken zu können.

»Ist das die Begrüßung nach all der Zeit unter alten Freunden?«

»Wen nennst du hier einen Freund? Ich habe mit dir vor zehn Jahren abgeschlossen du Dreckskerl. Lass Zara frei und schneid mir die Kehle durch. Mein Geist wird dich und deine Liebsten für immer heimsuchen und am Ende zerre ich dich mit mir in die Hölle.«

Die Ketten um meine Arme klirren, als ich mich mit meinem ganzen Gewicht dagegen stemme.

»Oh, große Worte für einen Gefangenen.«

Seine Stimme ist hämisch und ich will ihm am liebsten direkt ins Gesicht schlagen.

»Denkst du nicht, dass ich deinen Kopf bereits hätte, wenn mir das genug wäre?« Genau diese Worte sind mir auch schon durch den Kopf gegangen. Ich sehe ihn wortlos an.

»Aber ich bin kein Monster.«

Am liebsten hätte ich gelacht. Wenn er, Kazuo und Akihiko keine Monster sind, was sind sie dann? Macht sie der Mord an einer Vierzehnjährigen nicht zu Monstern?

Der Gedanke daran was meinen Groll auf diese drei Männer ausgelöst hat, lässt mir die Galle in den Mund steigen, aber ich schlucke sie wieder runter.

Ich kann Yuki nicht zurückholen, das weiß ich. Aber ich kann mit meinem Leben das Leben eines anderen Mädchens, das ich liebe, retten.

Und ja, ich liebe Zara, das ist mir leider deutlich bewusst geworden, nachdem ich sie plötzlich nicht mehr um mich hatte.

»Wo ist Zara? Lass sie gehen und du kannst tun, was du willst.«

Isamu sieht mich abschätzend an, bevor sich langsam ein Lächeln auf sein Gesicht stiehlt, das mir das Blut in den Adern gefrieren lässt.

»Ich habe nicht erwartet, dass du nach Yuki noch einmal jemanden finden würdest. Du scheinst deine Frau zu vermissen.«

Ich will ihm gerade entgegen brüllen, dass er gefälligst ihren Namen aus seinem beschissenen Mund behalten soll, als er einen schmalen Körper vor mir auf den Boden wirft.

Die Haare sind ein schwarzes Chaos, aber ich erkenne die Trainingsjacke und Jogginghose, die ich seit dem Tag ihres Verschwindens nicht mehr gesehen habe.

»Zara!« Meine Stimme ist ein Mix aus Erleichterung und Zorn als ich mich gegen die Ketten stemme.

»Was habt ihr Scheißkerle mit ihr gemacht?«

»Ist das die feine Art, sich bei uns zu bedanken, dass wir deiner Wakagashira ein angenehmes Leben bei uns ermöglicht haben während sie unsere Gefangene war?«

Wakagashira?

Ich habe Zara nie zu meiner rechten Hand gemacht und geheiratet habe ich sie bestimmt nicht. Doch ich werde diesen Wichsern keine Chance geben mich zu verunsichern, also starre ich Isamu einfach an und hoffe, mein Blick reicht aus, ihn endlich zu strangulieren.

»Sieh mich nicht so an, ich bin kein Unmensch. Ich habe sie nicht getötet, sie ist nur bewusstlos. Und bis Akihiko und ich uns nicht einig sind, wer von uns dir die Kugel zwischen die Augen jagt, kannst du darauf warten, dass sie aufwacht.« Isamu gibt ein Handzeichen und jemand hinter mir drückt mir einen Sack über den Kopf.

Vielleicht hätte ich die beiden Männer an meiner Seite überwältigen können, wenn ich gewollt hätte. Aber solange ich nicht weiß, was mit Zara passiert, folge ich brav und versuche mir so viele verschiedene Lösungen einfallen zu lassen, wie ich kann.

Irgendwie sterbe ich bei jeder meiner Lösungen erbärmlich, so eine Scheiße. Ich wäre zumindest gern der Ritter in goldener Rüstung für sie gewesen, den sie verdient.

Meine Arme werden grob auf meinen Rücken gedreht und mit Kabelbindern fixiert. Eines muss man den beiden Mistkerlen lassen, sie sind zumindest gründlich. Außerdem tasten mich die beiden Männer nach anderen Waffen ab. Meine Pistole am Gürtel dürften sie mir schon vorher abgenommen haben.

Erst danach ziehen sie mir den Sack vom Kopf und stoßen

mich unsanft in einen Raum. Ich lande auf dem Steinboden und kann mich gerade noch auf die Seite drehen, als ein Frauenkörper auf mich fällt.

»Viel Spaß ihr zwei Turteltauben«, flötet einer der beiden Männer auf japanisch und macht Kussgeräusche ,für die ich ihn am liebsten abgeschossen hätte.

»Für die paar Stunden zusammen bis Lord Akihiko zurückkommt würde ich mir nicht zu viel Zeit lassen und sie noch ein paar mal richtig rannehmen«, meint der andere. Dieser Kommentar bringt das Fass zum Überlaufen.

Ich rolle mich unter Zara hervor und komme auf die Knie, doch bevor ich mich gegen den miesen Pisser werfen kann, schlägt mir die schwere Tür vor der Nase zu.

Meine Schulter knackt leicht bei dem Aufprall, aber ich höre draußen zumindest nichts außer die Geräusche sich entfernender Schritte. Feiglinge.

Auch ohne eine Waffe hätte ich sie für so eine blöde Aussage zu Boden geworfen und mit den Zähnen ihr Ohr abgerissen oder so.

Ein leises Geräusch hinter mir lässt mich herumfahren.

Zara beginnt sich zu bewegen.

»Was zum- wo bin ich? Was für ein Arschloch...«

Ich höre nach knapp einer Woche endlich ihre Stimme und sie ist genauso schön und genauso genervt wie am Set.

Sofort schlägt mein Herz schneller und ich hätte sie am liebsten an meine Brust gezogen.

Damit ich sie nicht erschrecke, bleibe ich bei der Tür kniend und warte ab.

Sie kämpft sich ein bisschen ungelenk auf die Knie und

hustet. Es klingt rau und ich verfluche, wer auch immer ihr nicht genug zu trinken gegeben hat.

Mein Blick wandert durch das Zimmer aber das Wasser im Kübel an der Wand scheint klar und frisch zu sein.

Es stinkt hier drinnen auch nicht und ein Tablett mit feiner Porzellanware steht am anderen Ende des Raumes. Es kleben noch Essensreste daran. Das war wohl ihre letzte Mahlzeit und anscheinend noch nicht allzu lange her. Isamu scheint nicht gelogen zu haben. Er hat sie für eine Gefangene wirklich gut behandelt.

Ich kann sehen, wie sich Zaras Blick klärt und sie versucht die Arme zu heben, doch auch ihre wurden zusammengebunden.

»Was zum- ich dachte darüber wären wir hinaus? Was-«

Sie hebt dem Blick und begegnet meinem.

»Hey, Prinzessin.«

ZARA

Meine Augen müssen mir Tricks spielen. Es kann nicht sein, dass Ryu vor mir kniet. Vielleicht träume ich immer noch. Was auch immer mich betäubt hat, muss ziemlich stark gewesen sein.

»Was, keine Worte der Begrüßung für mich?« Der Traum-Ryu ist zumindest genauso provozierend wie das Original.

»Ach sei still. Wenn du wirklich hier wärst, würde ich dir eine in die Fresse schlagen.«

Der Schwarzhaarige rutscht auf den Knien näher an mich heran. Ich beobachte ihn aufmerksam, aber er sieht genauso aus wie mein Ryu. Mein Unterbewusstsein ist schon eine Bitch.

Ich habe mir schon länger darüber Gedanken gemacht, ob ich mich vielleicht in Ryu verliebt haben könnte. Der erste dieser Gedanken kam nach unserem Abend auf dem Dach.

Ich weiß, dass es naiv ist und ich werde mir keine blöden Fantasien erlauben, aber im Moment bin ich bewusstlos und habe diesen wunderschönen und nervenaufreibenden Mann vor mir.

Ich lehne mich auf meinen Knien etwas vor und küsse ihn auf die Lippen. Er schmeckt ein bisschen nach Metall, vielleicht bin ich gestürzt und habe mir auf die Zunge gebissen. Aber das ist egal, denn seine warmen Lippen geben mir sofort ein Gefühl der Sicherheit.

Als wir uns lösen, spüre ich seinen warmen Atem auf meinen Lippen. Er beginnt zu grinsen und ich verfluche ihn jetzt schon für das, was er vorhat zu sagen.

»Also doch eine richtige Begrüßung. Bekommen alle, die hier sind, um dich zu retten dieses Willkommensgeschenk?«

Seine Worte brauchen einen Moment, bis sie zu mir durchdringen. Retten? Also ist er wirklich hier und das hier ist kein Traum?

Mit brennenden Wangen lasse ich mich auf meinen Hintern zurückfallen und robbe etwas von dem Japaner vor mir weg.

»Was tust du hier?«, fauche ich. »Und wo ist die Polizei, Herr Cheek oder Bill?«

Er wirkt beinahe enttäuscht, bleibt aber brav dort knien.

»Dein Rettungskommando wird etwas auf sich warten lassen. Die Polizei wird sich nicht mit drei großen Mitgliedern der japanischen Mafia anlegen. Und der Produzent hat alle Hände damit voll die Geschichte von der Öffentlichkeit fernzuhalten.«

Mein Körper sinkt leicht in sich zusammen.

»Heißt das ich werde sterben?« Ich will nicht so erbärmlich klingen, wie ich es in diesem Moment tue.

Aber ich habe mir vor einigen Wochen noch vorgestellt die Schauspielkarriere an den Nagel zu hängen und mit Anna auf eine einsame Insel zu ziehen. Wir hätten Katzen adoptiert und wären alte, verrückte Katzenladies geworden.

»Du wirst hier nicht sterben, Zara.«

Ich habe gar nicht bemerkt, wie Ryu zu mir gekrochen ist

und seine Stirn langsam gegen meine lehnt. Seine Arme sind genauso wie meine hinter den Rücken gebunden.

»Wie kannst du dir da so sicher sein? Du bist doch genauso hier drinnen eingesperrt, wie ich.«

Meine Stimme bricht am Ende und ich muss hart schlucken.

»Hey, haben sie dir weh getan?« Selbst ohne mein Gesicht anheben zu müssen, finden meine Augen seine. Er sieht mich besorgt an und studiert mein Gesicht.

»Es geht mir gut, so weit es einer Gefangenen gut gehen kann. Sie haben ihre Behandlung verbessert, nachdem ich ihnen gesagt habe, ich wäre deine Ehefrau.«

Kaum verlassen die Worte meine Lippen, hätte ich sie gerne wieder zurückgenommen. Mein Gesicht wird ganz heiß.

»Es war eine Notlüge! Ich dachte, wenn ich so tue, als wäre ich deine Frau, dann würde sie den Gedanken mich zu töten vielleicht verwerfen. Es hat bei deiner Großmutter geholfen, deswegen dachte ich-«

Er unterbricht mich indem er mich erneut auf den Mund küsst. Er ist so warm und seine Berührung hinterlässt ein angenehmes Brennen auf meinen Lippen.

»Mein cleveres Mädchen, deshalb hat dieser Wichser dich Wakagashira genannt.«

»Was ist das?«, frage ich nach und kann spüren, wie Ryus Stimme meine aufgeriebenen Nerven etwas beruhigt.

»Ein Wakagashira ist eine hochgestellte Person im Clan, meistens von außerhalb und vom Oyabun ernannt. Diese Position bieten Unantastbarkeit. Deshalb hat mein Großvater meine Großmutter dazu ernannt.«

»Und war das nun eine kluge Idee von mir?«

Ich verstehe es immer noch nicht, aber Ryu nickt.

»Für sie bist du tabu, wenn sie sich keine Blutschuld aufladen wollen. Damit hast du dich besser in Sicherheit gebracht, als ich es bisher gekonnt hätte.«

Meine Knie fangen an weh zu tun und ich lasse mich auf meinen Hintern sinken.

»Das Wort Blutschuld hat dieser eine Typ auch gesagt. Was bedeutet das?«

»Eine Blutschuld kannst du dir holen, wenn du jemanden tötest oder verletzt, der laut dem Kodex unberührbar ist. Darunter fallen Gelehrte, deren Wissen nützlich sein könnte, kleine Kinder und in einigen Fällen die Frauen der Clanoberhäupter, wenn sie zu Wakagashira gemacht werden.«

Für einen Moment ist da eine Trauer in Ryus Blick, deswegen frage ich gleich weiter: »Okay und warum macht man dann nicht jeden zu Wakagashira und keiner tötet irgendjemanden?«

Sein Lachen ist dunkel und ich habe das Gefühl diesen Klang nicht mehr allzu oft zu hören.

»Weil diesen Titel nur eine Person zur gleichen Zeit tragen kann. Aber deine naive Frage hat mir nur wieder gezeigt, dass du noch immer die selbe kleine Schauspielerin bist, selbst nach der ganzen Scheiße hier.«

Ich trete mit einem Fuß gegen seine Seite und wir beide lachen. Meine Brust beginnt zu schmerzen. Da wir gerade unser Frage-Antwort-Spiel wieder aufgenommen haben, brennt mir eigentlich nur eine einzige Sache auf der Zunge.

»Sie haben auch einen Frauennamen erwähnt. Ryu, wer ist diese Yuki?«

In all der Zeit, die ich den Japaner jetzt kenne, habe ich ihn noch nie so verletzlich gesehen, wie in diesem Moment. Allein ihr Name scheint ihn innerlich zu zerreißen und ich wünsche mir nichts sehnlicher, als meine blöde Frage zurückzunehmen.

»Vergiss es, das ist nicht so wichtig. Du musst mir nicht-«

»Sie war meine Verlobte. Und ihr Tod hat das Rad des Schicksals in Bewegung gesetzt. Nur wegen ihr jagen die drei Wichser und ich uns gegenseitig, bis nur noch einer übrig ist.«

Seine Stimme klingt zwar distanziert, aber ich sehe in seinen Augen den Schmerz. Er ist stark genug, dass ich selbst bemerke, wie meine Augen nass werden. Ich rutsche etwas näher und versuche ihm den Halt zu geben, den er braucht, egal ob ich gefesselt bin oder nicht.

»Es ist okay, du musst mir die Geschichte nicht erzählen. Sie war Jemand sehr wichtiges in deinem Leben, das kann ich sehen.«

Sein Blick wird etwas weicher und ich drücke mich ein bisschen enger an seine Seite.

»Sie war die erste und einzige Frau, die ich jemals geliebt habe, bevor ich dich traf.«

Ich möchte mich nichts einbilden. Und vor allem will ich keine Worte hören, die mir eine unmögliche Zukunft versprechen. Meinen rasenden Herzschlag ignorierend, komme ich auf unser eigentliches Thema zurück.

»Ich bin also unantastbar. Und was ist mit dir?«

Seufzend lehnt Ryu sich mit der Schulter gegen die Wand. Dabei bewegt er sich langsam genug, dass ich nicht von ihm runterrutsche. Ohne die blöden Fesseln wäre die Pose gar nicht so unangenehm.

»Ich bin der Grund warum du überhaupt hier bist, warum

machst du dir so große Gedanken ob mir etwas passieren könnte?«

Ich bin müde und genervt, außerdem ist er der erste, der eine normale Unterhaltung mit mir führt in keine Ahnung, wie lange ich schon hier bin. Deshalb kommt meine Antwort ohne den üblichen Filter.

»Weil ich mir Sorgen um dich mache, du Vollidiot!«

Sein Blick landet auf meinem Gesicht und ich kann sehen, dass eine freche Antwort bereits auf seiner Zunge liegt. Stattdessen lächelt er warm und meine Knie werden schwach. Ein Glück sitze ich schon.

»Du brauchst dir doch keine Sorgen um einen Verbrecher machen, Prinzessin. Ich hol dich hier raus und dann vergisst du mich ganz schnell wieder.«

Bevor ich ihn unterbrechen kann, drückt er sich bereits wieder von der Wand weg.

»Es ist besser so und vielleicht denkst du manchmal an mich, wenn du dir unseren Film ansiehst. Wenn er ein Hit wird, dann kann ich ihn in Tokio vielleicht auch einmal sehen.«

Er sieht mich nicht an. Ich weiß, dass er sterben wird, nachdem er mich hier rausgebracht hat. Meine Augen beginnen zu brennen und ich kämpfe mich umständlich auf die Füße.

Als ich die heißen Tränen meine Wangen herunterlaufen spüre, ramme ich dem Japaner mein Knie so fest ich kann gegen sein Kiefer.

Er kommt hart am Boden auf und ich kann die Überraschung auf seinem Gesicht sehen. Gut!

»Du hörst mir jetzt mal zu, du Arschloch. Behandle mich nicht wie eine Puppe und spiel mir hier nicht den großen

Helden!« Mein Hals tut immer noch weh, aber ich muss ihn jetzt anschreien.

»Ich habe mich nicht in dich verliebt, nur damit du jetzt den Schwanz einziehst und dich auslieferst. Ich weiß, dass du stirbst, wenn du hier bleibst. Diese drei Männer wollen dich tot und ich hab echt keine Ahnung, was sie erreichen wollten dich mit mir hier drinnen einzusperren. Aber ich habe einfach Scheißangst dich zu verlieren und wenn es keinen anderen Ausweg gibt, dann entscheide ich selbst, was ich mache und nicht du.«

Meine Atmung geht schwer und ich starre den Mann vor mir auf dem Boden an. Dabei bemerke ich das Blut an seinem Kragen.

Das bin nicht ich gewesen, oder? So fest habe ich gar nicht zugetreten.

Langsam kämpft sich der Schwarzhaarige auf seine Knie zurück. Sein Blick findet meinen und ich erinnere mich schwach an das letzte Mal, bei dem er mich so angesehen hat.

»Was?« Meine Stimme ist immer noch scharf und angespannt.

»Fuck, ich liebe dich Zara Fletcher...«

Beinahe wäre ich zum zweiten Mal heute ohnmächtig geworden. Aber ich starre den Mann vor mir einfach nur an, während mein Herz droht aus meiner Brust zu springen.

RYU

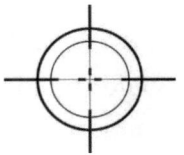

Es hätte bestimmt einen besseren Zeitpunkt dafür gegeben. Oder ich hätte es einfach für mich behalten sollen.

Aber ich will, dass sie es weiß.

Es ist egoistisch und es wäre besser, wenn sie hier rauskommt, nicht mehr an mich zu denken. Aber ich muss ihr sagen, wie sehr ich sie liebe. Ihre Art, ihren cleveren Verstand, ihren Mut, ihre Verrücktheit, einfach alles.

»Sag das nochmal...« Von ihrer Schreitirade ist nicht viel übrig geblieben. Stattdessen ist ihr Gesicht so rot, dass ich denke, sie fällt mir gleich um.

Ich würde sie gerne auffangen, aber meine Hände sind immer noch hinter meinem Rücken gebunden. Auf den Knien rutschend komme ich ihr näher, bis ich mich in derselben Position wie vor ein paar Wochen befinde.

Meine Nase ist keine zehn Zentimeter von ihrem Bauchnabel entfernt und ich lächle sie an. Sollte sie so fallen, werde ich sie abfangen. Der Boden ist hart und kalt, ich will nicht, dass sie sich verletzt.

»Was? Dass ich dich liebe?«

Sie drückt sich von mir weg gegen die Wand, aber so kann sie mir nicht entkommen.

»Du brauchst mir nichts vorzulügen, ich bin immer noch stinksauer auf dich!«, faucht sie mir entgegen. So wirkt sie nur noch mehr wie ein verängstigtes Kätzchen.

»Und wenn ich dir sage, dass es keine Lüge ist?«

Warum fällt es mir hier so leicht ihr das zu sagen?

Zaras Schenkel zittert gegen meinen Oberarm, so nah sind wir einander. Wäre die Situation eine andere, würde ich mich vorlehnen und sie mit meiner Zunge anbeten.

Aber ich werde nicht dem Rat eines Pissers folgen und die letzten Minuten mit ihr so verbringen.

Es gäbe noch so viel, das ich ihr sagen wollen würde. Stattdessen wiederhole ich es noch einmal.

»Ich liebe dich, Zara.«

Diesmal liegt mein ganzes Herz in meiner Stimme und es fühlt sich verdammt gut an.

Ich kann in ihren Augen sehen, dass sie überlegt, ob ich sie anlüge. Aber wie könnte ich?

Diese quirlige Frau mit den vielen Gesichtern hat mir ihr Echtes gezeigt. Deswegen möchte ich ihr auch meines zeigen.

»Ryu, bitte mir ist nicht nach Späßen...«

»So ein Zufall, mir auch nicht. Mir war noch nie etwas so ernst, wie in diesem Moment. Warum sollte ich dich belügen? Was hätte ich davon, Prinzessin?«

Der Kosename nimmt ihr den restlichen Widerstand und ich spüre wie sie leicht gegen mich sinkt und seufzt.

»Bitte, Ryu, ich... Ich weiß wirklich nicht was ich glauben kann. Gestern dachte ich du würdest nicht kommen und ich würde eben aushalten müssen, bis die Polizei mich befreit. Heute sitzt du vor mir und sagst mir, dass ich nicht auf Hilfe warten müsste. Was ist dein Plan? Dich einzutauschen? Mach dich nicht lächerlich. Ich habe genug Krimiserien gesehen, damit ich weiß, dass das nicht funktioniert. Erst töten sie dich und dann mich.«

Sie ist wirklich eine der schlausten Frauen, denen ich je begegnet bin. Meine Großmutter wäre begeistert von ihr gewesen.

»Heirate mich.«

Zaras Blick bei meinen Worten wäre ein Foto wert, aber ich meine das vollkommen ernst.

Ich kann sie sehr gut in der Rolle einer Wakagashira sehen, meiner Wakagashira.

Sie ist frech, wortgewandt, intelligent, schlagfertig und lässt sich nicht unterkriegen. Jede andere Frau wäre unter dem Druck hier zusammengebrochen.

Zara sieht mich verständnislos an, als hätte ich mit ihr japanisch gesprochen. Das würde ich ihr auch noch beibringen.

Vielleicht brauche ich dieses Glücksgefühl gerade, damit ich nicht an die Realität denke. In meiner Fantasie, haben wir eine gemeinsame Zukunft. Wenn ich sie hier rausbekomme, wird sie eine schöne haben, das verspreche ich.

»Bekomme ich nicht einmal ein Nein von dir?«, frage ich mit einem leichten Grinsen und will mich schon zurücklehnen, als ich ihren Fuß gegen meinen Rücken spüre, mit dem sie mich zu sich zieht.

»Keine miesen Tricks, oder? Wenn du das einfach lustig findest, lass den Scheiß.«

Ich nicke artig.

»Yes, Madame, aber sind wir laut deiner Lügengeschichte nicht schon verheiratet?« Ich drehe den Kopf und küsse sie auf ihr Knie. Der Steinboden hat darauf einen Fleck hinterlassen und es tut mir sofort leid, dass ich sie nicht bereits früher gefunden habe.

»Wenn wir beide es herausschaffen, gebe ich dir eine Antwort, okay?«, erwidert sie mit erhobener Nase.

Meine kleine Schauspielerin. Wenn sie diese Maske braucht, dann soll es so sein. Ich nicke und lehne meine Stirn gegen ihre Haut.

»Wir haben vielleicht noch eine Stunde bevor Isamu und Akihiko geklärt haben, was passieren wird. Das könnte genug Zeit sein, dich hier raus zu schaffen.«

Ich will unsere warme Zweisamkeit nicht zerstören, aber wenn ich ihr Leben garantieren will, dann muss ich ihr meinen Plan sofort erklären, bevor es zu spät ist.

Unfreiwillig rutsche ich von ihr Weg und warte bis sie sich zu mir auf den Boden gesetzt hat.

»Ich will dich aber nicht deinem Tod überlassen, Ryu? Was soll der ganze Scheiß sonst mit Liebe und heiraten?«

Sie hat nicht »Ich liebe dich« zurück gesagt, aber ihre Reaktion reicht mir und ich möchte sie noch einmal auf die Lippen küssen. Stattdessen versuche ich sie zu beruhigen: »Hör zu. Tadashi hat die Koordinaten und weiß wo ich bin. Kontaktiere ihn sobald du hier raus bist und überlass ihm den Rest. Mir passiert schon nichts, Prinzessin.«

Es ist so hinreißend wie besorgt sie ist nach allem, was sie mir am Set so an den Kopf geworfen hat.

»Außerdem, wie willst du mich hier rausbringen?«

»Ich lasse mir etwas einfallen, okay? Wie oft kommt jemand hier rein?«

»Keine Ahnung, wenn sie mir neues Essen bringen und das Wasser austauschen. Oh und wenn ich-«, ich kann sehen, dass sie zögert. »Wenn ich auf die Toilette muss.«

Macht Sinn. Normale Gefangenenverhältnisse also. Das heißt jemand holt sie ab, bringt sie zum Klo und bringt sie zurück.

»Gibt es auf der Toilette Fenster?«

»Ja eines, aber das ist so schmal und hoch oben, dass ich niemals rankomme. Außerdem sieht es aus wie dickes Panzerglas. Den ganzen Weg dorthin verbinden sie mir die Augen also keine Ahnung, ob da noch mehr Fenster sind.« Das könnte die Sache erschweren, aber vielleicht ist das unsere einzige Chance.

»Aber ich habe die Schritte gezählt bis zur Tür«, fügt sie nach einer kurzen Pause dazu.

Diese Frau wäre clever genug so manchen Oyabun zu ersetzen. Ich habe das Schauspiel-Prinzesschen von Anfang an unterschätzt.

»Okay hör zu, sobald jemand vorbeigeht, machst du dein Zeichen, dass du auf die Toilette musst. Sobald die Tür sich öffnet, läufst du los. Du drehst dich nicht um. Lauf direkt dorthin, wo du die Toilette vermutest, okay?«

»Was ist mit dir? Du lässt mich nicht alleine, oder?« Ihre Stimme nimmt einen nervösen Ton an.

»Nein, Liebes, ich bin direkt hinter dir. Ich muss nur sichergehen, dass dir außer mir kein anderer Mann hinterherläuft.«

Ich grinse und mein Spaß nimmt ihr ein bisschen was von ihrer Nervosität. Sehr gut.

»Ryu?«

»Hm?« Ich überlege mir schon, wie ich die blöden Kabelbinder los werde, als ich weiche Lippen auf meiner Wange spüre.

»Pass auf dich auf bis ich zurückkomme, okay?«

Ich kann nur nicken. Ein mündliches Versprechen würde ich nicht halten können, aber ich würde es versuchen. Für sie. Für uns. Und für eine gemeinsame Zukunft. Vielleicht.

ZARA

Es ist ziemlich unheimlich Ryu so an der Wand gelehnt sitzen zu sehen. Aber damit unser Plan aufgeht, muss er so verletzlich aussehen wie möglich,.

Ich warte an der Tür bis ich Geräusche auf der anderen Seite höre und trete in einem bestimmten Rhythmus gegen die schwere Tür. Es dauert einen Moment bevor ich das Klirren eines Schlüssels höre und sich die Tür einen Spalt weit öffnet.

Ein junger Mann steckt den Kopf rein und sieht erst mich an, dann über meine Schulter hinweg zu Ryu. Ich erkenne ihn. Es ist derselbe Mann, der mir meistens mein Essen bringt. Ich habe keine Ahnung wie er heißt, aber für einen Moment tut er mir leid. Er hat mir nie weh getan, aber dann erinnern mich die scharfen Kabelbinder um meine Handgelenke, dass der Typ immer noch zu meinen Kidnappern gehört.

»Ich muss auf die Toilette«, flüstere ich leise, als würde ich versuchen den stämmigen Japaner hinter mir nicht wecken zu wollen.

Der junge Mann vor mir sieht Ryu noch etwas länger an, aber anscheinend glaubt er, dass der tätowierte Mann hinter mir wirklich bewusstlos ist.

Er hilft mir die Kabelbinder abzunehmen und wie immer

dreht er mich von sich weg, damit er mir die Augenbinde anlegen kann. In diesem Moment öffnet Ryu die Augen.

Ich ramme dem Mann hinter mir meinen Elbogen in den Solar Plexus und drücke mich an ihm vorbei auf den Gang.

Wie versprochen drehe ich mich nach links und fange an zu laufen. Mein Blut pocht mir in den Ohren, aber entgegen meiner Erwartung geht kein Alarm los.

Ich höre aber auch keine Schritte hinter mir und kurz bleibe ich stehen. Ryu hat mir gesagt, ich soll weiterlaufen egal was passiert, aber was ist, wenn unser Plan fehlgeschlagen ist?

Ein dumpfes Geräusch hinter mir lässt mich zusammenzucken. Ich wirble herum und sehe nur, wie Ryu um die Ecke gelaufen kommt.

»Du kannst wirklich nur vor Kameras Anweisungen befolgen, oder?«, keucht er angestrengt und gibt mir einen leichten Stoß, damit ich weiterlaufe.

Perplex kann ich ihm gar nicht antworten, bis wir die Tür zu der Toilette aufstoßen und uns zusammen in die Kabine zwängen.

»Also einen Quickie mit dir auf einer Toilette habe ich mir anders vorgestellt, Prinzessin.«

»Kannst du nicht ein einziges Mal ernst bleiben, du Vollidiot?«, platzt es aus mir heraus und ich schlage ihm gegen die Brust. Er fängt meine Faust mühelos mit der Hand ab.

Verwirrt sehe ich auf seine befreiten Hände, in der einen hält er eine Waffe mit Schalldämpfer. Das war also das Geräusch vorhin.

Eine Gänsehaut läuft mir die Arme hinauf. Ich habe vergessen, dass Ryu kein Opfer ist. Genauso wie die Männer, die mich entführt haben, gehört er einer Organisation an, für die töten zum Alltag gehört.

»Hast du Angst?«, fragt mich Ryu ruhig und ich will ihm etwas Bissiges entgegenschleudern, aber ich entscheide mich für die Wahrheit und nicke einfach.

»Das ist okay. Ich habe auch Angst.« Seine Worte sind so leise, dass ich mir nicht sicher bin ob ich sie richtig verstanden habe.

Bevor ich noch etwas sagen kann, packt Ryu mich am Hinterkopf und zieht mich an sich. Mein Gesicht wird an seine warme Brust gedrückt und ich höre seinen schnellen Herzschlag.

Ich zucke kurz zusammen, als er über uns das Fenster zerschießt. Anscheinend kein Panzerglas. Die Scherben rieseln um uns herum wie fallende Schneeflocken.

Er steckt die Waffe in seinen Gürtel und formt mit den Händen eine Räuberleite für mich.

»Beeil dich, und pass auf, dich nicht an den Scherben zu schneiden.«

Es gibt so viel, dass ich gerade sagen will und ich bekomme keinen Ton heraus. Meine Augen brennen und ich beeile mich auf seine Hände zu klettern und will mich gerade durch die Öffnung schieben, als ich seine warme Hand um meine spüre.

Ich sehe verwirrt zu ihm herunter, doch er legt mir wortlos einen seiner silbernen Ringe in die Handfläche und drückt meine Hand zu einer Faust.

»Ich kaufe dir einmal einen besseren Verlobungsring, aber fürs Erste muss der ausreichen. Und jetzt verschwinde!«

Er stößt mich weg und ich falle durch das Fenster nach

draußen. Der Fall ist nicht sehr tief und trotzdem drückt es mir für einen Moment die Luft aus den Lungen. Ich rolle mich auf die Seite und beginne zu laufen.

Die frische Luft tut weh und das Licht brennt in meinen Augen, aber ich muss mich beeilen. Es dauert einen Moment, bis ich mich orientiere.

Ich bin auf der Rückseite eines alten Schulgebäudes. Vor mir liegt ein verlassener Sportplatz, der auch schon bessere Tage gesehen hat.

Ohne groß darüber nachzudenken, zwänge ich mich durch ein Loch im Zaun und laufe weiter. Die erste Person, der ich begegne ist eine Frau mit einem Kinderwagen. Sie wirkt zuerst geschockt, was mich bei meinem Auftritt auch nicht besonders schockiert.

Ein Glück ist sie sofort bereit mir ihr Handy für einen Anruf zu borgen. Ich wähle die einzige Nummer, die ich auswendig kann.

Bills Stimme ist belegt und aufgeregt, bestimmt hat er wegen mir schlaflose Nächte durchgemacht. Wenn das alles vorbei ist, werde ich mich groß bei ihm für all die Umstände entschuldigen.

»Bill, ich kann dir alles später erklären. Bitte finde Ryus Begleiter Tadashi für mich und sag ihm er soll zur alten St.Mary's Elementary kommen. Es geht um Leben und Tod.« Vielleicht etwas extrem, aber es ist die Wahrheit.

Ich drücke der Frau ihr Handy zurück in die Hand und bedanke mich tausendmal, bevor ich einmal um die Schule schleiche.

Auf offener Straße fühle ich mich sicher genug und ich

warte auf der gegenüberliegenden Straße auf Tadashi. Allein wieder reinzugehen wäre reiner Selbstmord. Aber mit jeder Minute, die vergeht, beginnt sich meine Brust zuzuschnüren. Was, wenn sie Ryu bereits getötet haben?

Es dauert bestimmt nur eine halbe Stunde bis Tadashi endlich auftaucht, aber das reicht schon mich komplett durchdrehen zu lassen.

»Wo ist Ryu?«, fragt er mich noch während er seine Handfeuerwaffe nachlädt.

»Wo woll er sein? Da drinnen«, fauche ich und zeige auf das Schulgebäude. »Er hat mir vor zwanzig Minuten oder so raus geholfen und mir aufgetragen dich zu holen. Rette ihn, verdammt!« Ich versuche nicht hysterisch zu werden, aber ich fühle mich so verdammt verloren.

Tadashi nickt und stürzt schon los. Einen kurzen Moment überlege ich ihn zurück zu halten und ihm zu befehlen mich gefälligst mitzunehmen, aber das ist keine Achterbahn in einem Freizeitpark zu der ich mit möchte.

Da drinnen sterben Menschen und gerade ich bin die Letzte, die überleben würde. Ich habe es allein Ryu zu verdanken, dass ich es überhaupt wieder rausgeschafft habe.

Tadashi ruft mir über die Schulter hinweg zu, dass ich mit seinem Auto zum Set zurückfahren soll, bevor er hinter einem Zaun verschwindet.

Ich fange seine Autoschlüssel und sperre die Fahrertür auf. Es wäre clever seinem Rat zu folgen. Ich kann Befehle befolgen. Aber Ryu hatte Recht, ich scheine das nur auf einem Filmset zu können.

Mein Handy liegt in der Mittelkonsole und wandert gleich in meine Hosentasche. Ich durchsuche das Handschuhfach, ob ich irgendetwas finde, womit ich mich verteidigen kann. Tatsächlich ertaste ich eine kleine Pistole. Ich ziehe sie heraus und schlucke einmal schwer.

Es ist zwar nicht das erste Mal, dass ich eine echte Waffe in der Hand halte, aber es ist doch schon eine Weile her. Sie liegt schwer in der Hand und ich hoffe einfach, dass sie geladen und entsichert ist.

Aber ich habe es bis hierher mit meiner Lügengeschichte geschafft, da wäre das ein Kinderspiel, oder?

Ich entscheide mich für die andere Seite des Gebäudes und finde eine unverschlossene Tür. Mein Herz pocht mir laut in den Ohren. Vielleicht bin ich einfach suizidal. Was soll ich hier ausrichten? Ich könnte versteckt bleiben und die Polizei rufen.

Nur um sicherzugehen und weil ich ein paar zu viele Folgen Criminal Minds gesehen habe, drücke ich auf Sprachaufnahmme auf meinem Handy und schiebe es zurück in meinen Stiefel, bevor ich weiter schleiche.

Ich höre Stimmen und schleiche mich entlang der Wand eine Treppe nach oben. Anscheinend führt sie zu den Tribünen einer Sporthalle. Durch die Eisenstangen des Geländers hindurch kann ich auf die alte Halle hinuntersehen. Die bunten Markierungen sind bereits ausgeblichen und von den Basketballkörben hängen nur noch Fetzen.

In der Mitte steht eine Gruppe Männer. Ich kann zwei von ihnen erkennen, es sind dieser Isamu und Kazuo. Der dritte Mann sieht genauso protzig aus, wie die anderen beiden. Das muss dieser Akihiko sein.

Ich schiebe mich näher heran, damit ich sie hören kann, aber sie sprechen auf japanisch. Also beginne ich die Anwesenden durchzuzählen. Die drei Männer, jeweils zwei an den beiden Ausgängen und das wars.

Wirklich? Das muss für jemanden wie Tadashi, der angeblich so etwas wie eine rechte Hand sein soll, ein Leichtes sein, oder? Von dem ist weit und breit nichts zu sehen.

Mein Blick landet auf einer achten Person, die von den drei Mistkerlen verdeckt worden ist und mir läuft es eiskalt den Rücken herunter.

Ryu sitzt an einen Stuhl gekettet. Ich kann das frisch getrocknete Blut in seinem Gesicht und an seiner Kleidung selbst von hier oben erkennen.

Ich schlage mir eine Hand vor den Mund, um nicht laut aufzuschreien. Selbst aus dieser Höhe kann ich sehen, wie sich seine Lippen bewegen. Er spricht, wenn auch zu leise, damit ich etwas verstehen könnte. Aber er spricht und das reicht mir aus, nicht den Verstand zu verlieren.

Wo war Tadashi? Jetzt wäre ein perfekter Zeitpunkt für einen heldenhaften Auftritt oder eine Armee an Polizisten. Ich weiß nämlich nicht, *wie lange* Ryu noch atmet.

Mein Versteck ist alles andere als perfekt und es ist nur eine Frage der Zeit, bis mich jemand findet. Und trotzdem fahre ich erschrocken herum als ich eine Hand auf meinem Mund spüre.

RYU

Mein Schädel dröhnt wie nach einer langen Nacht. Aber diesmal ist es leider das warme Blut an meiner Schläfe. Der Geruch liegt schwer in der Luft. Ich kann es sogar auf der Zunge schmecken. Oder ich habe mir beim letzten Schlag mit dem Pistolenlauf auf die Zunge gebissen.

Ich spucke einen Mix aus Speichel und Blut direkt vor Akihikos Füße und grinse ihn an.

»Schon blöd, wenn ihr darauf warten müsst, dass mein Vater den Löffel abgibt, bevor ihr mich töten könnt.«

In der letzten Stunde habe ich zwei Dinge herausfinden können.

Erstens, mein Vater ist noch am Leben. Auch, wenn wir uns über die Jahre entfremdet haben und nicht immer derselben Meinung sind, ist er immer noch mein Vater.

Zweitens, solange er noch atmet würde es keinen Sinn machen mich umzubringen. Mein Vater hat ohne etwas zu sagen ein Testament aufsetzen lassen, das meine Mutter als Folgennächste bestimmt, sollte ich sterben während er noch am Leben ist. Vielleicht habe ich meinen Vater falsch eingeschätzt. Ihm scheint doch mehr an seinem Sohn zu liegen als ich dachte.

Diese Information war der Grund, weshalb Akihiko so

lange gebraucht hat hier aufzutauchen.

»Halt die Klappe.«

Ich rechne mit der Ohrfeige und sie tut nicht einmal mehr weh. Mein Grinsen wird noch breiter.

»Meine Mutter zu töten und es wie einen Unfall aussehen zu lassen wird weitaus schwieriger als bei mir. Hinter ihr steht der ganze Asano-Clan.« Ich lecke mir über die blutigen Zähne.

»Ihr habt euch wohl mit dem Todeszeitpunkt des alten Herrn verschätzt.«

Der nächste Schlag wäre stark genug gewesen mir den Kiefer zu brechen, wenn ich nicht damit gerechnet hätte. Ich spucke noch einmal. Vielleicht sollte ich aufhören, sie unnötig zu provozieren.

Ich habe Zara befreit und jetzt kommt es auf mein Glück an. Entweder der Anruf vom Tod meines Vaters kommt zuerst oder die Kleine hat es geschafft Tadashi zu erreichen.

Ich blinzle die schwarzen Flecken an meinem Gesichtsfeld weg und huste. Atmen beginnt weh zu tun, so eine Scheiße.

Eine Frauenstimme lässt mich aufhorchen und ich hebe den Blick. Meine Augen weiten sich etwas als ich Zara sehe, wie sie gegen den Griff eines Mannes ankämpft. Sie wirft ihr gesamtes Körpergewicht gegen den Typ, schreit und beißt ihm sogar in die Hand. Eine richtige Wildkatze eben. In einer anderen Situation hätte ich sie gelobt, aber gerade jetzt möchte ich sie fragen ob sie verrückt geworden ist.

Ich habe sie nicht befreit, nur damit sie wieder hier drinnen landet und als Erpressungsmaterial benutzt wird.

Durch den Biss lässt der Typ sie los und eleganter als erwartet rollt sie sich auf die Füße und hebt mit beiden Händen eine Waffe. Sie richtet die Mündung direkt in meine Richtung, könnte damit aber auch auf Isamu oder Akihiko zielen.

»Ich denke, ich habe auch noch ein Wörtchen mitzureden.« Ihre Stimme ist so fest, dass ich ihr fast glaube. Aber ich kenne mein Mädchen und kann ihre Nasenflügel beben sehen.

Kazuo lacht heiser und macht einen Schritt auf sie zu. Sofort richtet sie die Mündung auf ihn. Er hebt beschwichtigend die Hände.

»Entschuldigt Miss Fletcher. Wir haben Euch nur gebraucht, damit wir unseren entlaufenen Hund wiederbekommen. Das hier hat nichts mehr mit Euch zu tun. Verlasst das Gebäude wie eine brave Bürgerin und vergesst am Besten alles. Wir kümmern uns um den Rest.«

»Habe ich als Wakagashira nicht ein gewisses Mitsprache-recht, was mit meinem Ehemann passiert?«

Wären wir alleine in meinem Schlafzimmer in Tokio würde ich ihr für die Art, wie sie den Titel sagt, die Seele aus dem Körper ficken. Ich liebe es. Aber gerade setzt mein Herz aus. Warum ist sie hier und wo ist Tadashi?

Isamu zieht eine Augenbraue hoch und geht unberührt zu meinem Mädchen. Ohne zu blinzeln hält sie den Lauf weiter-hin auf Kazuo und mich gerichtet.

»Fass mich an und ich schieße dir in deinen verdammten Fuß.« Ihre Stimme ist eiskalt und auch ohne den Blick abzu-wenden, wissen wir alle, an wen die Worte gerichtet sind. Isamu lacht und hebt die Hände.

»Schon gut, Mäuschen, nicht gleich bissig werden.«

»Spar dir deine Kosenamen. Ich bin zurückgekommen um zu verhandeln.«

Es wird so still in der Sporthalle, das man einen Knopf fallen hören könnte. Sie will was?

Anscheinend bin ich nicht der Einzige, der verwirrt ist. Kazuo macht einen Schritt auf die Mündung zu, wobei er sich bewusst langsam bewegt, damit er Zara nicht erschreckt.

Sie spielt ihre Rolle ausgezeichnet. Vielleicht sogar zu gut, denn ich selbst frage mich, was genau ihr Plan ist.

»Okay, ich habe einen Vorschlag zu machen.« Ich sehe, wie sie hart schluckt. »Ich möchte Teil eures Plans werden.«

Meine Ohren beginnen zu rauschen.

»Ich will einen Anteil. Nehmt mich mit nach Japan und ich versichere euch, dass niemand erfährt was hier passiert ist. Ich habe gute Verbindungen zur Presse. Wir können alles hier wie einen Unfall aussehen lassen.«

Was passiert gerade? Ich spüre wie sich mein Magen umdreht. Vielleicht habe ich zu viel Blut verschluckt. Der Raum beginnt sich zu drehen.

Auch die drei miesen Pisser wirken verwirrt.

»Wie bitte? Du willst Amerika verlassen? Wo kommt diese wahnwitzige Idee her?«, fragt Isamu, tritt aber trotzdem einen Schritt zur Seite.

Zaras Augen liegen kalt auf mir und ich spüre, wie meine Kehle trocken wird.

»Ich habe die Schnauze voll davon so tun zu müssen als ob. Ich bin bereit euch zu helfen. Was ist der Plan?«

Langsam lässt sie die Waffe sinken und ich kann meine Augen nicht von ihr nehmen.

Ihre schwarzen Haare kleben verschwitzt und unfrisiert an ihren Wangen, aber sie ist immer noch wunderschön. Und darum tut ihr Verrat nur noch mehr weh.

Ich erlaube mir keine Schwäche zu zeigen, aber sie weicht auch meinem Blick aus. Ich kann sie nicht lesen und das macht mir eine Scheißangst.

Mein Mädchen.

Meine Prinzessin.

Jedem konnte sie alles vorspielen, aber ich habe sie immer durchschaut. Das ist vorbei. Die Frau vor mir ist eine Fremde für mich geworden.

»Woher kommt der Sinneswandel, meine Liebe?«, fragt Kazuo und die Vorsicht ist berechtigt.

»Ich hatte die letzten Tage genug Zeit nachzudenken, oder? Und warum sollte ich alleine zurück kommen, wenn ich lügen würde?« Mit einer ausladenden Geste deutet sie um sich.

Ich spüre, wie mir schwarz vor Augen wird. Ich habe mich das letzte Mal so wund und verletzlich gefühlt, als ich Yukis leblosen Körper in den Armen gehalten habe.

Sie war mir von den selben Männern genommen worden, die mir auch heute mein Mädchen wegnehmen. Nein, sie möchte freiwillig gehen. Nach allem was passiert ist, entscheidet sie sich gegen mich.

Es sollte nicht so weh tun. Ich bin geschlagen worden und habe Schusswunden überlebt. Aber Zara so distanziert zu sehen, wie sie mich keines Blickes würdigt, genügt um mich zu töten.

»Ich denke nicht, dass sie uns versucht auszutricksen. Sie hat Recht, wenn sie gewollt hätte, wären nach ihrer Flucht die Bullen hier aufgetaucht oder Ryus Schoßhund.«

Isamu lacht und sieht zu Akihiko. Der wiederum sieht mich

an und anscheinend gefällt ihm was er sieht, denn sein Mund verzieht sich zu einer grinsenden Grimasse.

»Ryu scheint ihr zu glauben und er ist bei weitem kein guter Schauspieler. Das reicht mir.« Er wendet sich Zara zu und schiebt sich entspannt die Hände in die Hosentaschen. Zara scheint für sie keine Bedrohung mehr darzustellen.

Für einen kurzen naiven Moment hoffe ich, dass es eine Farce ist und sie die Waffe hochreißt, damit sie das Feuer eröffnen kann. Aber Zara ist meine kleine Vorstadt-Prinzessin und keine kaltblütige Mörderin.

Zumindest war sie das nicht, denn vielleicht wird sie das nach heute.

»Wir werden nicht zu weit ausholen und dich mit Clan-Details langweilen. Wir brauchen dich nur als Außenstehende. Wir können Ryu nicht töten ohne den Willen des Oyabun zu verletzen. Aber du bist an keinen Kodex und auch an kein Testament gebunden. Erschieß ihn für uns und wir setzen uns nach der Clanübernahme gern mit dir zusammen.«

Akihikos Worte kommen beinahe sehnsüchtig über seine Lippen. Kein Wunder, er wartet auf diesen Tag seit einem Jahr. Ein kaltes Lächeln, das ich so bei ihr nicht kenne, wandert auf Zaras Gesicht.

»Das ist alles?«

Mit langen Schritten kommt sie auf mich zu. Direkt vor mir bleibt sie stehen und schwingt eines ihrer langen Beine über meinen Schoß. Ich will nicht reagieren, aber mein Körper hat den Verrat noch nicht verstanden. Sie lässt sich auf meinen Schoß sinken und ich bin dumm genug mir zu wünschen, dass ich meine Arme um sie schlingen könnte.

Langsam lehnt sie sich nach vorne und ich spüre wie sich ihre kleinen Brüste gegen meinen Oberkörper drücken. Gleichzeitig spüre ich den kalten Lauf ihrer Waffe gegen die Stelle drücken, unter der mein Herz laut und dumm für sie schlägt.

Mit dem Daumen entsichert sie die Waffe und ich frage mich, ob sie mich die ganze Zeit für dumm verkauft hat. Die ganzen Fragen über die Zeichen, Symbole und den Untergrund. Hat sie bereits alles gewusst und mich zum Narren gehalten?

Ich schlucke hart und schließe die Augen. Ich will nicht den kalten Blick vor Augen haben, wenn ich sterbe. Ich will mich an ihre geröteten Wangen erinnern.

Yuki.

Zara.

Zwei Frauen und beide sind mir nicht vergönnt.

Bei der einen war ich jung und naiv. Ich habe die Zeichen nicht gesehen. Und bei der zweiten war ich älter, aber immer noch der naive Junge. Und was habe ich nun davon? Getötet von der Frau, die mein Herz in ihren weichen Händen hält.

Es dauert einen Moment bis die Wärme von Zaras Mund an meinem Ohr zu mir durchdringt.

»Sieh es als unsere Scheidung und mein Geschenk für dein Leben nach dem Tod«, flüstert sie mir und betont den letzten Teil des Satzes langsam und überdeutlich.

Ich weite die Augen leicht, als ich den Code erkenne und nutze mein ganzes Körpergewicht, damit ich den Stuhl, auf dem ich angebunden bin, zur Seite reiße.

Sofort bricht ein Gewitter aus Pistolenschüssen um uns herum los, aber alles woran ich denken kann ist die Schwarzhaarige, die neben mir zu Boden fällt.

Ohne mich anzusehen beginnt sie die Fesseln zu lösen und ich will sie einfach anbrüllen oder bewusstlos küssen. Beide Alternativen sind für mich geeignete Bestrafungen in dieser Situation. Wie kann sie es wagen mir so einen Schrecken einzujagen?

ZARA

Meine Hände zittern, als ich an den Ketten zerre. Ich habe meine Arbeit gemacht und verdammte Scheiße, ich hätte mir fast in die Hose gemacht.

Mein Herz schlägt so laut und schnell, dass ich mich fast übergeben muss. Aber so muss ich Ryu zumindest nicht direkt ansehen.

Als Tadashi mich entdeckt hat, konnte ich sehen, dass er mir am liebsten die Hölle heiß gemacht hätte. Aber ich glaube, dass er dankbar ist, dass ich mich als Lockvogel angeboten habe.

Ryus rechte Hand ist wirklich ein Genie. In kürzester Zeit ist er mit diesem Plan aufgefahren. Ich sollte einfach genug Zeit erspielen. Was dieser verdammte Code sollte ist mir immer noch ein Rätsel, aber ich habe die Nachricht überbracht und anscheinend keine Sekunde zu spät.

Ich weiß nicht, was um uns herum gerade passiert, wer auf wem schießt, aber das ist mir auch alles egal. Ich will einfach nur Ryu und mich hier herausbringen.

Und wenn er mir zuhören will, dann möchte ich mich noch entschuldigen, bevor wir einander nie mehr wiedersehen.

Die Ketten fallen klirrend zu Boden und ich will schon aufspringen als ich Ryus Arme um mich spüre. Vielleicht nimmt er es mir übel und bricht mir jetzt den Nacken. Ich würde es verstehen, es hat mir selbst das Herz gebrochen so zu handeln. Aber ich hatte keine andere Wahl!

Genauso wie vorhin im Klo, drückt der Japaner meinen Kopf gegen seine Brust und ich höre die Schüsse viel zu laut und viel zu nah. Was ist, wenn einer von uns hier getroffen wird?

»Ryu, lass los, wir müssen hier weg!«, schreie ich gegen den Stoff seines blutdurchtränkten Shirts. Langsam lässt er mich los, drückt mich aber zu Boden und greift nach der Waffe, die ich im Stress fallen gelassen habe.

Einhändig schießt er gezielt, während er den anderen Arm um mich schlingt. Ich kann spüren wie der Arm zu zittern beginnt. Was haben sie ihm angetan, bis ich meine Show begonnen habe?

»Ryu?«

Ich komme nicht dazu ihn zu fragen, ob er in Ordnung ist, als jemand ihm die Waffe aus der Hand tritt. Er stößt mich von sich und kassiert an meiner Stelle einen Schuss in den Oberarm.

Ich schreie und halte mir die Hände vor den Mund, als ich das Blut sehe.

Akihiko steht über Ryu und hält den Lauf der Waffe immer noch auf ihn gerichtet. Er selbst hält sich bereits die Schulter. Da ist ein dunkelroter Fleck, der durch seine Anzugjacke sickert.

Mir wird schlecht und ich würge etwas Galle hoch. Der Geruch nach Metall und Schwarzpulver füllt meine Nase.

»Du hattest immer schon eine Schwäche für verlogene Mädchen, oder? Anscheinend ändern sich deine Geschmäcker nicht, was Ryu?« Das Arschloch wagt es noch auf ihn herab zu grinsen.

Meine Beine sind wie Pudding. Ryu reagiert schneller und versucht seinerseits Akihiko mit einem Tritt von sich zu stoßen. Leider rechnet der Penner damit und lässt in dem Moment seine blutende Schulter los. Mit der freien Hand packt er Ryu beim Knöchel und rammt ihm das Knie in den Unterschenkel.

Ich höre ein lautes Knacken und Ryus Schrei. Aber viel lauter höre ich mich Schreien. Heiße Tränen laufen mir über die Wangen und ich zwinge meinen Körper sich zu bewegen.

Komm schon!

Ein lauter Schuss direkt hinter Akihiko lässt ihn herumfahren. Aus dem Augenwinkel sehe ich wie der zweite, Isamu, zu Boden fällt und sich nicht mehr bewegt. Unter seinem Körper bildet sich rasend schnell eine rote Lacke.

Komm schon!

Ich nutze den Moment als meine Beine endlich reagieren und werfe mich gegen Akihiko, damit ich ihm die Waffe aus der Hand ringen kann.

Keine Ahnung, ob ich damit etwas ausrichte, aber einen Schuss abgeben werde ich hoffentlich können. Und es ist mir egal wohin ich ihn treffe, Hauptsache es tut weh.

Ich höre, wie ein Schuss losgeht und Ryu stöhnt hinter mir schmerzverzerrt auf. Über die Schulter sehe ich hinter mich und mein Blick verschwimmt unter einem neuen Fluss an Tränen.

Ryu hält sich die Brust und würgt einen Schwall Blut hervor. Sein Shirt färbt sich dunkel, genauso wie seine Finger.

»Muss wohl Schicksal sein«, höre ich Akihiko hinter mir lachen. »Die Schauspielerin hat ihre Rolle ein bisschen zu ernst genommen. Und wir gewinnen endlich dieses verdammte Katz-und-Maus-Spiel.«

Ich schreie wie eine Furie, reiße an der blöden Waffe und schieße ohne groß zu zielen dem schmierigen Japaner ins Gesicht.

Es macht ein widerliches Geräusch und ich spüre das warme Blut auf meinen Armen und meinem Gesicht landen. Aber das ist mir egal. Ich werfe die Waffe weg und schmeiße mich neben Ryu auf den Boden.

»Hey, scheiße, entschuldige ich dachte-«

Ryus Warme Hand umfasst meine Wange und schmiert sein Blut zu der Blut- und Tränenspur, die bereits an meinem Gesicht klebt.

»Alles gut, Prinzessin. Du hast heute gleich zwei Mal eine Waffe abgefeuert, ich bin stolz auf dich. Gute Arbeit für eine Wakagashira.«

»Kannst du nicht mal beim Sterben deine blöden Witze lassen?«, fauche ich und versuche mit beiden Händen die Blutung zu stoppen. Seine warme Hand umfasst meine, die ich panisch auf seine Brust drücke.

»Hey, Prinzessin, sieh mich an.« Ich gehorche und blinzle die aufkommenden Tränen weg, damit ich ihn klar sehen kann. Meine Atmung kommt ganz kurz und ich glaube das Adrenalin ist das Einzige, das mich gerade aufrecht sitzen lässt.

»Mein hübsches Mädchen.« Er hustet und seine Unterlippe färbt sich rot. Ich will ihm sagen, dass er still sein soll, aber da redet er schon weiter.

»Ich glaube an keinen Gott, aber wer auch immer dich erschaffen hat, muss dich sehr geliebt haben. Und ich bin ihm auf ewig dankbar.«

»Sei still.« Meine Stimme bricht und genauso zerspringt

etwas in meiner Brust.

Beiläufig bemerke ich, dass die Schüsse um uns herum weniger werden. Aber auch das ist mir egal.

Meine Finger kleben von seinem warmen Blut.

»Ich muss dir einen Krankenwagen rufen!«

Ryu legt mir seine eigene verschmierte Hand auf meine.

»Ich habe keine Krankenversicherung, ist schon gut, Süße. Das wird wieder.« Sein Lächeln soll nicht so warm sein. Das habe ich nicht verdient.

Mein Blick wandert über die Einschussstelle hinab zu seinem Bein, das in einem ungesunden Winkel verbogen daliegt und ich spüre eine neue Welle Übelkeit in mir aufsteigen.

Ich wollte ihn nicht erschießen. Das alles sollte doch nur ein blöder Lockvogel-Plan sein. Es war ein Unfall und jetzt kann ich ihm nicht helfen.

»Bitte, Ryu, du verblutest, sag mir was ich tun soll!«

»Heirate mich.«

Ich schreie verzweifelt, traue mich aber nicht ihm eine reinzuhauen.

»Bitte, Ryu, sei ein einziges Mal ernst!«

»Ich meine es völlig ernst. Heirate mich.«

Dieser Vollidiot liegt in seinem eigenen Blut und redet Unsinn. Anscheinend hat er mehr Blut verloren als ich dachte.

Ich bemerke erst, dass wir nicht mehr allein sind, als ich eine Hand auf meiner Schulter spüre. Mit aller Kraft schlage ich sie weg und versuche Ryu mit meinem Körper zu beschützen. Ich kenne den Mann neben mir nicht.

»Deine Kleine hat wirklich Feuer, Asano, kein Wunder, dass du Himmel und Hölle abgesucht hättest für sie.«

Asano? Er kennt Ryu? Gehört er vielleicht zu den drei Mistkerlen?

Langsam nehme ich die Umgebung um uns herum wieder wahr. Die Schüsse sind verklungen und es stehen einige Männer herum oder ziehen tote Menschen durch den Raum, die bestimmt keine Japaner sind. Polizisten? Aber sie tragen keine Uniformen.

Ryus Hand drückt meinen Arm.

»Vittorio ist ein Freund.« Seine Stimme ist nicht mehr als ein kehliges Flüstern und sofort steigt Panik in mir hoch.

»Wenn du ein Freund bist, dann hilfst du ihm!«, fahre ich den Mann an.

»Eine kleine Wildkatze.«

Ryu lacht als Antwort auf die Worte des Mannes und bricht in ein Husten aus.

»Zara, Vittorio ist Boss der amerikanischen Mafia und der Grund, warum ich dich überhaupt erst gefunden habe. Du kannst ihm vertrauen, pass aber auf was du zu ihm sagst.« Ich höre das Lächeln in seiner Stimme, auch ohne mich umzudrehen. Ich will Ryu nicht ansehen. Das ganze Blut und sein schwerer Atem lassen mich beinahe zusammenbrechen.

»Okay, Herr Vittorio, bitte retten Sie ihn. Ich flehe Sie an, ich tue alles. Bitte.«

Ich bettle nicht. Aber ich bin bereit alle Regeln zu brechen, damit der Mann hinter mir am Boden lebt.

»Denkst du wirklich ich hätte mich in einen Clan-Krieg eingemischt, wenn ich ihn jetzt verbluten lassen würde?«

Mit den Händen in der Hosentasche sieht er auf jeden Fall nicht aus, als könnte er Erste Hilfe leisten.

Ryu dreht mein Gesicht am Kinn zu sich.

»Er wird sich um alles hier kümmern. Du musst mir aber etwas versprechen. Und ich weiß, wie stur du sein kannst deshalb muss ich leider eine Bedingung dranhängen.«

Ich mag nicht wie ernst er plötzlich klingt.

»Du wirst aufstehen und mit Tadashi zurück zum Set fahren.«

Er weiß, dass ich was sagen will und drückt seine Hand auf meinen Mund. Sofort klebt der Geschmack von Blut an meinen Lippen.

»Zusammen werdet ihr die Sache erklären und eine passende Geschichte erfinden. Sobald alles geklärt ist wird Tadashi verschwinden und du wirst im schönsten Kleid der Welt bei der Premiere sitzen. Wir sehen uns dort, okay?«

Ich sehe auf den blutenden Mann vor mir und weiß, dass es an mir liegt. Je länger ich mich weigere, desto länger liegt er mit einer beschissenen Metallkugel in der Brust.

»Versprich es mir.«

»Heirate mich.«

Ich hasse diesen Mann. Fluchend drücke ich mich von ihm weg bevor ich mich umentscheide und falle direkt in Tadashis wartende Arme.

Seine Bedingung ist scheiße und unfair. Ich werde ihn anschreien, sobald wir uns wiedersehen.

Falls wir uns wiedersehen.

Auf Tadashi gestützt lasse ich den Mann, dem mein Herz gehört zurück. Damit liegt es nicht mehr in meiner Hand ob wir einander wiedersehen.

Ich bin keine gläubige Frau, aber ich bin schon einmal gerettet worden. Vielleicht kann ich etwas von meinem Glück weitergeben.

Im Krankenwagen ignoriere ich die Fragen der Sanitäter und überlasse Tadashi das Reden. Ich starre einfach auf den Silberring in meinen Fingern und drehe ihn hin und her, bevor ich ihn einfach auf meinen Ringfinger schiebe.

Er hat mir versprochen, dass er mir einen richtigen Verlobungsring besorgen wird. Hoffen wir, dass er seine Versprechen hält sonst mache ich ihm die Hölle heiß.

EPILOG

Zara

Das Blitzlicht blendet mich, als ich vom Auto heraus auf den roten Teppich trete. Bill ist mir auf den Fersen und hält die Reporter zurück wie ein Schafhirte. Ich muss leicht lächeln.

Meine hochgesteckten Haare kitzeln meinen Nacken, dort wo eine dünne Silberkette liegt. An ihrem Ende hängt ein abgeschlagener Ring, der so gar nicht zum Rest meines luxuriösen Outfits passen will. Entgegen dem Ratschlag meiner Designerin habe ich die Kette absichtlich angelassen. Ich trage sie ständig seit dem Vorfall.

Tadashi, Bill und ich haben eine Geschichte von besessenen Fans erfunden, die mich entführt haben. Die Presse war begeistert und ironischerweise war meine Entführung die beste Werbung, die unserem Film hätte passieren können.

Ich seufze und posiere für die Fotos. Meine Augen wandern über die Masse an grellen Blitzen, aber ich sehe keine bekannten Gesichter. Warum auch.

Ich habe Tadashi gesagt, er soll mi Bescheid geben, sobald

er weiß wie es um Ryu steht. Danach ist er verschwunden und ich habe nichts mehr von ihm gehört. Seine Telefonnummer ist nicht mehr vergeben und auch seine Adresse stimmt nicht mehr.

Es wirkt, als hätte es die beiden Yakuza gar nicht gegeben. Das war genau, was sie wollten.

Und ich kann einfach nicht abschließen. Das alles ist jetzt drei Monate her. Heute ist die Premiere unseres Films und alles woran ich denken kann ist, ob de Besitzer des Rings um meinen Hals noch am Leben ist.

Eine Stimme reißt mich aus meinen Gedanken.

»Willst du da auf dem Teppich stehen bleiben und dich bis Mitternacht fotografieren lassen? Kommst du endlich?«

Anna nimmt mich an der Hand und zieht mich hinter sich her. Sie sieht in ihrem Kleid bezaubernd aus, aber das tut sie eigentlich immer.

Wir setzen uns in die erste Reihe der VIP-Gäste und ich spüre, wie sie meine Hand drückt. Ich habe ihr alles erzählt was passiert ist, immerhin habe ich ihr zu verdanken, dass Ryu überhaupt erst an die Koordinaten der Schule gekommen ist.

Woher dieser Vittorio sie gehabt hat, ist mir immer noch ein Rätsel. Vielleicht war er doch ein Betrüger und hat Ryu gar nicht geholfen. Aber das wäre Tadashi in den Tagen danach bestimmt aufgefallen.

Zumindest finde ich nichts bei der Personensuche unter dem Namen Vittorio. Wäre auch zu schön, den Kopf der amerikanischen Mafia einfach so googlen zu können.

»Du ich muss kurz aufs Klo kann ich dich allein lassen? Am Anfang kommen sowieso nur die langweiligen Dankesreden.« Ich nicke, auch wenn eine dieser langweiligen Reden meine ist, aber sie hat Recht. Als Außenstehende wird schon nichts verpassen.

Die Lichter werden gedimmt und Michael kommt auf die Bühne stolziert. Wie ein stolzer Hahn. Ich gönne es ihm und applaudiere lächelnd.

Meine Rede habe ich drei Mal umschreiben müssen. Jedes Mal habe ich begonnen über Ryu zu sprechen und ich weiß, dass ich nicht über ihn sprechen darf. Er wurde sogar aus dem Abspann entfernt.

Ich höre, wie hinter mir die Tür aufgeht und erwarte Annas Kleiderrascheln. Stattdessen höre ich ein merkwürdiges Schlurfen.

Der VIP Bereich ist extra abgesichert. Ich bin seit meiner Entführung verständlicherweise ein bisschen paranoid, aber ich fürchte mich nicht.

Vielleicht ist Bill gestolpert und humpelt jetzt? Ich weiß, dass er später kommen wollte.

»Was für eine hübsche Kette, darf ich die mal sehen?«

Mein Herz setzt einen Schlag lang aus. Michaels Stimme auf der Bühne wandert in den Hintergrund und ich kann spüren, wie mir schwindlig wird.

Langsam drehe ich den Kopf und sehe einen schwarzhaarigen Mann im Anzug, der auf einer Krücke gestützt hinter mir steht. Er lächelt mich an und meine Beine werden zu Pudding.

»Du hast ihn aufgehoben. Willst du immer noch einen richtigen Verlobungsring, Prinzessin?«

Ich stehe ganz langsam auf, immer noch nicht sicher ob ich halluziniere, aber der Mann hinter mir bewegt sich kein Stück.

Die dunklen Augen leuchten im schwachen Licht wie Sterne. Aus seinem weißen Hemdkragen stechen die bunten Tätowierungen deutlich hervor. Ich spüre wie mein Lächeln so breit wird, dass es schon fast weh tut.

»Ja, ich will.«